ILJA ALBRECHT

Sibirischer Wind

Buch

Bei seinem Morgenspaziergang am Wannsee wird der 72-jährige Industriemagnat Friedrich Lautenschläger brutal ermordet. Das Attentat versetzt Berlins oberste Etagen in helle Aufregung, denn Lautenschläger, Dreh- und Angelpunkt im deutsch-russischen Industriehandel, war ständiger Gast in Kanzleramt und Wirtschaftsministerium. In dieser prekären Situation bittet die zuständige Oberstaatsanwältin ihren alten Freund Kiran Mendelsohn, gemeinsam mit dem neuen, aus Hamburg zugezogenen Kommissar Bolko Blohm die Ermittlungen zu leiten. Kiran ist alles andere als begeistert. Nach einem traumatischen Vorfall während seiner Auslandsausbildung beim FBI in Quantico hatte er den aktiven Ermittlungen im Feld eigentlich abgeschworen. Stattdessen soll er jetzt, unter ständigem Druck von oben und argwöhnisch beobachtet vom Bundesnachrichtendienst, einen Mörder jagen. Womit Kiran und sein eigenwilliger Kollege Bolko nicht rechnen, ist der Abgrund aus illegalen Machenschaften, Waffen- und Menschenhandel, der sich schon bald vor ihnen auftut. Konfrontiert mit den Umtrieben der Russenmafia und der eiskalten Skrupellosigkeit eines professionellen Killers, muss Kiran auf Fähigkeiten und Erfahrungen zurückgreifen, von denen er eigentlich gehofft hatte, sie für immer in den Tiefen seiner Erinnerung begraben zu können …

Autor

Ilja Albrecht, 1967 in Frankfurt am Main geboren, zog 1988 für sein Studium nach Berlin und erlebte dort den Mauerfall. Als Diplom-Kommunikationswirt ist er seit 2000 im Bereich eMarketing für internationale Unternehmen tätig. Nach einer Station in den USA lebt Ilja Albrecht heute gemeinsam mit seiner Frau im südlichen Mittelmeer auf Malta. *Sibirischer Wind* ist sein erster Roman.

ILJA ALBRECHT

SIBIRISCHER WIND

THRILLER

blanvalet

MIX
Papier aus verantwortungsvollen Quellen
FSC® C014496

Verlagsgruppe Random House FSC® N001967
Das FSC®-zertifizierte Papier *Holmen Book Cream*
für dieses Buch liefert Holmen Paper, Hallstavik, Schweden.

1. Auflage
Deutsche Originalausgabe Juli 2014
bei Blanvalet, einem Unternehmen der
Verlagsgruppe Random House GmbH, München

Umschlaggestaltung: © Johannes Frick, Neusäß/Augsburg,
unter Verwendung von Motiven von Shutterstock
Redaktion: Heiko Arntz
AF · Herstellung: sam
Satz: Buch-Werksatt GmbH, Bad Aibling
Druck und Bindung: GGP Media GmbH, Pößneck
Printed in Germany
ISBN: 978-3-442-38227-9

www.blanvalet.de

Für Elke und Dietmar, die beide viel zu früh von uns gegangen sind

Prolog

Ein entsetzliches Krachen schreckte ihn aus dem Schlaf.

Noch ganz benommen, dachte er zuerst, irgendetwas in der Wohnung nebenan sei kaputtgegangen. Das kam in letzter Zeit häufiger vor, und es wurde auch oft geschrien dabei. Es war Winter, und in dem, was von ihrem Viertel übrig geblieben war, mangelte es an allem. Es gab keine Arbeit, nichts zu heizen, kaum zu essen. Alle hatten diesen müden und zugleich gereizten Ausdruck im Gesicht. Vor allem sein Vater.

Diesmal aber war etwas anders. Das Schreien kam aus seiner eigenen Wohnung, aus dem Schlafzimmer seiner Eltern. Dann krachte es erneut, wie von splitterndem Holz, dieses Mal begleitet von einem lauten Klirren. Das Fenster. Sein Vater würde niemals das Fenster zerschlagen. Schon gar nicht bei dieser Kälte.

Er hörte Stimmen, fremde Stimmen, und plötzlich bekam er entsetzliche Angst. Seine Mutter rief irgendetwas, aber es ging unter im allgemeinen Gejohle und Gelächter. Eine Tür barst. Er hörte seinen Vater aufschreien, es klang dumpf und schmerzverzerrt. Die fremden Stimmen wurden lauter, und nun konnte er sie verstehen. Sie wollten Geld und riefen etwas von wegjagen. Sein Vater antwortete nicht, aber er hörte seine Schmerzenslaute, als sie auf ihn einschlugen. Die Angst wurde unerträglich, und er spürte, wie sich alles in ihm verkrampfte.

Dann flog seine Tür auf. Licht blendete ihn. Bevor er irgendetwas erkennen konnte, war die Gestalt schon bei ihm. Er wurde aus dem Bett gezerrt und in die Ecke geschleudert. Der Schmerz und der Schock waren so groß, dass sich seine Blase entleerte. Dann bekam er einen furchtbaren Schlag und blickte in eine höhnisch grinsende Fratze. Er sah die gelben Zähne, roch den Alkoholatem. Die Augen des Mannes flackerten irre. Er hörte die Schreie seiner Eltern. Ihr Schmerz war überall im Raum, und über ihm war der Teufel. Er versank in einem Meer von Panik, als ihm seine ganze Schutzlosigkeit klar wurde. Dann packte ihn der Mann am Genick.

»Na, kleiner Kamerad, wo sind die Spardosen versteckt?«

Als er nicht antwortete, verpasste der Fremde ihm einen Tritt in den Bauch. Er bekam keine Luft mehr, und in seinen Ohren dröhnte es, sodass die Kampfgeräusche zu verstummen schienen. Aus den Augenwinkeln sah er den Flur und seine Mutter. Ein riesiger Mann stieß sie vor sich her. Er sah seinen Vater am Boden liegen, zwei Gestalten traten und prügelten auf ihn ein.

Jetzt war die Fratze wieder über ihm. Er sah den weit aufgerissenen Mund Worte formen, aber er konnte sie nicht hören. Er sah die Augen des Mannes und den Zorn darin. Der Mann schrie etwas, und sein Blick durchbohrte ihn. Der nächste Schlag traf ihn frontal, er schmeckte Blut. Die Sicht verschwamm, sein Gesicht brannte. Er wusste nicht, ob er weinte. Dann holte der Mann noch einmal aus, die Faust und der Metallring rasten auf ihn zu.

Jetzt sterbe ich, dachte er.

Er spürte den Schlag kaum. Bevor er sich darüber wundern konnte, wurde ihm schwarz vor Augen, und er fiel in ein tiefes, stilles Nichts.

1

Kiran lehnte sich zurück und atmete tief ein.

Keine Stadt roch so gut wie Berlin im Frühling, wenn die Stadt aus dem langen Winterschlaf erwachte und alles um einen herum zu blühen begann. Vorbei war die Zeit der eisigen Winde und der griesgrämigen Gesichter. Die Sonne begann die Welt mit neuer Energie aufzuladen. Man konnte Menschen lachen und scherzen hören, mitunter sogar Busfahrer.

Es war sein erster Urlaub seit über einem Jahr. Zwei wunderbare Wochen lang würde er nichts anderes tun, als entspannen. Er würde nicht wegfahren, er würde in Berlin bleiben. Er wollte nur zwei Wochen lang nicht an die Arbeit denken müssen. Zum Schluss hatte er acht Fälle gleichzeitig bearbeiten müssen, das war selbst für einen Berater und Profiler im BKA zu viel, um zu brauchbaren Ergebnissen zu kommen. Vor allem, wenn man nebenher noch an der Akademie unterrichtete.

Er saß draußen vor dem Lloyd's, seinem Stammbistro und Restaurant am Paul-Lincke-Ufer, und frühstückte. Von drinnen erklang leise Musik. Eines seiner Lieblingsstücke von Gershwin, eine schöne Coverversion aus den Achtzigern. Die nächsten vierzehn Tage würde er hier sitzen und sich nicht von der Stelle rühren. Das Bistro befand sich passenderweise im Parterre des Hauses, in dem er wohnte. Hier hatte er seinerzeit ein schönes Loft gefunden. Obwohl im Berlin nach dem Mauerfall die Auswahl groß war, hatte er sich für dieses entschieden, einzig und allein wegen des Lloyd's.

Der Betreiber und Namensgeber war der mit Abstand seltsamste Wirt, dem Kiran jemals begegnet war. Nestor Lloyd war seinerzeit nach der Wiedervereinigung und Auflösung seines englischen Bataillons in der Stadt geblieben, um seine höchsteigene Vorstellung von Gastronomie zu verwirklichen: professioneller Ausschank kombiniert mit experimenteller Küche. Gerade in dieser Hinsicht war ihm Berlin lohnenswerter erschienen als die heimatliche Merseyside, und so hatte er sein Domizil in Kreuzberg aufgeschlagen. Zentrum seines Etablissements war eine Bar, deren Ausstattung jedem alteingesessenen Londoner Pub zur Ehre gereicht hätte. Der Rest der Einrichtung folgte konsequent Nestors anarchischem Geschmack. Das Mobiliar bestand aus Reliquien seiner Vorfahren, durchmischt mit absurden Einzelstücken, die er auf seinen Streifzügen durch die Welt und vor allem in Berlin gesammelt hatte.

Tagsüber eine Art Mischung aus Kneipe und Bistro, verwandelte sich das Lloyd's abends in ein erstklassiges Restaurant. Speisekarten suchte man hier vergeblich. Neben der Bar hing eine Schiefertafel, auf der Nestor manchmal, wenn ihm danach war, das Tagesangebot aufmalte. Meistens jedoch unterrichtete er die Gäste am Tisch über die Spezialitäten des Tages, zumal er oft erst während dieser Unterhaltung entschied, was er wem anbot. Nestor liebte seine Frau Dierdra, brannte für den FC Liverpool, mochte die Deutschen und verabscheute Restaurantkritiker inklusive des frisch gebügelten Gourmetgesindels in deren Schlepptau. Seine kulinarischen Kreationen waren mit voller Absicht so absurd wie genial, was ihm zweifelhafte Besprechungen und eine recht illustre Klientel einbrachte.

Kiran fühlte sich hier so wohl wie sonst nur in seinen eigenen vier Wänden. Die nächsten zwei Wochen würden herrlich werden. Er würde sich ganz Nestors Kochkünsten überlassen und sich im Übrigen nur seinen Pflanzen, der Musik und dem Aikido widmen.

In diese elegischen Überlegungen und in sein Blickfeld hinein trat eine bekannte Gestalt. Er erkannte sie sofort an ihrem blonden, leicht gewellten Haar, der aufrechten Figur, dem energischen und doch irgendwie sehr weiblichen Gang. Eleonore Roellinghoff kam direkt zu ihm an den Tisch, setzte sich und blitzte ihn aus ihren strahlend blauen Augen wütend an.

»Guten Morgen, Kiran, ich hoffe, du hattest einen entspannten Start in den Tag?«

»Guten Morgen, Eleonore.«

Wie üblich kam sie gleich zur Sache. »Dein Handy ist ausgeschaltet, hast du eine Ahnung, seit wann ich dich zu erreichen versuche?«

»Ich bin seit null Uhr im Urlaub, Frau Oberstaatsanwältin«, sagte er mit einem, wie er meinte, immer noch charmanten Lächeln. Er war nicht bereit, auch nur eine Minute seiner wohlverdienten Auszeit herzugeben. Egal, was da kommen sollte.

»Hast du keine internen Nachrichten gehört?«

»Nein, wieso, ich bin …«

»Herrgott, ja, du bist im Urlaub. Der Rest der Stadt

aber nicht. Friedrich Lautenschläger ist erschossen worden.«

Kiran schaute sie ungläubig an.

»Sie haben ihn heute gegen sieben Uhr in der Nähe seiner Villa auf dem Uferweg am Wannsee gefunden. Man hat ihn anscheinend beim Morgenspaziergang abgepasst. Zwei Kugeln in die Brust, eine zwischen die Augen.«

Es dauerte einen Moment, bis Kiran die volle Tragweite dieser Nachricht erfasste. Friedrich Lautenschläger – der große alte Mann der deutschen Industriepolitik. Mit Immobilien, Bauprojekten und geschickten Investitionen in den Siebzigern reich geworden, hatte er seine spätere Machtposition vor allem durch seine hervorragenden Beziehungen zu Osteuropa erlangt. Nach dem Fall der Mauer war Lautenschläger zum Motor des Aufbaus Ost geworden. Er musste längst in den Siebzigern sein, überlegte Kiran, dennoch gehörte er nach wie vor zur Elite der deutschen Wirtschaft. Er führte noch immer persönlich die Amtsgeschäfte seiner Investmentfirma Omniacorp und war eine der wichtigsten Verbindungen der deutschen Politik zur russischen Industrie. Der Mann ging im Kanzleramt und im Wirtschaftsministerium ein und aus.

Sein Aufstieg war vom BKA von jeher mit Argwohn verfolgt worden. In schöner Regelmäßigkeit gab es Hinweise auf dubiose Machenschaften und Verbindungen, die jedoch nie genauer verfolgt worden waren. Kein leitender Ermittler hatte es gewagt, seine Karriere aufs Spiel zu setzen, um ausgerechnet Lautenschläger anzugehen. Zu gut waren dessen Verbindungen, die Protektion in den Etagen der Macht schlicht unüberwindlich.

Sie wartete auf eine Antwort, die aber nicht kam.

»Weißt du, was das bedeutet? Ich hatte seit heute früh das halbe Kabinett inklusive all deiner Chefs am Telefon. Die sind am Rotieren. Genauso gut hätten sie den Wirtschaftsminister erschießen können.«

»Und das wäre gar nicht mal …«

»Kiran!«

Er wurde ernst.

»Okay, aber ich verstehe nicht, warum du damit zu mir kommst. Das Thema Lautenschläger ist sicher schon längst Sache des BND. Bei uns ist das höchstens was für nassforsche Aufsteiger.« Er konnte sie schon buchstäblich um die Wette laufen sehen.

»Und genau die kann ich nicht gebrauchen. Das Innenministerium ist hypernervös. Die wollen jegliche Verwicklungen vermeiden – intern, extern, international. Der Generalbundesanwalt hat mir zu verstehen gegeben, dass dieser Fall wie ein normaler Mordfall behandelt werden soll – von uns und dem BKA.«

Kiran verdrehte die Augen. »Das stinkt, Eleonore. Sonst bekommen wir solche Fälle nicht mal von weitem zu sehen. Warum jetzt?«

Er sah sie an. Er hatte seine alte Freundin noch nie so besorgt erlebt. Irgendetwas war hier ganz und gar nicht in Ordnung. Eleonore zündete sich mit fahrigen Bewegungen eine Zigarette an.

»Ich habe nur kurz mit dem Chef gesprochen. Sie haben seit einiger Zeit gegen Lautenschläger ermittelt.«

»Wer?«

»Die Wirtschaftsabteilung SO3, Bereich Organisierte Kriminalität. Irgendjemand in seinem Umfeld oder er selbst hat es wohl zu weit getrieben, das konnte selbst das BKA nicht mehr übersehen. Man hat mir gesagt, die Ermittlungen gegen ihn könnten für einige hochstehende Personen womöglich unangenehme Folgen haben. Um da nicht zu stören, muss dieser Fall von einer Sonderkommission als Mord mit internationaler Tragweite behandelt werden. Parallel zu den laufenden Ermittlungen und absolut neutral hinsichtlich BND und anderer Dienste.«

»Mit anderen Worten, die wollen alles schön unter Verschluss halten.«

»Genau, deshalb eine klassische Mordermittlung, deshalb wir. Man hat mir gesagt, ich hätte weitgehend freie Hand in der Benennung einer Sonderkommission.«

Kiran ahnte, was kommen würde. Eleonore sah ihn an.

»Ich will, dass du dabei bist, Kiran. Aber nicht wie sonst. Nicht als Profiler. Der ermittelnde Kommissar der Soko ist neu, ein junges Talent, aber er braucht einen erfahrenen Mann neben sich. Ich will, dass du mit ihm die Ermittlungen leitest und durchführst – im Feld.«

»Eleonore, ich …«

»Kiran, versteh doch, was die mit mir machen. Die wollen einen politisch korrekten Täter haben, ohne dass man ihnen ins Handwerk pfuscht. Völliger Wahnsinn, wenn du mich fragst. Das hier ist ein Minenfeld, und ich stehe mittendrin. Wenn ich einen falschen Schritt mache, dann war's das.«

Sie drückte nervös die halbgerauchte Zigarette im Aschenbecher aus.

»Hör zu, Kiran«, fuhr sie fort, »ich weiß ja, warum du nicht mehr draußen arbeitest. Wer wüsste das besser als ich. Aber ich kenne niemanden, dem ich in dieser Sache so vertrauen kann wie dir. Das Kernteam ist relativ jung, aber brillant. Alles, was ihnen fehlt, ist ein besonnener zweiter Teamleiter. Ich brauche deine Hilfe, Kiran, wirklich!«

Wieder sah Kiran diesen besorgten Blick in ihren Augen. Er wusste, er konnte ihr diese Bitte nicht abschlagen. Eleonore war für ihn da gewesen, als er ihre Hilfe gebraucht hatte. Nun war es an ihm, ihr ebenfalls einen Freundschaftsdienst zu erweisen. Zudem hatte ihn schon länger das Gefühl beschlichen, dass sein selbstgewähltes Exil vom operativen Einsatz irgendwann zu Ende gehen würde. Dass dies ausgerechnet bei einem derart brisanten Fall geschehen sollte, war einerseits beängstigend, zugleich jedoch seltsamerweise befreiend.

»Also gut. Wo soll ich anfangen? Ist der Tatort noch begehbar?«

Zum ersten Mal lächelte Eleonore ein wenig. »Fahr nach Wannsee. Die Kriminaltechnik müsste noch bei der Arbeit sein. Bolko Blohm ist der Leiter der Ermittlungen. Er ist ebenfalls vor Ort. Sagt dir der Name was?«

Kiran nickte. Er hatte von ihm gehört. Blohm war gerade erst aus dem LKA Hamburg rekrutiert worden. Relativ jung, intelligent und ziemlich unkonventionell, wie man hörte. Vor nicht allzu langer Zeit waren dies keine karrierefördernden Attribute. In den letzten Jahren hatten die Verantwortlichen jedoch endlich ein wenig umgedacht. Dem Verbrechen sollten nicht nur die üblichen Beamten, sondern auch straßentaugliche Ermittler entgegengestellt werden. Typen, die etwas vom Leben gesehen hatten und nicht direkt vom BKA-Ausbildungsfließband an den Schreibtisch gesetzt worden waren. Bis die Akademie so weit war, diese Sorte Ermittler zu rekrutieren, auszubilden und zu fördern, würde noch einige Zeit vergehen. Kiran konnte ein Lied davon singen. Bis dahin musste man andernorts nach Talenten suchen, die diese bislang kaum geförderten Eigenschaften mitbrachten. Blohm war offensichtlich einer der ersten Vertreter dieser neuen Spezies.

Kiran war bewusst, dass Eleonore mit der Benennung eines jungen Teams voll und ganz den Erwartungen und Plänen der hohen Politik entsprach – die Frischlinge waren ersetzbar, leicht zu beeinflussen und notfalls perfekte Sündenböcke, falls etwas schieflief.

Und ihm war ebenfalls klar, dass er in diesem Ränkespiel ihr Trumpf sein sollte.

2

Eigentlich, dachte Kiran, hätte ich jetzt auf dem Weg in die Großmarkthalle sein sollen. Er hatte sich unlängst einen Teppanyaki-Grill zugelegt und dessen Einweihung während der letzten Tage ausführlich geplant. Gestern hatte er ein edles Stück Kobe-Rind bestellt und im Geiste bereits eine Marinade entworfen. Stattdessen befand er sich jetzt auf dem Weg zu einem Tatort. Nach der Verabschiedung von Eleonore war er in seinen moosgrünen Mini gestiegen und losgefahren. Wie üblich brachte ihn der hektische Berliner Verkehr nicht aus der Ruhe, sondern vielmehr ins Grübeln. In erster Linie dachte er über Eleonore nach.

Er hatte sie gleich zu Anfang seiner Ausbildung kennengelernt. Kiran hatte sich noch im ersten Ausbildungsjahr auf der Akademie des BKA befunden und zum ersten Mal in seinem Leben die Gewissheit gehabt, zur richtigen Zeit am richtigen Ort zu sein. Von jeher ein Mensch, der Ruhe und Ordnung schätzte und sein Leben stets nahezu perfekt organisierte, war seine Jugend in einem hochkreativen Elternhaus mit einem bildhauernden Vater und einer malenden Mutter eher ein Kampf gegen Unwägbarkeiten und Chaos gewesen. Um so mehr genoss er die Zeit auf der Akademie. Anders als noch während der Schulzeit, befanden sich hier nur Menschen, die wussten, was sie wollten. Es gab Strukturen und klare Vorgaben. Kiran, noch völlig unerfahren bezüglich der Untiefen des BKA-Apparats, war in seinem Element.

Seinen Ausbildern gefiel die ruhige intelligente Art dieses jungen Mannes. Er schien die Studieninhalte förmlich aufzusaugen, verstand sie nicht nur, sondern dachte sie weiter. Sein Faible für logische Zusammenhänge machte selbst die trockenste Theorie zu einem interessanten Spiel für ihn. Dazu sprach er dank eines Austauschjahrs in den USA fließend und akzentfrei Englisch. Seine Lehrer fanden außerdem schnell heraus, dass Kiran zusätzlich dazu über beängstigende Kenntnisse im Bereich der Selbstverteidigung verfügte. Selbst im Umgang mit der Waffe bewies er ein auch für ihn selbst überraschendes Talent.

Zu diesem Zeitpunkt erweckte er zum ersten Mal die Aufmerksamkeit eines Ausbilders. Horst Roellinghoff unterrichtete an der Akademie des BKA vor allem in den Bereichen Zielfahndung und operativer Einsatz. Obwohl dies eher Inhalte des zweiten Ausbildungsjahres waren und er Kiran somit noch nicht kennengelernt hatte, tauschten sich die Ausbilder in der Akademie regelmäßig über die Fähigkeiten und möglichen Verwendungszwecke der Neuankömmlinge aus. Dies musste jedoch nicht unbedingt ein Vorteil sein. Talentierte Auszubildende wurden unter den Lehrenden für gewöhnlich hoch gehandelt. Erste und häufigste Abnehmer waren der BND und andere Sicherheitsbehörden, für viele Ausbilder nach wie vor das Maß aller Dinge. Sie vermittelten daher gern Nachwuchs, um sich für diese professionelle Auswahl und Gefälligkeit zugleich selbst zu empfehlen.

Der alte Roellinghoff, wie er allgemein genannt wurde, betrachtete diesen Tauschbasar mit entschiedener Verachtung. Nicht nur war ihm der gesamte Nachrichtendienst suspekt, er war auch ein leidenschaftlicher Vertreter moderner und vernetzter Ermittlungsmethoden. Dies bedeutete für ihn nicht nur Technisierung, sondern ebenso die gezielte intellektuelle und vor allem internationale Ausbildung seiner Schützlinge. Die anderen Dienste setzten viel zu sehr auf interne Politik und geheimen Popanz. Dem erfahrenen Roellinghoff jedoch hatte gerade der deutsche Herbst klargemacht, dass den Herausforderungen Ende des 20. Jahrhunderts nicht mehr mit biederen Agenten und Fahndern alter Schule begegnet werden konnte.

In seiner Funktion als Verbindungsmann der interpolizeilichen Organisation zu den USA hatte Horst Roellinghoff gerade wegen dieser Ansichten viele Freunde und Verbündete beim FBI gefunden. Dort hatte man im Zwist mit dem CIA und der National Security Agency ähnliche Probleme und diese erst mit Ausbau und Abschottung der eigenen Akademie halbwegs in den Griff bekommen. Seitdem wurden in Quantico Special Agents ausgebildet, die den neuartigen politisierten und terroristischen Einflüssen in der Gesellschaft nicht nur fachlich, sondern auch menschlich begegnen sollten. Dies, so hatte Roellinghoff seinerzeit erkannt, war der einzig gangbare Weg in moderner Verbrechensbekämpfung.

Als Roellinghoff auf Geheiß eines Kollegen Kiran erst beim Nahkampftraining, dann beim Schießen und zum Schluss bei der Debatte in einer Basisveranstaltung über juristische Grundlagen beobachtet hatte, war er sich sicher: Hier hatte er einen perfekten Vertreter dieser neuen Generation gefunden. Bevor ihm irgendjemand dazwischenfunken konnte, hatte er sich dem jungen Mann vorgestellt und ihn ohne Umschweife zum Essen eingeladen. Kiran, dem nur halbwegs klar war, wem er da gegenüberstand, hatte schüchtern eingewilligt.

Roellinghoff wohnte unweit der Akademie in einem ruhigen Vorort von Wiesbaden. Die alten Villen hier zeugten weniger von Wohlstand als alter Tradition des Bildungsbürgertums, wie Kiran fand, als er am frühen Abend desselben Tages zu seiner Einladung radelte. Die gepflegten Gärten und Fassaden suggerierten gehobene Mittelklasse, Ruhe und Beschaulichkeit. Der Eindruck wurde verstärkt durch den herrlichen Geruch frischen Flieders und dem beruhigenden Gebrumme der Rasenmäher.

All dies hatte ihn seine Nervosität vergessen lassen und sogar regelrecht entspannt, sodass er vollkommen unvorbereitet gewesen war, als sich die Tür auf sein Klingeln hin öffnete und die Tochter des Hauses vor ihm stand. Sie hatte blondes Haar und strahlend blaue Augen, aus denen sie ihn misstrauisch und etwas spöttisch musterte, bis ihm auffiel, dass er sie wie eine Erscheinung anstarrte. Nach einer halben Ewigkeit hatte sie sich als Roellinghoffs Tochter Eleonore vorgestellt, ihn eingelassen und auf die Gartenterrasse geführt. Dort saß der Hausherr entspannt in einem Korbsessel und rauchte seine obligatorische Pfeife.

Horst Roellinghoff mochte in der Akademie den Ruf eines Hardliners haben, in seiner heimischen Umgebung stellte er sich als überaus charmanter Gastgeber heraus.

Statt langweiliger Fachdebatten gab es einen köstlichen Ossobuco und einen noch köstlicheren Wein. Vor Antritt seines Studiums hatte Kiran die wenige Literatur über Geschichte und Aufbau des BKA verschlungen, an diesem Abend aber wurde sie vor ihm lebendig. Roellinghoff war im Alter von zwanzig Jahren über die Sicherungsgruppe Bonn zum Dienst gekommen, also ein Mann der ersten Stunde. Seine humorvollen Anekdoten und intelligenten Kommentare zur Entwicklung des BKA fesselten Kiran vom ersten Moment an. Hier erfuhr er aus erster Hand, wie sich diese Institution von einem zweifelhaften Sammelbecken ehemaliger Mitglieder der NSDAP und SS-Führer ab den siebziger Jahren endlich zu einer modernen Ermittlungsbehörde entwickelt hatte. Einige der Missstände, die Roellinghoff mit großer Unverblümtheit schilderte, machten sogar den sonst so realistischen Kiran sprachlos. So schlug der alte Veteran geschickt einen Bogen hin zu seinem eigentlichen Anliegen: herauszufinden, welche Ideen und Ideale diesen jungen Mann angetrieben hatten, Ermittlungsarbeit zu seinem Lebensinhalt zu machen.

Durch sein Elternhaus an lange Abende am Esstisch gewöhnt, fühlte sich Kiran im Grunde sehr wohl in der Gesellschaft dieser BKA-Legende und seiner intelligenten Tochter. Andererseits beschlich ihn zunehmend das Gefühl, dass er hier einer sehr gründlichen Prüfung unterzogen wurde. Nicht nur vom alten Roellinghoff, sondern auch von Eleonore.

Wie sich im Laufe des Abends herausstellte, war sie nur wenige Jahre älter als Kiran und befand sich mitten im Jurastudium. Sicherlich war sie durch Karriere und

Mentalität ihres Vaters geprägt, hatte aber in der Juristerei ihre eigene Nische gefunden. Kiran stellte höfliche und, wie er glaubte, intelligente Fragen zu ihrem Studium. Zugleich aber wurde er beständig von ihrem forschenden, beinahe sezierenden Blick verwirrt.

Mit seinen klaren, feinen Gesichtszügen, dem blonden Haar, dem aikidogestählten Körper und seinem ruhigen Wesen wirkte er auf das weibliche Geschlecht sehr attraktiv, dennoch hatte er es bislang verstanden, sich den meisten Annäherungsversuchen zu entziehen. Seine Erfahrungen mit Frauen waren daher zwar keine schlechten, für sein Alter jedoch durchaus begrenzt. Einer derart selbstsicheren jungen Frau war er auf jeden Fall noch nie begegnet. Zudem saß er hier am Esstisch eines der wichtigsten Ausbilder und Vordenker des BKA. Alles in allem ein äußerst rutschiges Parkett.

Als der Abend schließlich zu Ende ging, fühlte sich Kiran wie nach dem mündlichen Abitur, vollkommen erschöpft und zugleich federleicht und glücklich. Irgendwie hatte er das Gefühl, in ein neues Leben einzutauchen. Dies war natürlich die Absicht Roellinghoffs gewesen. Obwohl er hinsichtlich bestimmter Eigenarten dieses jungen Mannes etwas misstrauisch war, hatte er seine Entscheidung längst getroffen. Als sie sich verabschiedeten, war Kiran, ohne es zu merken, bereits mit Haut und Haaren diesem Mann verschrieben, der sein Mentor und Vorbild werden und seine Zukunft bestimmen sollte.

Die Auswirkungen dieses Treffens waren bereits am nächsten Tag zu spüren gewesen. Offensichtlich hatte es einige Telefonate gegeben, denn zusätzlich zu seinem üblichen Stundenplan bekam er Einzelgespräche und Trainings mit Horst Roellinghoff zugeteilt.

In dieser Zeit wurden Eleonore und er zu engen Freunden. Der alte Roellinghoff schien von dieser Entwicklung zwischen den beiden erfreut und begrüßte es, dass sie zusammen ausgingen. Offensichtlich waren hier zwei starke und unabhängige Charaktere aufeinandergetroffen, Einzelgänger und Kopfmenschen. Insofern war es nur gut, wenn diese beiden Intelligenzbestien endlich mal aus dem Haus kamen und jemanden zum Reden hatten. Es war die schönste Zeit in Kirans Leben, Vater und Tochter Roellinghoff wurden zur Ersatzfamilie für ihn. Die beiden sollten seine Rettung sein, als er wenige Jahre später in eine schlimme Krise geriet.

An all diese Dinge musste Kiran denken, als er sich nun auf dem Weg nach Wannsee befand. Eleonore war die einzige Frau in seinem Leben, die ihn nicht nur verstand, sondern immer für ihn da war, ohne jemals irgendetwas zu fordern. Umso befremdlicher war ihr jetziges Verhalten – und ihre Angst, obwohl es auf der Hand lag, warum sie derart unter Druck stand. Ihre Karriere war bislang planmäßig verlaufen, sie war nach Abschluss des Studiums und ihrer praktischen Jahre die mit Abstand jüngste Staatsanwältin von Berlin geworden. Hier war er ihr auch beruflich wieder begegnet, als er seine Stellung als Berater und Profiler im neuen Berliner Hauptquartier des BKA bezogen hatte.

Sie war die Einzige gewesen, die seine Abkehr von der operativen Feldarbeit unterstützt hatte. Dies lag sicher auch daran, dass sie neben ihrem Vater die Einzige war, die den wahren Grund für diese Entscheidung kannte.

Dass sie in den folgenden Jahren ihren gesamten Einfluss geltend gemacht hatte, um ihn in seiner Position zu festigen, würde er ihr niemals vergessen. Nun stand sie kurz vor dem Eintritt in die höchsten Gefilde ihres Arbeitsbereichs und damit erneut auf dem Prüfstand. Mehr noch, es schien, als würde dieser Fall vor allem ihren durchgängig männlichen Neidern eine hochwillkommene Gelegenheit bieten, ihren Aufstieg rüde zu stoppen. Nicht nur deshalb war ihm klar, dass jetzt, da sie seine Hilfe brauchte, für ihn die Zeit gekommen war, sich seinen Dämonen zu stellen.

Er fuhr daher mit gemischten Gefühlen die Potsdamer Chaussee entlang und erreichte schließlich Wannsee. Durch die Villengegend fahrend, bereitete er sich mit ein paar geistigen Entspannungsübungen auf das vor, was ihm begegnen würde.

3

Nachdem Kiran seinen Wagen auf einem nahen Parkplatz abgestellt hatte, lief er am Ufer entlang in Richtung des Tatorts.

Seltsamerweise sah er keine Vertreter der Presse, als er sich an der Absperrung auswies. Offenbar hatte man die Identität des Opfers auf irgendeine Weise bislang geheim halten können. Hinter dem nächsten Gebüsch war ein weiterer Bereich abgesperrt, der von Mitarbeitern der Kriminaltechnik in ihren weißen Overalls fotografiert und abgesucht wurde. Auf einer Bank saß eine Beamtin und schrieb etwas in einen Notizblock. Weiter am Ufer stand ein Mann, etwa Ende dreißig, mit halblangem, leicht strähnigem Haar und Dreitagebart. Er trug eine abgetragene Lederjacke, eine teuer aussehende Jeans, schwere Schuhe und zündete sich gerade eine Zigarette an. Das musste Bolko Blohm sein.

»Guten Morgen«, sagte Kiran, als er sich näherte und die Hand ausstreckte. »Kiran Mendelsohn, Profiling und Beratung, Sie sind wahrscheinlich Kriminalhauptkommissar Blohm?«

Der andere musterte ihn kurz, nickte und schüttelte ihm die Hand. »Derselbe. Dann sind Sie also der sagenumwobene Mendelsohn? Wie ich höre, hat man Sie direkt aus dem Urlaub ins Team geholt.«

Kiran nickte. »Oberstaatsanwältin Roellinghoff eben beim Frühstück, um genau zu sein.«

»Coole Frau. Zur Zeit aber eher nervös. Kein Wunder, wenn man bedenkt, wer hier abserviert wurde. Das wird ein ziemlich übler Fall werden, das ist Ihnen hoffentlich klar?«

»Ich denke schon. Industriemagnat. Diverse potentielle Tätergruppen. Druck von oben … Ich fürchte, man wird uns kaum in Ruhe unsere Arbeit machen lassen.«

»Könnte man so sagen. Mir ist allerdings nicht ganz klar, warum wir dazu einen Profiler brauchen, sieht ja nicht aus wie die Tat eines geistesgestörten Serienmörders. Es sei denn, morgen liegt der nächste Bonze im Gras.« Er lachte, die Aussicht schien ihm zu gefallen.

Kiran überging diese Flapsigkeit, obwohl er im Grunde ähnlich dachte. Er schaute sich um.

»Was wissen wir über den Tathergang?«

»Nun, das Opfer kennen Sie – Friedrich Lautenschläger, Industrieboss, Stammgast im Kanzleramt, Bewohner der Riesenvilla da hinten. Vor etwa drei Stunden von einer Joggerin gefunden, offenbar beim Spaziergang überfallen worden. Zwei Kugeln in die Brust, eine zwischen die Augen. Profiarbeit, wie es aussieht. Allerdings ist er vorher tätlich angegriffen worden. Die Leiche ist schon bei der Gerichtsmedizin.«

»Profis eliminieren ihre Opfer mit gezielten Schüssen und verschwinden dann umgehend«, sagte Kiran. »Wieso sollte jemand einen alten Mann vorher noch zusammenschlagen?«

Blohm schaute ihn von der Seite an. »Der Mann war verdammt mächtig. Hatte Feinde, Konkurrenten, was weiß ich. Es gibt tausend Gründe, Kerle wie den so über die Klinge springen zu lassen.«

»Sie mögen den Mann nicht?«

»Ich weiß wenig über Lautenschläger«, bekannte Blohm. »Das Wenige, was ich gehört habe, hat mir nicht gefallen. Hat sich zuletzt am Aufbau Ost gesundgestoßen und verdient jetzt Unsummen, indem er Fabriken dort wieder schließt und weiter nach Osteuropa verlegt. Er profitiert, die Industrie profitiert, die Politik profitiert, und die Arbeiter stehen in der Wüste. Ein Arschloch, wenn Sie mich fragen.«

Kiran war überrascht von diesen offenen Worten. Das war keine besonders professionelle Herangehensweise, gleichgültig, wie recht Blohm mit seiner Äußerung haben mochte. Ihm wurde klar, dass diese Ansicht wahrscheinlich von weiten Teilen der Presse und der Bevölkerung geteilt werden würde. Auf der anderen Seite standen die Mächtigen dieses Landes, und im Niemandsland dazwischen mussten sie beide den Täter finden, und das schnell.

»Die Kollegin da hinten …«

»Kriminalkommissarin Alenka Motte«, antwortete Blohm etwas verkniffen. Offenbar hatte er eine Antwort auf seine Tirade erwartet. »Sie und ein Kriminaloberkommissar Enzo Moretti sind uns als Team zugeteilt. Moretti befragt gerade die Nachbarschaft.«

Kiran war inzwischen zum eigentlichen Tatort gegangen. Blohm folgte, und beide versuchten, an den weiß gekleideten Gestalten vorbeizuschauen und zu erkennen, was geschehen war. Schließlich fragte Kiran einen der beiden Beamten.

»Schon was gefunden?«

Der Mann schaute hoch und ließ den Fotoapparat sinken. »Wenig Spuren bislang. Das Opfer ist wohl auf diesem asphaltierten Uferweg gelaufen. Erst hier rund um den Fundort finden sich Spuren eines Kampfes, die meisten vom Opfer. Er ist getaumelt, ein paarmal hingefallen, hat sich aufgerappelt und ist dann rückwärts hier ans Ufer gefallen. Wahrscheinlich als er erschossen wurde. Keine Hülsen. Die Fußspuren im Staub sind alle durcheinander und verwischt, wir haben aber einen sauberen Fußabdruck weiter rechts, Sportschuh Größe 44, also nicht von der Zeugin. Das ist alles.«

»Gute Arbeit«, sagte Kiran. Vielmehr würden sie wohl auch nicht finden.

Der Mann lächelte und fotografierte weiter. Kiran tat so, als bemerke er Blohms spöttischen Seitenblick nicht.

»Ein Sportschuhabdruck, na toll«, sagte Blohm. »Und die Joggerin ist unsere einzige Zeugin.«

»Wir müssen auch die Villen am gegenüberliegenden Ufer abklappern«, antwortete Kiran.

»Meinen Sie, irgendjemand hat so früh da drüben durch ein Fernglas gesehen?«

»Keine Ahnung, aber die Neugier der Menschen ist grenzenlos, vor allem in dieser Gegend. Das kann dieser Moretti erledigen. Mal sehen, was die Joggerin gesehen hat«, sagte Kiran.

Sie gingen zur Bank hinüber, während Blohm auf dem Handy Moretti anrief und ihn anwies, seine Befragung der Anwohner auf sämtliche Villen in Sichtweite auszudehnen. Moretti schien protestieren zu wollen, doch Bolko unterbrach ihn kurzerhand und wies ihn an, sich Unterstützung bei der Dienstelle Wannsee zu holen. Dann klappte er das Handy mit einem leichten Grinsen zu. Alenka Motte war inzwischen aufgestanden und kam auf sie zu.

Kiran kannte Alenka von der Akademie. Eine junge, durchtrainierte und etwas gefühlskalt anmutende Frau. Hinter den unbewegten Gesichtszügen verbarg sich jedoch ein messerscharfer Verstand. Sie war stets hochkonzentriert und bei der Sache, was Kiran seinerzeit schnell für sie eingenommen hatte.

Alenka begrüßte Kiran. »Guten Morgen, Herr Mendelsohn. Schön, endlich mal mit Ihnen arbeiten zu dürfen«, sagte sie lächelnd.

»Guten Morgen, KK Motte, freut mich auch. Die Joggerin – was konnte sie aussagen?«

»Nicht viel. Kam angelaufen, hat zuerst die Füße des Opfers an der Böschung gesehen, dann genauer nachgeschaut und sich erst mal übergeben. Dann hat sie uns angerufen, das war um 6.57 Uhr.«

»Mir ist schleierhaft, wie man derart früh freiwillig durch die Gegend rennen kann«, meinte Blohm. »Sonst irgendwas? Hat sie irgendjemanden gesehen?«

»Nein, niemanden. Sie war ja in Bewegung. Sie war bei der Befragung noch ziemlich aufgelöst. Wir werden sie in der Zentrale noch einmal befragen und in Ruhe alles mir ihr durchgehen. Vielleicht war der Mörder gerade erst fertig, als sie ankam.«

Kiran schüttelte skeptisch den Kopf. »Sehr gut gedacht, obwohl ich bezweifle, dass sie den Täter gesehen hat. Wer immer das hier getan hat, hätte eine dazukommende Zeugin ebenfalls beseitigt. Sehen sie zu, dass Sie

sie befragen, bevor ihr das klar wird. Danach wird sie wohl eine Weile im Schockzustand sein, die Arme. Immerhin hatte sie viel Glück. Vergessen Sie nicht, ihr auch das zu sagen, Alenka.«

»Ich habe schon gehört, dass Sie eher was von einem Psychiater haben sollen«, meinte Blohm mit leichtem Spott.

»Keine Aussage ist erledigt, bevor nicht jeder Aspekt der Aussage beleuchtet, alle Fragen gestellt und die Zeugen beraten wurden«, unterbrach ihn Alenka in belustigtem Dozententon. »Mendelsohn, Grundlagen der psychologischen Fallbearbeitung, Kapitel zwei.«

»Das wissen Sie noch?«, fragte Kiran. »Ist immerhin auch bei Ihnen schon ein paar Jahre her.«

»Sicher, bestimmte Dinge brennen sich ein. Anders als die Mehrzahl meiner männlichen Kommilitonen habe ich den Sinn dieser Regel auch begriffen.«

»Na prima, wenn wir dann wieder an die Arbeit gehen wollen? Sie gehen mit der Zeugin in die Zentrale und können sie dort nach Herzenslust therapieren. Ist die Familie Lautenschläger zu Hause?«, fragte Blohm.

Alenka sah ihn mit hochgezogenen Brauen an und nickte, lächelte Kiran kurz an und ging dann zum Einsatzwagen.

»Und wir begeben uns in die Welt der Reichen und Mächtigen«, sagte Blohm. Er deutete auf die Villa im Grünen und setzte sich in Bewegung. Kiran warf noch einen Blick auf den Tatort, dann folgte er seinem Kollegen.

4

Die Villa Lautenschläger lag direkt am Ufer des Wannsees. Umgeben von weiten, perfekt gepflegten Rasenflächen und abgeschirmt von mächtigen Tannen und ausladenden Laubbäumen, erinnerte das alte Herrschaftshaus mit großer Uferterrasse und anliegendem Bootshaus an die glanzvollen Zeiten des Berliner Großbürgertums, das sich hier zu Anfang des 20. Jahrhunderts niedergelassen hatte. In dieser Gegend wohnte vornehmlich der alteingesessene Geldadel und inzwischen auch einige, die in der hinzugezogenen Welt der Politik und der Medien neuerdings das Sagen hatten.

Kiran hatte so seine Erfahrungen mit dieser Klientel. Über seine Eltern war er vor einigen Jahren zu einer Vernissage unweit von hier eingeladen worden. Der Abend war eine Tortur gewesen, doch als Sohn der Künstler konnte er schließlich nicht nach einer Stunde wieder verschwinden. Stattdessen wurde er wahlweise von überdrehten Millionärsgattinnen oder deren arroganten Töchtern angeflirtet. Alternativ dazu löcherten ihn die garantiert kunstuninteressierten Gatten nach indiskreten Details aus Fallgeschichten des BKA. Sobald es die Etikette annähernd gestattete, hatte er sich schließlich empfohlen. Als einzige Genugtuung an jenem Abend konnte er auf dem Weg zum Wagen immerhin die Erdpfeife beschlagnahmen, die sich der Sohn des Hauses mit ein paar Gleichaltrigen im Garten gebaut hatte.

Sie klingelten am Tor, das sich gleich darauf summend öffnete.

»Man könnte meinen, die haben uns kommen sehen«, sagte Blohm grinsend und deutete nach oben.

Kiran blickte auf eine hochmoderne Überwachungsanlage mit verschiedenartigen, über den gesamten Eingang verteilten Kameralinsen. Auf dem Weg zum Haus entdeckten sie weitere Kameras, ähnlich wie am Tor wahlweise in Bäumen versteckt oder in Steinfiguren eingearbeitet. Irgendwo musste ein Sicherheitsraum sein, der eine flächendeckende Abbildung des gesamten Grundstücks ermöglichte.

Am Haus angekommen, wurden sie von einer Haushälterin empfangen und eingelassen. Im Wohnzimmer, das mit einem riesigen Panoramafenster ausgestattet war und einen imposanten Blick auf den Wannsee bot, saßen auf einem Sofa eine ältere Dame und ein Mann etwa in Kirans Alter. Dieser erhob sich und ging auf sie zu.

»Guten Morgen, meine Herren. Ich nehme an, Sie sind Herr Mendelsohn«, sagte er und schüttelte Kiran jovial die Hand. »Und Sie müssen Herr Blohm sein. Ich bin der Sohn des Hauses, Martin Lautenschläger. Dies ist meine Mutter, Marianne Lautenschläger.«

Man könnte meinen, wir sind zum Tee geladen, dachte Kiran. Offenbar hatte man sie angekündigt. Martin Lautenschläger trug ein dunkles Jackett, das Hemd mit offenem Kragen wurde von einem Seidenschal komplettiert, sein Haar war perfekt frisiert. Der ganze Eindruck des Mannes hatte etwas seltsam Öliges, kaum kaschiert durch seine betont guten Manieren Im Gegensatz dazu strahlte seine Mutter eine völlige Ruhe aus. Ihre aristokratischen und im Alter immer noch sehr attraktiven Züge erschienen vollkommen ernst und nahezu emotionslos. Selbst ihre Stimme war kontrolliert, als sie sprach.

»Man hat mir gesagt, mein Mann sei umgekommen. Erschossen, gleich hier am See. Man hat mir untersagt, zu der Stelle hinzugehen, um ihn zu sehen.«

»Ich bin mir sicher, das war nur zu Ihrem Besten, Frau Lautenschläger. Abgesehen davon muss der Tatort abgesperrt und untersucht werden, wenn wir den Täter ergreifen wollen«, erwiderte Blohm ebenso kühl. »Darf ich fragen, wer Sie informiert hat?«

»Gero hat mich vor einer Stunde kontaktiert, ich wollte gerade aus dem Haus gehen. Kurz danach hat mein Sohn auf dem Weg hierher angerufen.«

So, so, dachte Kiran, der Herr Generalbundesanwalt von Braunfels persönlich, offenbar ein Freund der Familie. Das konnte ja heiter werden, wenn der Mann sich bereits in den ersten Ermittlungsstunden derart aktiv an allem beteiligte.

Blohm musste etwas Ähnliches gedacht haben, als er sich mit etwas verkniffenem Gesicht an den Sohn wandte.

»Und Herr von Braunfels hat auch Sie …«

»Ja, er hat mich ebenfalls informiert. Ich war auf dem Weg zur Arbeit. In Begleitung übrigens. Name und Adresse der Dame habe ich Ihnen hier notiert.« Er reichte Blohm einen Zettel, den dieser mit unbewegter Miene las und in seiner ausgebeulten Lederjacke verstaute.

»Wann haben Sie Ihren Mann zuletzt gesehen, Frau Lautenschläger?«, fragte Kiran.

»Ich habe meinen Mann zum letzten Mal gestern Abend gesehen, als ich zu Bett ging. Das war um Viertel vor zehn. Er ist wie immer länger aufgeblieben. Heute Morgen ist er, ebenfalls wie immer, früher aufgestanden als ich, um Viertel nach sechs. Mein Mann hat nie viel geschlafen. Nach seinem üblichen Kaffee hat er seinen Morgenspaziergang gemacht. Den macht er jeden Morgen pünktlich um halb sieben.«

Mein lieber Mann, dachte Kiran. Der Tatort lag etwa fünf Minuten zu Fuß von hier. Zehn, wenn man Alter und Spaziergeschwindigkeit bedachte. Die Joggerin hatte wirklich unfassbares Glück gehabt. Der Mörder musste Lautenschläger nur wenige Minuten vor ihrer Ankunft endgültig erledigt haben.

»Frau Lautenschläger, hat Ihr Mann gestern oder in den Tagen davor irgendetwas erwähnt, das auf eine Bedrohung schließen lassen könnte?«

»Junger Mann, mein Gatte wird bedroht seit ich ihn kennengelernt habe. Er hat sich von jeher mit weiß Gott welchen Existenzen überworfen oder mit ihnen Geschäfte gemacht, zumeist beides. Wenn Sie diesen Fall lösen wollen, werden Sie eine sehr lange Liste potentieller Feinde abarbeiten müssen.«

Sie blickte Kiran an und deutete mit keiner Regung oder unstetem Blick auch nur den Hauch einer Emotion an. Sie hat sich perfekt in der Gewalt, dachte er.

»Frau Lautenschläger, erlauben Sie mir ein persönliche Frage – wie war das Verhältnis zwischen Ihnen und Ihrem Mann?«, fragte er dann.

Sie war nicht im mindesten überrascht und antwortete umgehend.

»Wir führen … wir haben eine erfolgreiche Ehe geführt. Wir haben uns immer Freiräume gelassen und uns gegenseitig respektiert. Ich habe mich nicht für die Geschäfte meines Mannes interessiert, und das erwartete er auch gar nicht.«

»Und Sie, Herr Lautenschläger, wie würden Sie Ihr Verhältnis zu Ihrem Vater beschreiben?«, schaltete Blohm sich ein.

Lautenschläger junior zuckte mit den Schultern.

»Im Grunde ähnlich wie meine Mutter. Er war kein Mensch, der andere an sich heranließ. Er zeigte auch kein besonderes Interesse an anderen Menschen, es sei denn, sie waren in irgendeiner Weise nützlich für seine Geschäfte.«

Dem Sohn gelang es weniger, seine Abneigung zu verbergen.

»Haben Sie mit Ihrem Vater zusammengearbeitet?«

»Ich führe ein Geschäft, das zu seiner Unternehmensgruppe gehört. Wir importieren Facharbeiter von und nach Osteuropa.«

Bolko gelang es gerade noch, seine ursprüngliche Reaktion mit einem Räuspern zu tarnen.

»Nun, darauf werden wir zurückkommen, wenn wir genauere Fragen bezüglich der Geschäfte und Kontakte Ihres Vaters haben. Wann haben Sie ihn das letzte Mal gesehen?«

»Vorgestern, wir waren zum Mittagessen in der Innenstadt. Und bevor Sie fragen – wir hatten eine kleine Auseinandersetzung, rein geschäftlich, nichts Persönliches und nichts Ernstes. Er war wie immer unzufrieden mit einigen meiner Entscheidungen. Wir diskutierten, er gewann, wir trennten uns.«

Kiran störte das ständige Antizipieren der beiden. Sie wirken wie trainiert auf diese Fragen, deshalb sollten wir dieses kleine Spielchen jetzt beenden, dachte er. »Gut, wie mein Kollege schon sagte, wir werden Sie später ausführlicher befragen. In diesem Moment möchte ich Sie nur bitten, unserem Team Zugang zu Ihren Überwachungsaufzeichnungen zu geben.«

»Sicher, meine Herren«, sagte sie.

Sie erhoben sich und wurden mit einer Handbewegung entlassen.

»Sie finden ja den Weg hinaus. Bitte rufen Sie vorher an, wenn Sie oder Ihre Kollegen wieder vorbeikommen wollen.«

»Selbstverständlich«, sagte Bolko. »Wir machen dann einen Termin mit Ihrer Sprechstundenhilfe.«

Er grinste Mutter und Sohn an und machte sich auf den Weg zur Haustüre. Kiran nickte einmal in die Runde und folgte Bolko, während Martin Lautenschläger den Sicherheitschef anrief.

Draußen wollte Bolko gleich anfangen zu sprechen, Kiran aber bedeutete ihm mit einem Kopfschütteln zu schweigen. Sie warteten, bis man ihnen das Überwachungsvideo ausgehändigt hatte, dann verließen sie das Grundstück.

Bolko sah Kiran fragend an.

»Also das war sicher eine der kürzesten Befragungen, die ich bisher miterleben durfte. Andererseits wirkten die beiden ziemlich gut vorbereitet. Wollten Sie deshalb so schnell weg?«

»Genau. Jemand, ein Partner oder unser oberster Ankläger persönlich, hat sie gut eingestellt. Obwohl die

Dame des Hauses diesen Auftritt sicherlich auch allein hinbekommen hätte.«

Bolko schwieg eine Weile. Schließlich sah er Kiran forschend von der Seite an. »Das Ganze gefällt mir überhaupt nicht. Mein erster Fall als leitender Ermittler beim BKA und dann ausgerechnet ein hochstehendes Opfer, jede Menge öffentlicher Druck und höchstwahrscheinlich Ärger mit allen Chefs, die es gibt, dazu ein zusammengewürfeltes Team. Und warum Sie mitmischen sollen, ist mir ehrlich gesagt nicht ganz klar«

Kiran schmunzelte. Blohm war offenbar ein Freund direkter Worte.

»Ich bin unter anderem als Berater und Profiler für internationales Verbrechen zuständig. Man hat zwar auch einen Kollegen aus dem Bereich SO3 dazugeholt, aber Oberstaatsanwältin Roellinghoff wollte ein Team, das mehr als nur in Richtung Wirtschafts- und organisierte Kriminalität ermitteln kann, wenn nötig grenzübergreifend. Und ihr geht's übrigens wie Ihnen. Sie glaubt auch, dass uns das Ding schnell um die Ohren fliegen kann.«

»Und was meinen Sie? Ist dies das Ende unserer jungen Karriere?«

»Ich kann mir vorstellen, dass man in den oberen Kreisen nicht die leiseste Ahnung hat, was hier vorgefallen ist. Deshalb lässt man das BKA ermitteln, und was ist besser zu kontrollieren als ein junges Team, dem man bei jeder Bewegung über die Schulter sehen und auf die Finger hauen kann?«

»Charmant. Ich glaube es schon gesagt zu haben, ich kann Politiker nicht ausstehen. Und ich bin sicher, bei all den Beziehungen werden sicher einige Skelette aus den Schränken purzeln. Das hier wird niemandem Freude machen.«

»Vielleicht«, meinte Kiran. » Kann auch sein, dass wir ganz andere Leute auf uns aufmerksam machen. Eleonore … ich meine Frau Roellinghoff sagte, man hat gegen Lautenschläger ermittelt. Was genau weiß ich nicht, aber das werden wir sicher von besagtem Kollegen aus der Abteilung hören.«

Als sie wenig später den Tatort erreichten, war die Spurensicherung bereits verschwunden. An der Absperrung standen nun noch Beamte und hielten die inzwischen angekommene Schar Pressefotografen zurück. Erste Beleidigungen flogen durch die Luft. Kiran und Bolko blieben zum Glück unbemerkt und gingen weiter zum Parkplatz.

»Sie kennen die Oberstaatsanwältin persönlich?«, fragte Bolko ironisch.

»Ihr Vater ist beziehungsweise war mein Mentor beim BKA«, antwortete Kiran.

»Ist mir bekannt. Hat Sie ausgebildet und zum FBI geschickt, hat Sie dann nach Ihrer Rückkehr für ein Jahr beurlaubt. Studium in irgendeinem japanischen Kloster, dann als Dozent und Berater nach Berlin empfohlen. Warum Sie nicht im Feld arbeiten, weiß keiner. Man vermutet, irgendwas in Quantico hat Ihnen den Magen verdorben. Das beantwortet aber nicht meine Frage.«

Kiran musste lächeln. »Zumindest reden Sie nicht lange um die Dinge herum. Sagen wir es so: Meine Zeit beim FBI hat mich dahingehend beeinflusst, Ermittlungen zu begleiten, anstatt sie im Feld selbst durchzuführen. Seitdem berate ich Teams. Die Oberstaatsanwältin hat mich damals in dieser Entscheidung unterstützt. Daher und wegen ihres Vaters sind wir Freunde. In diesem Fall wie auch in anderen vorher sind wir Kollegen, mehr nicht. Sie braucht Hilfe in diesem Fall, wie Sie übrigens auch. Sie sollten meine Anwesenheit daher vielleicht eher als Vorteil ansehen.«

»Und Sie als ausgewiesener Pazifist ermitteln mit mir zusammen draußen im Feld. Sehen Sie's mir nach, wenn mich das angesichts der potentiellen Tätergruppe nicht gerade entspannt.«

»Keine Bange«, sagte Kiran. »Ich kann auf mich aufpassen.«

Und ich weigere mich eine Waffe zu tragen, dachte er. Vielleicht hat er Recht.

Sie waren an Kirans Wagen angekommen.

»Das ist Ihr Auto?«, fragte Bolko. »Rover Mini, sechziger Baujahr und Rechtssteuer. Eine leichte Berührung mit einem Laster, und Sie sind platt, aber mit Stil gestorben. Passen wir da wirklich beide rein?«

»Sie haben kein Auto dabei? Dann müssen wir unser Glück versuchen.« Sie stiegen ein.

»Wie im richtigen Leben«, sagte Bolko und zwängte sich auf den Beifahrersitz. Sein Handy machte ein undefinierbares Geräusch. »Team-Besprechung um 14 Uhr. Leiterin Halbach. Mutter Courage persönlich, na prima, das auch noch. Was meinen Sie, wollen wir vorher noch ein paar Leute befragen? Was halten Sie von Lautenschlägers Investmentfirma Omniacorp? Die ist gleich um die Ecke. Vielleicht hat der Herr Generalbundesanwalt da noch nicht angerufen.«

Kiran nickte und startete den Wagen.

5

Eine Viertelstunde später erreichten sie das Unternehmen von Lautenschläger in Charlottenburg, nahe dem Grunewald. Auch dies war eine klassische Berliner Adresse, obwohl das Gebäude eher als Beispiel moderner Büroarchitektur durchging. Die Front war halbrund angelegt, diverse Vorbauten des mehrstöckigen Gebäudes erzeugten Innenhöfe, die von Fronten und Dächern aus Glas eingeschlossen waren. Innen befanden sich Besprechungsräume und Arbeitsplätze auf unterschiedlich angelegten Ebenen. Das Ganze strahlte Erfolg und Reichtum aus. Sie stiegen aus dem Wagen.

»Wie überleben Sie das ohne Haltungsschaden?«, fragte Bolko, während er sich ausgiebig streckte.

»Spezialsitz mit Holzmatte, etwas vertieft und zurückgelegt«, antwortete Kiran und ging auf den Eingang zu.

Dieser bestand aus einer sehr dicken Glastür, hinter der sich Vorraum mit Pförtnerloge befand. Der Raum hatte jedoch wenig mit dem Wirkungsbereich des traditionellen Türwächters vergangener Zeiten zu tun. Stattdessen bestand die gesamte rückwärtige Wand aus Monitoren mit Bedienerpult. Kiran blickte durch die Glastür, die offenbar nicht daran dachte, sich automatisch zu öffnen. Das hier hätte genauso gut die Wachabteilung des

Innenministeriums sein können. Die beiden durchtrainierten Sicherheitsmänner hinten im Pförtnerhäuschen verstärkten diesen Eindruck.

Bolko hielt seinen Ausweis in die Kamera, die in die Gegensprechanlage eingebaut war.

»Sie wünschen?«, fragte eine metallisch klingende Stimme.

»KHK Blohm und Mendelsohn vom BKA. Wir sind wegen Ihres Chefs hier, also lassen Sie mal die Zugbrücke runter.«

Erstaunlicherweise schien das zu wirken. Der Summer ertönte, und sie traten in den Vorraum. Dort bedeutete man ihnen, die Ausweise an einen Scanner zu halten. Einer der beiden Sicherheitsmänner tippte etwas in seinen Computer und nickte dann.

»Sie sind bestätigt. Bitte gehen Sie in den Warteraum. Ich kündige Sie an.«

Der Warteraum bestand aus einer ledernen Sitzgruppe, die durch eine weitere Glaswand auf einen der Innenhöfe blickte. Bolko ließ sich in einen der Sessel fallen und schaute sich um.

»Was waren das für Zeiten, als man einfach den Ausweis hingehalten hat und fertig. Diese beiden Heinis, haben die eben unsere Daten irgendwo abgerufen?«

Kiran wollte etwas erwidern, doch in diesem Moment betrat eine Mitarbeiterin den Raum. Sie trug den in dieser Berufswelt üblichen dunklen Zweiteiler, hochgestecktes Haar und unaufdringliches Make-up. Alles an ihr schien unterkühlt professionell.

»Meine Herren, wenn Sie mir bitte folgen möchten, ich bringe Sie zu Herrn Fischer.« Sie drehte sich sofort um und ging los. Blohm warf Kiran einen fragenden Blick zu, dann folgten sie der Frau.

Sie gingen durch den Innenhof und betraten einen gläsernen Aufzug, der sich geräuschlos in Bewegung setzte. Während Bolko auf den Innenhof hinuntersah, musterte Kiran ihre Begleiterin. Sie hält die Fassade recht tapfer, dachte er. Dahinter aber ist sie hypernervös. Er beschloss jedoch, sie vorerst nicht zu behelligen.

»Mein Beileid wegen Ihres Chefs«, ließ sich Bolko vernehmen. Ihr Gesichtsausdruck verrutschte mehrmals in Richtung Panik, bevor sie mit einer schier übermenschlichen Anstrengung eine Antwort zustande brachte.

»Ich soll Sie gleich zu Herrn Fischer bringen. Er kann Ihnen sicher Ihre Fragen beantworten.«

»Natürlich«, meinte Bolko. »Ich dachte nur, ich bin mal höflich angesichts Ihres schweren Verlusts.«

Der Lift war in der obersten Etage angekommen. Ihre Begleiterin floh nach draußen in Richtung einer weiteren Glastür. Dahinter sah man ein weiträumiges Büro und darin einen Mann am Schreibtisch. Er erhob sich, als er sie kommen sah, und drückte einen Knopf neben seinem Bildschirm. Die Tür öffnete sich, und sie traten ein.

»Herr Mendelsohn, Herr Blohm«, sagte er und gab ihnen nacheinander die Hand, um dann mit einer Geste auf zwei Sessel vor seinem komplett leeren Schreibtisch zu deuten. »Das wäre alles, Frau Holt, vielen Dank.«

Kiran setzte sich und sah aus dem Augenwinkel, wie die Assistentin auf dem Rückweg zum Lift leicht schwankte. Er wandte sich dem Mann zu und betrachtete ihn. Fischer hatte wie der alte Lautenschläger das Rentenalter längst überschritten. Erstaunlich, dass er kein Kompagnon war, sondern nach wie vor die Position eines Assistenten innehatte. Aber oft waren ja die Assistenten die mächtigsten Männer im Hause. Fischers Auftreten unterstrich dies. Klassischer Stil, dachte Kiran. Teurer Anzug, elegante Lesebrille, leicht zurückgelegter Kopf mit eisenhartem Blick die Nase entlang herab auf sein Gegenüber. Alles wie erwartet.

»Ich bin erstaunt, dass Sie so schnell hier erscheinen und zudem ohne Anmeldung.«

Kiran erkannte die typisch arrogante und einschüchternde Gesprächseröffnung, wie man sie von der grauen Eminenz eines solchen Unternehmens erwarten konnte. Damit war Fischer bei Bolko aber an den Falschen geraten.

»Nun, bei Mordfällen nehmen wir es mit der Etikette nicht so genau. Und das zeitigt mitunter erstaunliche Ergebnisse, Herr … Fischer, wenn ich Ihre stammelnde Assistentin im Foyer richtig verstanden habe?«

Kiran sah das leichte Aufblitzen in den Augen ihres Gegenübers und lächelte in sich hinein. Das konnte recht unterhaltsam werden, aber warum sollten sie nicht ein wenig Ball spielen?

»Wer hat Sie angerufen, Herr Fischer?«, fragte er, bevor dieser Bolko antworten konnte.

»Der Sohn, Martin Lautenschläger. Wir hatten für heute um zehn Uhr einen Termin mit ausländischen Investoren. Herr Lautenschläger senior wollte eine Stunde früher zum Briefing hier sein. Ich wollte gerade bei ihm zu Hause anrufen, aber Martin kam mir zuvor.« Er schüttelte den Kopf, nahm die Brille ab. »Eine schreckliche Geschichte. Ich muss sagen, ich bin schockiert. Was genau ist denn passiert? Martin hatte mir nichts sagen können, außer dass Friedrich erschossen worden ist.«

»Ihr Chef, Herr Fischer, ist bei seinem Morgenspaziergang angegriffen worden. Kugeln gezielt in die Brust und in den Kopf. Angesichts dieser Tatsache und der exponierten gesellschaftlichen Stellung von Herrn Lautenschläger sowie der Natur dieses Unternehmens gehen wir von der Tat eines professionellen Killers aus.«

»Was genau meinen Sie mit der Natur dieses Unternehmens, Herr Mendelsohn?«

»Sie sind an diversen strittigen Industrieprojekten beteiligt. Sie haben Gegner in verschiedenen Lagern, von Gewerkschaften bis hin zu konkurrierenden Unternehmen. Ihre internationalen Geschäfte erfreuen sich der Aufmerksamkeit unterschiedlichster Gruppierungen in Wirtschaft und Politik. Ich würde sagen, sowohl Sie als auch Herr Lautenschläger unterliegen einem gewissen Sicherheitsrisiko, meinen Sie nicht auch?«

Auch wenn dies offensichtlich zutraf, ließ sich Fischer keinerlei Reaktion anmerken.

»Ich denke, da übertreiben Sie ein wenig. Wie Sie wissen, sind wir ein etabliertes Unternehmen. Wir genießen mit unseren Engagements die volle Unterstützung der Regierung. Keines unserer derzeitigen Projekte ist so delikat, dass wir dafür größere Sicherheitsmaßnahmen benötigen.«

»Sie meinen, nicht mehr als Ihre jetzige Überwachungsanlage mit Standleitung zum Innenministerium?«, fragte Bolko.

»Herr Blohm, wir sind Deutschlands erfolgreichstes Investmentunternehmen im Bereich der industriellen

Koordination, unsere Tätigkeit ist von internationaler Tragweite. Natürlich müssen wir uns und unser Haus professionell absichern, das sollte gerade Ihnen klar sein. Darüber hinaus brauchen wir keinerlei Personenschutz. Weder Herr Lautenschläger noch ich beschäftigen einen Leibwächter.«

»Sicher, sonst wären wir auch nicht hier«, entgegnete Bolko trocken.

»Wie dem auch sei, Herr Fischer, wir stehen vor einem Mord, der alle Zeichen koordinierter Planung aufweist«, warf Kiran ein, bevor die Unterhaltung völlig aus dem Ruder lief. »Sie werden also verstehen, dass wir Ihnen ein paar Fragen zu Ihrem Unternehmen stellen müssen.«

»Es ist eine Regel in unserem Haus, dass mit Außenstehenden nicht über Interna gesprochen wird, Herr Mendelsohn. Dazu kommt, dass ich es nicht verantworten kann, die Belegschaft befragen zu lassen, bevor ich sie nicht selbst über den schweren Verlust und die daraus folgenden Maßnahmen unterrichtet habe. Und Sie werden sicher verstehen, wenn ich Ihre Befugnisse mit Ihren Vorgesetzten besprechen muss.«

»Selbstverständlich«, antwortete Kiran, bevor Bolko eine weitere Breitseite abfeuern konnte. »Wir sind heute lediglich hier, um von Ihnen zu erfahren, ob Herr Lautenschläger in letzter Zeit unter Druck stand oder ob es eventuell Anzeichen gab für eine Bedrohung.«

»Friedrich war wie immer die Ruhe selbst. Er ist … Er war ein äußerst kontrollierter Mensch. Wenn wir mit unseren Projekten Konkurrenten verärgert haben, so ist dies nie Anlass zur Sorge gewesen. Im Gegenteil hat er dies eher als eine Art sportlichen Wettkampf verstanden.«

»Tja, bis dann ein Gegner die Nase voll davon hatte und den Mittelstürmer aus dem Spiel genommen hat«, fiel ihm Bolko ins Wort.

»Friedrich Lautenschläger, um bei dieser Metaphorik zu bleiben, Herr Blohm, war eher unser Trainer und Vereinspräsident in Personalunion. Er war die Seele dieses Unternehmens und mithin der deutschen Industriepolitik in Osteuropa. Wir haben mit unseren Projekten viel Gutes geleistet, für unser Land und für unsere Partner.«

»Zweifellos«, sagte Kiran. »Trotzdem werden wir dies alles sehr viel genauer beleuchten müssen, Herr Fischer. Und das schließt mit ein, dass wir über Ihre aktuellen und kürzlich abgeschlossenen Projekte eine ganze Menge mehr wissen wollen.«

»Wie ich schon sagte, dazu bräuchten Sie Befugnisse von Ihren Vorgesetzten«, antwortete Fischer mit einem unverbindlichen Lächeln.

»Das ist schon in Arbeit«, entgegnete Kiran und stand auf. »Sie können davon ausgehen, dass die Leitung unseres Teams bereits mit der Staatsanwaltschaft kommuniziert hat. Wir werden Ihnen in Kürze dann unsere Assistenten vorbeischicken, die Sie und Ihre Belegschaft genauer befragen werden.«

»Ich glaube nicht, dass Ihre Assistenten …«

»Herr Fischer, die Ermittlungen zum Tod Ihres Chefs sind, wie ich schon sagte, bereits angelaufen. Wen wir hierherschicken, um zu ermitteln, können Sie getrost uns überlassen. Inzwischen, schlage ich vor, beginnen Sie schon einmal mit der Zusammenstellung der wichtigsten Projekte und Kontaktpersonen sowie entscheidender Mitglieder Ihres Personals, damit unsere Kollegen keine Zeit verlieren, wenn sie morgen hierherkommen und die Befragungen beginnen. In diesem Sinne, noch einmal mein Beileid und einen guten Tag.«

Bolko war ebenfalls aufgestanden, grinste und hob die Hand zum Gruß, während er sich abwandte und Kiran folgte, der bereits die Türe geöffnet hatte.

Sie fuhren schweigend mit dem Lift ins Parterre und verließen das Gebäude, ohne von den Sicherheitsbeamten behelligt zu werden.

»Mein lieber Mann«, sagte Bolko, als sie außer Hörweite waren. »Für einen Psychologen sind Sie aber auch nicht gerade zimperlich im Umgang mit diesen Typen.«

»Normalerweise kann ich meine Antipathie recht gut verbergen«, sagte Kiran. »In diesem Fall allerdings schien das nicht angebracht.«

»Aha, und wieso?«

»Erstens, weil Sie sich von ihm haben reizen lassen. Hätte ich Sie weitermachen lassen, wären wir vorzeitig aus dem Büro geflogen, ohne das Ende des Gesprächs selbst bestimmen zu können. Zweitens, weil der Mann ganz offensichtlich einen Maulkorb verpasst bekommen hat. Und drittens mussten wir die Chance bekommen, ihm klarzumachen, dass wir mindestens so gut aufgestellt sind wie er.«

»Und, sind wir das?«

»Keine Ahnung. Das werden wir sicher bei der ersten Teambesprechung erfahren.«

Bolko schaute nachdenklich drein. »Dass Sie ihm die

Leviten gelesen haben, hat ihn zumindest mehr überrascht, als wenn ich das getan hätte.«

Kiran lächelte und schloss den Wagen auf. »In diesem Spiel zählen nur zwei Dinge: keine Angst vor großen Tieren und immer den Gegner überraschen.«

Sie stiegen ein und fuhren los. Bolkos Telefon machte ein weiteres undefinierbares Geräusch, und er antwortete. Am anderen Ende war offensichtlich die Leiterin der Abteilung Birte Halbach, die wissen wollte, wo die beiden steckten. Bolko wollte von ihrem Besuch in der Lautschläger-Firma berichten, wurde jedoch umgehend unterbrochen und musste sich eine ziemliche Tirade anhören.

»Aber ja doch, Frau Halbach«, sagte er schließlich, »das können wir dann ja alles gleich besprechen.« Er grinste, klappte sein Handy zu und wandte sich an Kiran.

»Und Sie beraten also Ermittlerteams psychologisch und kriminalistisch. Was soll ich mir außer Profiling darunter vorstellen?«

»Nun, das Profiling nimmt einen großen Raum ein, Tätertypisierung, Fallanalyse. Hinzu kommt die Beratung in der Ermittlung. Die ist abgesehen vom kriminalistischen Aspekt auch eine Art generelle Bewertung von Personen oder Sachverhalten.«

»Solche Abteilungen gibt es doch in den meisten LKAs, und da fordern die zusätzlich einen promovierten Psycho- und Kriminologen wie Sie an?«

»Viel zu oft in diesen Tagen. Es scheint, als würden die Fälle mit jedem Jahr komplexer und die beteiligten Personen zunehmend Fälle für Therapeuten. Um dem irgendwie beizukommen, versuche ich mit kreativen Methoden andere Ermittlungsansätze zu finden.«

»Und das funktioniert vom Schreibtisch aus?«, fragte Bolko mit unverhohlener Skepsis.

»Besser, als Sie glauben.«

Bolko entgegnete nichts und schwieg den Rest der Strecke.

6

Wenig später erreichten sie das Hauptquartier im Treptower Park.

Das BKA-Gebäude war, anders als das angeberische Stahl-und-Glas-Konstrukt, von dem sie gerade kamen, ein typisches Beispiel für die schlichte Bauweise althergebrachter Militärarchitektur und beileibe keine Augenweide, aber Kiran hatte sich daran gewöhnt. Er war vor etwa zehn Jahren zusammen mit einer Gruppe Beamter aus Wiesbaden hierhergezogen, als der neue Standort gerade eingerichtet worden war. Offiziell sollte die Berliner Dependance neben der Sicherungsgruppe die Abteilung Terrorismusabwehr beherbergen. Kiran jedoch kam im Tross mit den ersten Beamten zum Aufbau der neuen Abteilung Internationale Koordinierung, für die er dank seiner Fremdsprachenkenntnisse schon länger als Verbindungsbeamter tätig war. Diese Entscheidung war getroffen worden, als die Krise des BKA und die Einflussnahme auf dessen Aufbau durch die Politik ihren Höhepunkt hinter sich hatte. Mit dem Regierungswechsel waren zuerst Ruhe und dann etwas mehr Vernunft in die gesamte Organisation eingekehrt.

Die Abteilung Berlin beschränkte sich daher nicht nur auf die Kommunikation mit dem Ausland, sondern agierte in ähnlicher Weise mit den Landeskriminalämtern im Osten und dem Nachrichtendienst. Sowohl die neuen Kollegen im Osten als auch der BND hatten bislang in einem Verhältnis zum BKA gestanden, wie man es sonst nur zwischen verfeindeten Nationen kannte. Kiran und mit ihm eine kleine Gruppe Ermittler bildeten in dieser Hinsicht die offizielle Kontaktstelle für Kriminalistik, Profiling und das internationale Polizeinetzwerk. Im Laufe der Jahre hatten die Kriminalfälle mit internationaler Tragweite stark zugenommen, und dies nicht nur im Bereich der organisierten Kriminalität. Kiran hatte schnell herausgefunden, dass es mit dem Herstellen von Kontakten zwischen Ermittlungsgruppen nicht getan war. Zu oft sprachen die Ermittler nicht nur im wörtlichen Sinne verschiedene Sprachen.

Für Kiran bedeutete dies in den meisten Fällen neben seinen eigentlichen Aufgaben eine Menge Vermittlungsarbeit zwischen den Parteien. Oft fungierte er daher auch als eine Art schlichtender Schiedsrichter. In der Folge forderten ihn Landeskriminalämter immer häufiger als ständiges Mitglied von Sonderkommissionen an. Diese Arbeitsweise lag ihm sehr, zumal dies seinem Charakter entsprach und auch die Vision seines Mentors gewesen war. Einzig seine Weigerung, selbst aktiv im Feld zu ermitteln, schien Kollegen wie Vorgesetzte nach wie vor zu befremden.

Mittlerweile hatte er den Verdacht, dass dieser Umstand neben der Budgetknappheit der eigentliche Grund dafür war, dass nicht mehr Stellen mit seinem Arbeitsprofil aufgesetzt wurden. Auch seine Versuche, als Lehrender in der Akademie Wiesbaden gewissermaßen seine eigenen Nachfolger auszubilden, waren regelmäßig gescheitert, wenn seine besten Schützlinge umgehend in Sonderkommissionen verschwanden oder gleich abgeworben wurden. Wann immer ein Mangel an gut ausgebildeten Leuten die Besetzung von Teams beinahe unmöglich machte, rekrutierte man lieber Talente aus den LKAs, wie auch diesmal Bolko Blohm. In dieser Hinsicht hatte sich in den letzten zehn Jahren kaum etwas geändert.

Im Flur im ersten Stock trafen sie auf Alenka Motte.

»Die Gruppe ist im Besprechungsraum versammelt«, sagte sie und zog ihre Augenbrauen nach oben, offenbar ein Anzeichen für Kritik ihrerseits. »Die Chefin ist bereits auf Betriebstemperatur. Was immer Sie beide verbrochen haben, sie ist noch schlechter gelaunt als heute Morgen. Zum Glück sind Sie wenigstens pünktlich.«

Mit diesen aufmunternden Worten betraten sie einen großen Raum. Kiran sah sich um. Das war bislang das Großraumbüro eines Teams gewesen, das sich seit Jahren mit der Erfassung neu gebildeter Terrorzellen aus dem Nahen Osten beschäftigt hatte. Jetzt waren die Schreibtische verlassen. Dafür war eine hochmoderne Computerstation mit Großbildschirm aufgebaut worden, der so genannte Medienterminal. An der hinteren Fensterfront war ein in Glas gefasster Besprechungsraum abgetrennt worden, zu dem sie jetzt gingen.

Am Kopf des langgezogenen ovalen Konferenztisches saßen Eleonore Roellinghoff und Birte Halbach. Auf einer Seite hatten zwei jüngere Männer Platz genommen. Einer der beiden hätte Bolkos Bruder sein können, die Kleidung und der Habitus ähnlich lässig, dazu ein klassisch römisches Profil. Das musste Enzo Moretti sein. Der andere sah eher unscheinbar aus und blickte Kiran und Bolko nur kurz, aber durchdringend an.

»Wunderbar, da wir jetzt endlich vollzählig sind, können wir vielleicht mit der Arbeit beginnen. Fangen wir mit Teamaufbau und Infrastruktur an.«

Wie üblich verlor Birte Halbach keine Zeit und kam sofort zur Sache.

»Wie Sie sehen, hat die Arbeitsgruppe ST2 ihr Büro geräumt und ist bis auf Weiteres ins Erdgeschoss gezogen. Das bedeutet, dieser Raum hier wird Ihre Wohnung sein, bis dieser Fall gelöst ist. Kriminalkommissarin Motte ist bereits dabei, den Medienterminal für unsere Arbeit aufzusetzen. Für alle ist je ein Schreibtisch mit PC und kompletter Kommunikationsanlage vorhanden. Das ist selbst für dieses moderne Haus untypisch, und daran können Sie erkennen, welche Priorität dieser Fall hat. Ich erwarte, dass jeder, ich wiederhole jeder, hier absolute Professionalität und Transparenz an den Tag legt. Zum Aufbau: Wie Sie sehen, leite ich diese Gruppe, und das bedeutet, jeder berichtet direkt an mich. Frau Roellinghoff ist die leitende Oberstaatsanwältin, wir beide zusammen treffen hier die Entscheidungen und vertreten das Team nach außen, sonst niemand. Kriminalkommissar Motte ist wie gesagt Ermittlerin sowie Spezialistin im Bereich Technik. Kriminaloberkommisar Moretti ist mit ihr zusammen in der Ermittlungsarbeit tätig. Von der Abteilung SO3 haben wir für alle Fragen zu Wirtschafts- und organisierter Kriminalität den Kollegen Paul Heinrich zugeteilt bekommen.« Damit sah sie den unscheinbaren jungen Mann an, der jetzt dankbar lächelte. Dann wandte sie sich Kiran zu. »Herr Mendelsohn hier kommt als Berater und Profiler sowie co-leitender Ermittler hinzu. Das bringt mich zum Leiter des Ermittlungsteams, meiner rechten Hand, von der ich bis vor kurzem nicht wusste, wo sie sich die letzte Stunde aufgehalten hat. Herr Blohm …«

Bolko sah auf und fand sich im Zentrum der allgemeinen Aufmerksamkeit.

»Ja?«, fragte er mit einem vollkommen entspannten Gesichtsausdruck.

»Ich möchte Ihre bisherige Herangehensweise als Anlass dazu nehmen, die Regeln hier im Team darzulegen. Genauer gesagt, als leuchtendes Beispiel dafür, wie man es nicht macht. Wie ich eben erwähnte, Frau Roellinghoff und ich leiten diese Ermittlungen. In diesem Zusammenhang werden wir mehrmals am Tag vom Präsidenten, hochrangigen Vertretern der Staatsanwaltschaft und der Regierung angerufen und nach Ergebnissen befragt. Was dabei hinderlich, um nicht zu sagen extrem ärgerlich ist, sind Anrufe wie derjenige des Generalbundesanwalts von eben, in dem mir eine Beschwerde wegen einer unangemeldeten und anmaßenden Befragung durch meine beiden leitenden Ermittler um die Ohren gehauen wird.«

»Frau Halbach …«, begann Bolko, wurde jedoch umgehend unterbrochen.

»Herr Blohm und auch Herr Mendelsohn, Ihnen beiden und auch dem Rest des Teams sollte die Bedeutung dieses Falles klar sein. Dies hier ist ein Politikum, nicht mehr und nicht weniger. Das bedeutet, wir stehen nicht nur unter Druck, sondern unter ständiger Beobachtung. Ich verlange von Ihnen, zu jeder Zeit und unter allen Umständen über absolut jeden Schritt informiert zu werden und meine Bestätigung abzuwarten. Befolgen Sie das, und wir kommen weiter. Noch ein solcher Auftritt allerdings, und Sie sind schneller zurück in Hamburg, als Sie glauben. Was haben Sie mit dieser Farce einer Befragung bezwecken wollen?«

Bolko wirkte ungerührt. »Wir sind mit der Absicht dorthin gefahren, den Assistenten von Herrn Lautenschläger und womöglich weitere Mitarbeiter der Firma möglichst kurz nach der Tat anzutreffen. Da der Herr Generalbundesanwalt keine Zeit verloren hat, die Angehörigen umfassend zu unterrichten, wollten wir sehen, ob man in der Firma ebenso gut auf uns vorbereitet war. Der ideale Zeitpunkt für eine Befragung direkt Betroffener ist nun mal unmittelbar nach der Tat …«

»Und, welche Erkenntnisse haben Sie gewonnen?«

Bolko verzog das Gesicht und blickte Kiran an, dieser nahm den Faden auf.

»In der Firma Lautenschläger weiß bislang so gut wie niemand von der Tat. Der Assistent von Lautenschläger hat sich zudem weder betroffen noch in irgendeiner Weise hilfreich gezeigt. Wenn sich die Firma schützen wollte, wäre Kooperation durch ein paar ausgewählte Mitarbeiter der weitaus bessere Weg, unsere Ermittlungen zu beeinflussen. Stattdessen wird uns, wie wohl während der gesamten Ermittlungen weiterhin zu erwarten, die Türe vor der Nase zugeschlagen. Das Ganze scheint darauf angelegt, uns aus den Firmenbelangen so lange und effektiv wie möglich auszuschließen und die Ermittlungen später in eine andere Richtung zu lenken.«

»Und woran denken Sie da?«

»Das ist zu diesem Zeitpunkt noch unklar. Das werden

wir in den nächsten Tagen sehen, wenn die Firma uns die ersten Brotkrumen hinwirft«, sagte Kiran.

»Wie dem auch sei, Herr Blohm, ich verlange nicht nur, über solche Befragungen informiert zu werden, sondern ich ordne sie in der Regel an, vor allem in diesem Fall. Das muss Ihnen klar sein, oder sehen Sie das anders, Herr Mendelsohn?«

Kiran kannte diese Taktik von Birte Halbach. Sie war eine Meisterin darin, vor allem männliche Ermittler gegeneinander auszuspielen, deren Eitelkeiten bloßzulegen, emotionale Ausbrüche zu antizipieren und so die Kontrolle zu übernehmen. Dies tat sie aber stets nur intern, um ihre Autorität zu untermauern. Nach außen verteidigte sie ihre Teams wie eine Löwin. Das hatte ihr den Spitznamen Mutter Courage eingebracht. Kiran schüttelte daher mit einem bedauernden Lächeln den Kopf.

»Ich war in dem Fall ganz der Meinung meines Kollegen. Aber Ihre Order ist angekommen. Daher würde ich vorschlagen, dass wir uns vielleicht alle auf etwas einigen.«

»Und das wäre?«, fragte sie mit einer gefährlichen Ruhe in der Stimme.

»Wir alle wissen um die Brisanz dieses Falles. Zugleich ist jedem hier klar, warum man speziell uns auf diese Sache loslässt. Wenn wir diesen Fall nicht nur mit Anstand, sondern auch möglichst unbeschadet überstehen wollen, müssen wir Eigeninitiative ergreifen. Andernfalls sind wir ständig in der Defensive, und das ist für gewöhnlich der Anfang vom Ende.«

»Ihnen ist klar, dass ich über unsere Schritte beinahe stündlich berichten muss?«

»Umso besser, Sie müssen denen ja nicht immer das Neueste erzählen. Vielleicht können Sie da eine Art verbale Warteschleife einbauen und den Anrufer um etwas Geduld bitten. Das verschafft uns Zeit, und inzwischen können wir – mit Ihrer Billigung – die eine oder andere eigene Aktion durchführen. Wenn wir irgendetwas erreichen wollen, müssen wir uns heimlich emanzipieren – und das müssen wir gemeinsam tun.«

Darauf hatte Birte Halbach erstaunlicherweise keine Antwort. Man konnte sie und den Rest des Teams förmlich denken hören. Es war Eleonore, die einen Blick mit Halbach wechselte und dann das Schweigen brach.

»Also gut, ihr informiert uns darüber, was ihr vorhabt und was ihr erfahrt. Wir reden darüber und planen unsere Schritte. Aber die finale Entscheidung muss bei uns liegen, bei Frau Halbach und mir, ist das klar?«

Alle nickten, und die Stimmung im Raum entspannte sich sichtlich.

Interessant, dachte Kiran. Sie einigen sich sehr schnell. Eleonore hatte genau zum richtigen Zeitpunkt die nötige Menge Leine gegeben. Auch das Team machte den Eindruck positiver Entschlossenheit. Selbst Bolko schaute weniger verkniffen und hatte eher einen leicht abwesenden Ausdruck auf dem Gesicht.

Halbach wandte sich Paul Heinrich zu, der sich sofort straffte.

»KK Heinrich, was können Sie uns über die bisherigen Ermittlungen Ihrer Abteilung gegen Lautenschläger sagen?«

Heinrich nickte eifrig. »Wir ermitteln seit einem Jahr gegen die in Berlin ansässige russische Handelsgesellschaft OHG. Im Zuge der Ermittlungen sind wir dabei auch auf Friedrich Lautenschläger gestoßen.«

»Vielleicht, weil der Mann mit dieser Gesellschaft Geschäfte macht?«, warf Bolko mit belustigtem Augenzwinkern ein.

Birte Halbach brachte ihn mit einem strengem Blick zum Schweigen.

Heinrich schien diese Unterbrechung leicht aus dem Konzept gebracht zu haben, doch er fing sich und sprach weiter.

»Wir sind durch den Vorwurf der illegalen Verwendung von Fördergeldern auf ihn gestoßen. Offenbar fährt sein Unternehmen zweigleisig.«

Er sah alle der Reihe nach an und blickte rundum in höfliches Unverständnis.

»Die Sache ist die, sein Unternehmen erhält zusammen mit der russischen Handelsgesellschaft Fördergelder zum Aufbau einer neuen industriellen Kooperation mit Russland. Diese Gelder sollen in Infrastruktur und Ausbildung von Betrieben investiert werden, die von Deutschland nach Russland umgesiedelt werden. Auf diese Weise will man die Abwanderung von Unternehmen nach Südosteuropa verhindern und direkte Zulieferbetriebe exklusiv für den heimischen Markt aufbauen.«

»Und was ist daran illegal, wenn man mal davon absieht, dass die deutschen Arbeitnehmer hierfür kaum Verständnis haben werden?«, fragte Kiran.

»Das Prekäre hieran ist, dass die Firmen offenbar nicht nur wie geplant Zulieferer speziell für deutsche Betriebe sind, sondern wohl eine ganze Reihe anderer Produkte für den internationalen Schwarzmarkt herstellen. Das würde logischerweise bedeuten, dass die Gelder nur zu einem kleinen Teil wie verlangt eingesetzt werden. Die Gewinne der schwarz produzierten Güter verschwinden in russischen und offenbar auch in deutschen Taschen. Hier ermitteln wir gegen Lautenschläger. Wir haben zudem Hinweise darauf, dass sich auch eine bedeutende Gruppe innerhalb der russischen organisierten Kriminalität beteiligt.«

»Mit anderen Worten, die Anzahl der Motive und potenziellen Täter hat sich gerade vervielfacht und erstreckt sich von Deutschland nach Osteuropa. Und irgendjemand hat das Lieblingskind der deutschen Industriepolitik erledigt, das wir nun als schwarzes Schaf enttarnen dürfen«, ließ sich Bolko vernehmen. Niemand widersprach ihm. Alle schienen über die schiere Menge der sich auftuenden Möglichkeiten zu sinnieren.

»Gut«, sagte Halbach schließlich. »Dies ist der Grund, warum Sie hier sind, Heinrich. Wir werden uns jetzt aufteilen. Sie werden bis zu unserem zweiten Treffen heute Abend eine detaillierte, aber bitte auch für wirtschaftliche Laien verständliche Präsentation Ihrer Erkenntnisse über die Kooperation zwischen Lautenschläger und dieser Handelsgesellschaft vorbereiten. Alenka wird Ihnen dabei zur Hand gehen. Dabei können Sie gleich alle Dateien und sonstiges Material in unseren Medienterminal übertragen. Ich erwarte, dass bis heute Abend Ihr gesamtes Material komplett abrufbar ist. Moretti, Sie sammeln die Befragungsergebnisse der Beamten rund um den Tatort ein. Blohm und Mendelsohn, Sie gehen zur Gerichtsmedizin und schauen sich das Opfer an, ich will die ersten Eindrücke des Pathologen haben. Und lassen Sie sich keinesfalls auf den üblichen Quatsch mit dem vollständigen Bericht vertrösten. Die Oberstaatsanwältin und ich begeben uns jetzt zum Chef und anschließend zur Pressekonferenz.«

»Die Presse war heute bemerkenswert spät am Tatort. Dies sollte uns jedoch nicht täuschen, der mediale Druck wird verdammt groß sein, vor allem auf Sie beide«, sagte Kiran.

»Die Meldung über Lautenschlägers Tod ist seit Mittag in den Medien, das heißt wir werden einen ziemlichen Ansturm erleben. Aber wie Sie schon sagten, Mendelsohn, wir geben denen heute nichts Brauchbares, die Schlagzeilen schreiben sich ohnehin von allein«, antwortete Halbach und lächelte – zum ersten Mal an diesem Tag.

Sie nahm ihre Akten und stand auf. Die anderen taten es ihr gleich.

»Noch etwas, wir treffen uns von nun an dreimal täglich: morgens um sieben, mittags um zwei und abends je nach Ansage. Wie gesagt, alle Aktionen werden ausschließlich in den Meetings besprochen, kreative Ideen Ihrerseits notfalls per Mobiltelefon. Noch Fragen?«

Alle schüttelten den Kopf und brachen auf. Enzo und Alenka gingen in die Küche, um, wie Enzo meinte, die Qualität der Espressomaschine zu testen, die er eigens aus seinem Büro mitgeschleppt hatte. »Essentiell für gute Arbeit«, meinte er, als ihn Bolko zu dieser Idee beglückwünschte.

Eleonore lächelte Kiran kurz zu. Sie schien nach wie vor angespannt, sah aber deutlich besser aus als am Morgen. Er lächelte zurück und folgte Bolko, der zu einem

Doppelschreibtisch am hinteren Ende des Raumes gegangen war.

»Was meinen Sie, das sieht aus, als könnten wir hier prima arbeiten«, sagte er, nahm eine auf dem Stuhl abgestellte Aktentasche und warf sie auf einen Nachbarschreibtisch. Aus dem Augenwinkel sah Kiran, wie Paul Heinrich, der gerade in ein Gespräch mit Birte Halbach verwickelt war, böse herüberstarrte.

Bolko bückte sich zu einer Sporttasche am Boden, öffnete sie und holte diverse Gegenstände hervor, darunter eine abgewetzte Schreibunterlage, die er auf dem Tisch platzierte und dabei die Tastatur seines Computers herunterwarf.

»Blohm, bevor Sie weiteren Schaden anrichten, begeben Sie sich doch einfach mal an Ihren Bestimmungsort und nehmen Sie Mendelsohn mit«, ließ sich Halbach vom anderen Ende des Raumes vernehmen.

Selbst Eleonore, die bei Halbach und Heinrich stand, konnte sich ein Lächeln nicht verkneifen. Kiran und Bolko verließen das Büro.

7

Die Gerichtsmedizin in der Berliner Charité lag für Berliner Verhältnisse nur unweit des BKA-Gebäudes. Seit kurzem waren hier sämtliche rechtsmedizinischen Einrichtungen der Polizei Berlins zusammengeführt worden. Das Institut hatte einen herausragenden Namen, insofern war Lautenschläger selbst für seine Autopsie an eine ihm angemessene Adresse geliefert worden.

Sie waren schnell durch das Gebäude bis in den Obduktionssaal geschickt worden, wo der Professor der Pathologie höchstpersönlich bereits an der Arbeit war und die Leiche gerade geöffnet hatte

»Der große Mann der deutschen Industrie. Und Sie sind die Glücklichen, die das aufklären sollen? Mein Beileid. Da haben Sie einiges vor sich.«

Friedrich Lautenschläger strahlte selbst im Tode noch Autorität aus. Das markante Gesicht, die strengen Züge ließen keinen Zweifel darüber, wie ihn seine Umwelt wahrgenommen haben musste. Selbst Blutergüsse am Kiefer und die demolierte Nase taten dem kaum Abbruch.

Der Pathologe nickte ihnen zu, als sie sich vorstellten, und fuhr während des Sprechens mit der Arbeit fort.

»Also, die Todesursache ist offensichtlich: drei Schüsse, einer zwischen die Augen und zwei in die Brust. Jeder einzelne mit Sicherheit tödlich. Anzahl und Platzierung weist offensichtlich auf einen Profi hin. Was mich jedoch weitaus mehr erstaunt, möchte ich Ihnen hier zeigen, deswegen habe ich die Leiche auch eben erst geöffnet und stattdessen sehr viel mehr Fotos gemacht als sonst.«

Er wies auf eine Bilderserie auf dem Großbildschirm an der Wand, bedeutete ihnen dann, näher an den Tisch zu treten, und zeigte auf die rechte Brust des Toten. Sein dozierender Ton half Kiran und Bolko etwas über den wie immer überwältigend üblen Eindruck einer frischen Autopsie hinweg.

»Was Sie hier sehen, sind keine gewöhnlichen Hämatome. Der Mörder ist auch hier äußerst professionell zu Werke gegangen.«

»Das können Sie an den Blutergüssen sehen?«, fragte Bolko.

»Auf jeden Fall. Sehen Sie sich diesen Schlag unter den Brustkorb an. Ein flach geformtes Hämatom. Der Täter hat höchstwahrscheinlich mit der Unterseite der Handkante zugeschlagen und das in einer Art seitlichen Vorwärtsbewegung. Der Erguss ist klein, aber sehr tiefgehend und hat sich trotz des eintretenden Todes noch fast vollständig entwickelt. Sehen Sie hier … Der Schlag ist demzufolge mit extremer Wucht zugefügt worden. Die Wirkung ist natürlich verheerend, Atemstillstand, zwischenzeitlicher Stopp der Blutversorgung, kleine Frakturen am Brustkorb. Ähnliche Hämatome in der Nierengegend. Die Bänder am Handgelenk des linken Arms sind gerissen, das Ellbogengelenk sauber gebrochen. Ebenso das linke Knie: offenbar ein seitlicher Tritt, der die Kniekapsel nicht nur aus dem Gelenk befördert, sondern geradezu gesprengt hat. Am Kopf dann eine Kieferfraktur. Kein einfacher Bruch, sondern der Unterkiefer ist in mehrere Teile zersplittert. Dazu die zertrümmerte Nase, das war allerdings eher ein normaler Schlag.«

Kiran und Bolko sahen sich an, während der Pathologe fortfuhr.

»Auffällig ist aber nicht nur die Form der Blutergüsse, sondern vor allem ihre Platzierung. Ich habe so etwas in Berlin zuletzt in den neunziger Jahren gesehen. Körperverletzungen, die auf eine besondere Nahkampftechnik hinweisen.«

»Sie meinen Systema?«, fragte Kiran. Ihm war neben den anvisierten Körperregionen vor allem die wahrscheinliche Schlagreihenfolge aufgefallen. Diese Form, den Gegner unschädlich zu machen, war ihm von seiner Ausbildung in Quantico bekannt. Dort lernten die angehenden Special Agents alle möglichen Nahkampftechniken, die es weltweit gab. Systema war die russische Spielform des waffenlosen Nahkampfs, entwickelt von der Speznas, einer Spezialeinheit und professionellen Tötungsabteilung des sowjetischen Geheimdienstes GRU.

Der Pathologe blickte sie an. »Ganz genau. Dies hier sind Anzeichen, dass Ihr Mörder womöglich ein russischer oder wenigstens ein von den Russen ausgebildeter Killer ist. In den neunziger Jahren hatten wir, wie gesagt, vielfach solche Mordopfer in Berlin. Es ging meist um Machtkämpfe der sich damals hier etablierenden russischen Mafia. Die Herangehensweise war ähnlich: zuerst professionelle Misshandlung, dann eiskaltes Töten.«

»Erniedrigung und Beseitigung des Gegners durch gedungene Mörder oder die eigene Leibwächtergarde. Danach Entsorgung der Leichen auf Müllhalden oder alten Kasernengeländen«, fügte Kiran hinzu.

»Richtig. Sie waren damals also auch schon hier?«

Kiran nickte. »Ich wurde in einigen Fällen als Berater hinzugezogen. Was mir untypisch erscheint, ist, dass es derart viele verschiedene Verletzungen gibt, noch dazu im Gesicht.«

Der Pathologe nickte, dann sagte er: »Vielleicht ist der alte Mann einfach nur zu schnell unter den Schlägen zusammengebrochen. Immerhin sind die Opfer solcher Angriffe gemeinhin jünger und normalerweise selbst Killer.«

»Todesursache sind aber wohl die Schüsse?«, fragte Kiran.

»Das werde ich gleich bei der Autopsie feststellen, ich gehe aber davon aus. Die Schläge hätten vielleicht einen Schock oder Infarkt hervorrufen können, aber ich nehme nicht an, dass der Mörder noch lange gewartet hat, bis er die Schüsse abgefeuert hat.«

»Man könnte meinen, Sie wären vor Ort gewesen«, meinte Bolko mit ehrlicher Bewunderung.

Der Pathologe sah beinahe zufrieden aus. »Ich muss zugeben, so etwas passiert doch recht selten, vor allem bei einer prominenten Persönlichkeit. Das hier wird die Medien Saltos schlagen lassen in den nächsten Tagen.«

Davon war allerdings auszugehen. Kiran seufzte innerlich und wandte sich zum Gehen. »Können Sie uns den Report der Autopsie so schnell wie möglich schicken?«, fragte er und hielt Bolko die Tür auf.

»Endlich mal ein halbwegs normaler Mensch in der Leichenhalle«, sagte der, als sie mit dem Lift nach oben fuhren. »In Hamburg finden Sie nur gestörte Grottenolme in der Gerichtsmedizin.«

»Vielleicht. Andererseits ist mir der Mann ein bisschen zu schnell mit seinen Schlussfolgerungen. Wir sollten immer im Auge behalten, dass jede Spur mit voller Absicht gelegt worden sein kann.«

»Irgendwie habe ich geahnt, dass Sie so etwas sagen würden.«

Im Hauptquartier kamen sie auf dem Weg zu den Büros an einem offenen TV-Raum vorbei, in dem sich fast alle Beamte der ersten Etage vor dem Fernseher versammelt hatten. Offenbar hatte die Pressekonferenz gerade begonnen. Einige der Kollegen warfen ihnen verstohlen Blicke zu, als sie den Raum betraten.

In diesem Moment begann Birte Halbach im Fernsehen damit, der versammelten Presse die ersten Fakten zu präsentieren. Eleonore neben ihr sah starr auf ihre Unterlagen. Der Presseraum war zum Bersten gefüllt. Der Ansturm hatte bereits eine Stunde vorher begonnen, sodass die zuletzt Gekommenen draußen auf den Gängen standen. Aber Halbach hatte den Journalisten nicht viel zu bieten und trug die spärlichen Informationen im üblichen Polizeijargon vor. Das kam, wie bei dieser Sensation kaum anders zu erwarten, nicht besonders gut an. Während Halbach Fundort, voraussichtliche Todesursache und die Gründung einer Sonderermittlungsgruppe abhakte, machte sich Unruhe breit, und man konnte spüren, wie sich die ungeduldige Meute vor ihr auf die Fragen vorbereitete.

Halbach tat ihnen den Gefallen und lud zu Fragen ein, die sogleich wie ein Gewitter über sie hereinbrachen. Wie üblich beantwortete sie jede Frage, jedoch nur wenige davon mit konkreten Antworten. Sie bestätigte immerhin die Tatsache, dass es sich um einen geplanten Überfall mit Todesfolge handelte, verwies im Übrigen aber auf die laufenden Ermittlungen, die nicht gefährdet werden dürften. Sie machte bereits Anstalten, ihre Unterlagen zusammenzuraffen und die Pressekonferenz zu beenden, als ein Journalist sie doch noch aus der Reserve lockte.

»Frau Halbach, ist diese Ermittlungsgruppe darauf vorbereitet, nicht nur internationale Täterkreise, sondern unter Umständen auch Vertreter der deutschen Wirtschaft und Politik ins Visier zu nehmen?«

»Ich verstehe nicht, was diese Frage soll. Selbstverständlich gehen wir jeder Spur nach, egal, wohin sie führt. Deshalb nennt man uns schließlich das Bundeskriminalamt«, antwortete sie trocken und erntete dafür beifälliges Gelächter, auch unter den Kollegen im Fernsehraum des BKA. Der Fragesteller ließ jedoch nicht locker.

»Frau Halbach, nach unseren Informationen wurde gegen Friedrich Lautenschläger ermittelt, und zwar in Ihrem Hause. Können Sie uns dazu mehr sagen?«

Kiran und Bolko sahen sich an, die Kollegen neben ihnen begannen zu tuscheln.

»Junger Mann, wenn ich Ihnen diese Frage beantworten würde, könnten wir gleich einpacken und nach Hause gehen. Also verschwenden Sie nicht unsere Zeit.«

»Heißt das, Sie bestätigen diese Information?«

Birte Halbach lächelte ihn an und sagte: »Sie haben es nicht anders gewollt: Kein Kommentar.«

Während erneut Gelächter ausbrach, standen sie und Eleonore auf und nahmen ihre Akten unter den Arm. Im

Blitzlichtgewitter wurde weitere Fragen wild durcheinandergerufen, die der Leiter der Pressekonferenz jedoch geschickt mit einem Schlusswort abwürgte. Der erste öffentliche Akt war beendet.

»Hut ab. Sie ist wirklich klasse mit diesen Bluthunden«, sagte Bolko.

»Sie ist das Beste, was uns als Team passieren konnte«, erwiderte Kiran. »Ich kenne niemanden, der den Journalisten so entspannt gegenübertritt wie sie.«

Sie verließen den Fernsehraum, ohne die Blicke der Kollegen zu beachten, und gingen in ihr neues Büro. Dort fanden sie Motte und Heinrich, die am Medienterminal saßen und neben dem Sortieren von Dateien ebenfalls die Pressekonferenz verfolgt hatten. Enzo Moretti saß an seinem Schreibtisch und telefonierte. Kiran nickte allen zu und begab sich zu dem Doppelschreibtisch am Ende des Raums. Er setzte sich Bolko gegenüber.

Dieser hatte unterdessen begonnen, weitere Gegenstände aus seiner alten Sporttasche zu holen. Nacheinander erschienen auf dem Schreibtisch der Standwimpel eines Hamburger Fußballclubs, zwei zerkratzte Lautsprecher für den Computer, ein extrem anstößig aussehender Stifthalter und eine Art selbstgeschweißter Standbilderrahmen mit einer Collage aus Fotografien. In die abschließbare Schublade wanderten seine Waffe, diverse Notizbücher und ein abgewetzter lederner Kalender. Nachdem er sich eingerichtet hatte, ließ er sich in den Sessel fallen und wandte sich Kiran zu.

»So, alles im Lot, alles am Platz. Sie haben nichts dabei?«

»Ich weiß erst seit dem Frühstück von dieser Gruppe.

Außerdem habe ich mein Büro weiter oben. Ich werde aber Ihnen zuliebe ein paar Bonsais mitbringen.«

»Donnerwetter, war das eben Sarkasmus? Sie werden ja langsam locker, Mendelsohn. Finde ich aber gut, ich meine das mit den Pflanzen. Wenn man schon das Leben am Schreibtisch und auf der Straße verbringt, sollte eins von beiden wenigstens ein bisschen gemütlich sein.«

Kiran sah das ähnlich. Sein Büro war mit einer ganzen Ansammlung von Pflanzen, einer kunstvoll arrangierten Springbrunnendekoration und vielen Tuschezeichnungen dekoriert.

»Wie sind Sie zum BKA gekommen?«, fragte er.

»Ich wurde von einem Freund unserer Mutter Courage rekrutiert. Er kam nach unserem Fahndungserfolg gegen den Albanerring zu meinem Chef in die Abteilung und hat mich innerhalb von zehn Minuten abgeworben.«

»So schnell? Normalerweise bekommen die Gejagten doch wenigstens ein paar Tage zum Nachdenken zugestanden. Sie nicht?«

»Brauchte ich nicht. Hamburg ist mein Revier. Ich kenne alles und jeden da. Zum Ersticken. Ich musste raus. Der Mann machte ein Angebot, ich habe es akzeptiert, und zack war ich hier. Außer meiner Plattensammlung und ein paar Klamotten brauche ich nichts weiter. Der Umzug hat gerade mal einen Tag gedauert.«

Kiran, der allein für die Erwägung eines Umzugs mindestens einen Monat geistige Vorbereitung gebraucht hätte, konnte dies beim besten Willen nicht nachvollziehen. Andererseits entsprach dies ganz seinem Bild von Blohm.

»Mir ist schon klar, was Sie denken«, sagte Bolko. »Glauben Sie nicht, dass ich nicht wüsste, was hier abläuft. Ich stehe bei Halbach unter Beobachtung. Sie mag mich, traut mir aber die Leitung nicht zu. Und Ihre Frau Oberstaatsanwältin will kein Risiko eingehen. Deswegen sind Sie mir als Wachhund zugeteilt. Und Sie als Oberpsychologe haben mich mal eben analysiert und in die entsprechende Schublade gesteckt: Jungkommissar vom Hamburger Kiez, flapsig, vorschnell und eigensinnig. Richtig?«

»Vielleicht, aber Sie haben felderprobt, chaotisch und völlig unkonventionell vergessen. Außerdem sagt man Ihnen nach, ein wandelnder Flurschaden in Büro und Straßenverkehr zu sein«, gab Kiran zurück.

Bolko sah ihn verblüfft an und grinste dann.

»Offensichtlich sind Sie nicht so steif, wie meine Quellen behaupten. Warum nennt man Sie Dr. Seltsam?«

Jetzt war es an Kiran, verblüfft aus der Wäsche zu schauen. Dann antwortete er etwas lahm: »Das stammt aus der Phase nach meiner Auszeit. Ein Profiler, der Psychologie mit fernöstlicher Philosophie verbindet, eine FBI-Ausbildung hat und sich weigert, im Feld zu ermitteln – das wirkt auf manche Kollegen nun mal so.«

»Kann ich mir vorstellen. Hier laufen allerdings ein paar Gestalten rum, die einem das Blut in den Adern gefrieren lassen. Mit Moretti und der kleinen Motte haben wir da anscheinend richtig Glück gehabt. Zumindest wirken die normal. Kennen Sie die beiden?«

»Alenka Motte kenne ich von der Akademie. Hochintelligent, schnell, furchtlos und extrem selbständig bis hin zum Einzelgängertum. Darüber hinaus keine Ahnung. Moretti kenne ich gar nicht, der ist aber bestimmt nicht zufällig in unserem Team.«

»Für einen Mann italienischer Abstammung hat er bislang bemerkenswert wenig, das heißt, eigentlich gar nichts gesagt.«

»Noch ein Grund, schnellstens mit ihm zu reden. Vielleicht fragen Sie ihn gleich nach den Ergebnissen seiner Befragungen der Nachbarschaft. Und dann schauen wir mal, was jetzt bei der Besprechung rauskommt. Ich habe da so eine Idee, auf wen wir ihn ansetzen könnten.«

Bevor Kiran dies näher erläutern konnte, erschienen Birte Halbach und Eleonore Roellinghoff und verkündeten, dass das Treffen in einer Viertelstunde stattfinden würde. Kiran empfahl sich und ging in sein eigenes Büro, um sich Tee zu kochen.

8

Um fünf hatten sich alle im Besprechungsraum versammelt. Unter dem üblichen Papiergeraschel und Geklapper der Tassen eröffnete Birte Halbach die Sitzung.

»Ich denke, Sie alle haben die Pressekonferenz verfolgt. Wir haben noch nicht einmal richtig angefangen und haben bereits das erste Informationsleck zu beklagen. Heinrich, ich nehme nicht an, dass Ihre Abteilung eine regelmäßige Zeitungskolumne unterhält?«

Paul Heinrich sah sie verwirrt an und schüttelte dann den Kopf.

»Dann frage ich mich, woher die Presse von den Ermittlungen gegen Lautenschläger wusste«, sagte sie und sah in die Runde. Es herrschte betretendes Schweigen. »Nun, auf jeden Fall dürfte jetzt jedem klar sein, auf welch dünnem Eis wir uns bewegen. Also gehen wir's an. Ich möchte eine komplette Abhandlung dessen, was wir bislang wissen. Herr Blohm?«

Bolko nickte. »Ich beginne mal mit der Zusammenfassung von Tathergang und Tatumfeld. Heute Morgen gegen 6.55 Uhr wurde der Leichnam des Großunternehmers Friedrich Lautenschläger, Alter zweiundsiebzig, auf einer Uferpromenade unweit seiner Villa aufgefunden. Er befand sich auf seinem Morgenspaziergang, den er jeden Morgen um die gleiche Zeit unternahm. Aus diesem Grund kann die Tatzeit angesichts des Fundorts relativ genau auf den Zeitraum zwischen 6.40 und 6.55 Uhr eingegrenzt werden. Weder die Person, die die Leiche gefunden hat, noch irgendwelche Nachbarn rund um den Tatort oder am gegenüberliegenden Ufer haben irgendjemanden gesehen. Die Kollegen Motte und Moretti haben das mit Hilfe einiger Kollegen von der Landespolizei schnell und umfassend geklärt. Die Kugeln sind von der Kriminaltechnik als Spezialkaliber identifiziert worden, Typ Makarow, obwohl einige Spuren auf einen Umbau der Waffe hinweisen, wahrscheinlich am Schalldämpfer. Der Mörder ist also ein Profi, darauf lassen neben dem Waffentyp die genaue Planung, vor allem aber die Platzierung der Schüsse und die zugefügten Körperverletzungen schließen. Mehr noch, die Art der Verletzungen rühren von einer speziellen Nahkampftechnik, wodurch sich der Täterkreis bereits deutlich einengen lässt. Mehr dazu vom Kollegen Mendelsohn.«

Kiran nickte und sah kurz in die Runde.

»Bei der angewandten Kampftechnik handelt es sich mit an Sicherheit grenzender Wahrscheinlichkeit um Systema«, begann er, »eine Nahkampftechnik der Agenten des ehemaligen sowjetischen Geheimdienstes GRU. Die Folge und Art der Körpertreffer sind klare Hinweise auf eine der klassischen Angriffseröffnungen dieser Form des Kampfes. Damit können wir den Täter vorerst als entweder russisch oder als Angehörigen des ehemaligen Ostblocks einordnen. Diese Ausbildung wurde zwar mit dem Zusammenbruch der Sowjetunion offiziell eingestellt, ist aber bis zum heutigen Tag eine vornehmlich in Russland angesiedelte Technik. Ohne voreilige Schlüsse ziehen zu wollen, kann man daher vorerst einmal annehmen, dass der Täter aus osteuropäischen Gefilden stammt.«

»Sie wissen, dass dies mindestens einen offensichtlichen Schluss zulässt?«, fragte Halbach.

»Nicht unbedingt. Natürlich denkt man sofort an die russische Mafia, die das Hauptauffangbecken dieser Art von Spezialisten war und ist. Es ist aber genauso gut möglich, dass wir es mit einem aktuellen oder ehemaligen Mitglied eines osteuropäischen Geheimdienstes zu tun haben. Dann könnte dies auch eine politische Sache sein, oder ebenso gut ein Auftragskiller, der schlicht angeheuert worden ist.«

»Ich bin dennoch der Auffassung, dass wir die Ermittlungen in dieser Richtung beginnen sollten«, sagte Halbach.

»Es ist bei all den Fakten, die wir über Lautenschläger haben, unabdingbar, dass wir nach Motiven in seinem wirtschaftlichen Umfeld und damit in Osteuropa suchen«, warf Heinrich ein.

Kiran nickte. »Ich stimme zu, vor allem aus einem weiteren Grund. Der Mörder hat entweder beschlossen oder wurde von jemandem instruiert, den Mord auf diese Art und Weise auszuführen. Ein physisch ungefährlicher alter Mann wurde malträtiert und nicht zuletzt mehrfach ins Gesicht geschlagen. Das lässt auf ziemlich aggressive Beweggründe und damit auf geschäftliche Konkurrenten oder persönliche Feinde schließen.«

»Sehr gut«, sagte Halbach und blickte in die Runde. »Wir werden also verstärkt in diese Richtung ermitteln, halten uns aber nach wie vor alle Möglichkeiten offen. Sonst noch was, Mendelsohn?«

»Die Situation des Opfers ist bislang recht klar: Es handelt sich um einen hochgestellten und einflussreichen Industriellen mit besten Verbindungen in die höchsten Etagen der Politik Deutschlands und Russlands. Er ist der Kopf milliardenschwerer Industrieprojekte und in diesem Bereich in Europa der erfolgreichste Player. Als solcher hat er sich unweigerlich Feinde im In- und Ausland gemacht. Hinzu kommt, dass sein Familienbild und die Mentalität seiner Firma darauf schließen lassen, dass Lautenschläger ein Mann war, der auch im Privaten weitgehend berechnend agierte. Insofern sollten wir neben seiner wirtschaftlichen Situation auch sein Privatleben unter die Lupe nehmen. Hier würde ich in erster Linie seine Ehe überprüfen. Vielleicht ist da was vorgefallen. Nur eine Vermutung. Die Ehefrau ist mir einfach zu gefasst. Sein Sohn zeigt dagegen alle Anzeichen eines Vaterkomplexes und ist auch am Geschäft beteiligt, vor allem hier sollten wir genauer nachforschen.«

»Sie meinen, das Motiv kann innerhalb der Familie liegen?«, fragte Halbach.

»Entweder das, oder bestimmte Aktionen des Sohnes könnten bestimmte Konsequenzen hervorgerufen haben, vielleicht bei der Konkurrenz oder irgendwelchen Gruppen in seinem Geschäftsfeld. Wir sollten neben den direkten Konkurrenten und der organisierten Kriminalität jedenfalls nicht ausschließen, dass das Motiv eine Kombination privater und beruflicher Aspekte sein könnte.«

»Gut, was schlagen Sie vor?«

»Nun, die Gattin gezielt befragen und ebenso den Sohn. Zu ihm können wir sicher auch einiges vom Kollegen Heinrich erfahren. Zudem müssen wir auch an das Unternehmen denken und diesen Leuten nicht zu viel Zeit lassen, bevor wir dort mit unseren Fragen auftauchen.«

Kiran sah in die Runde. Alle sahen erwartungsvoll Birte Halbach an.

»In Ordnung«, sagte sie schließlich. »Motte, Sie fahren morgen als Erstes raus und sprechen mit Frau Lautenschläger. Nehmen Sie sie hart ran, aber wahren Sie die Form. Ich verschaffe Ihnen den Termin und Rückendeckung. Gleichzeitig bereitet Heinrich die Befragung in der Firma vor. Die führen Sie mit ihm dann am Nachmittag und am folgenden Tag durch. Zu diesem Bereich kommen wir noch. Moretti, nutzen Sie den Vormittag und lassen Sie sich von Heinrich bezüglich des Sohnes mit Daten versorgen, danach nehmen Sie den Mann auseinander. Für all diese Befragungen müssen wir über offizielle Kreise gehen und uns überall anmelden, zumindest jetzt am Anfang.«

Alle nickten zustimmend. Halbach nippte an ihrem Cappuccino.

Dann war Heinrich an der Reihe. Anders als die meisten Ermittler aus der Wirtschaftsabteilung sah Paul Heinrich nicht wie der durchschnittliche Student der Betriebswirtschaftslehre aus. Seine Kleidung war etwas modischer als beim BKA üblich. Und mit seinem eher ungepflegten Haarschnitt hätte er genauso gut in eine Berliner Szenekneipe gepasst. Seine auffälligste Eigenschaft war jedoch seine extreme Zurückhaltung. Jetzt aber war er an der Reihe zu sprechen, und man konnte mitverfolgen, wie in ihm eine Art Batterie ansprang und den Vortragsmodus startete.

Er hatte eine Präsentation vorbereitet und einige Papiere vor sich liegen. Sein Beitrag begann mit grundlegenden Fakten über Lautenschläger, die er zunächst noch etwas unsicher, dann aber immer freier vortrug.

Das Unternehmen Lautenschlägers beschäftigte sich, nach seinen Ausführungen, ausschließlich mit der Koordination und Umsetzung von Fabrikbau und dem anschließenden Aufbau der entstehenden Zulieferbetriebe in Russland. Wie andere Unternehmer auch, investierte er in Fertigungsindustrien, die in Osteuropa weitaus günstiger produzieren konnten als im Westen. Anders als seine Konkurrenten jedoch agierte Lautenschläger in der deutschen Wirtschaft mit recht offensiven Strategien. Obwohl er zu denjenigen gehörte, die in erster Linie für die Vernichtung von Arbeitsplätzen verantwortlich waren, hatte er sich als Heilsbringer der deutschen Wirtschaft angedient.

Die Geschäftsidee war einfach: Die deutsche Politik investierte Fördergelder in deutsche Unternehmen für den Bau von Fabriken im Westen Russlands. Dort sollte die Fertigung unterschiedlichster Produkte zu günstigen Konditionen für deutsche industrielle Abnehmer stattfinden. Die politische Rechtfertigung für diese Investitionen fand auf zwei Ebenen statt: Zum einen wollte man so offiziell die Abwanderung ausländischer Unternehmen aus Deutschland in den Griff bekommen. Diese agierten oft nur für die Dauer ihrer Subventionszahlungen in Deutschland, um dann abzuwandern und in das nächste zahlungswillige Land umzuziehen. Anstatt sie einfach nur ziehen zu lassen, konnte man ihnen jetzt bezugsfertige Anlagen zu osteuropäischen Konditionen anbieten. Die Einsparungsmöglichkeiten für die Unternehmen waren enorm, und viele griffen, ohne lange zu überlegen, zu. So entstand nach und nach eine internationale Zulieferungsindustrie auf russischem Boden, die exklusiv für Unternehmen in Deutschland produzieren konnte. Ein Paradies für Lobbyisten und Handelsgesellschaften, die die Verträge für günstige Waren und Dienstleistungen in Deutschland koordinierten. Zum andern hatte man zu Beginn dieser Subventionsidee in den neunziger Jahren argumentiert, dass über einen Vertrag mit Russland die personelle Besetzung dieser neuen Fabriken zum Großteil durch auswanderungswillige Arbeiter aus Russland und anderen osteuropäischen Staaten erfolgen sollte. Dadurch hatte man gehofft, den stetigen Einwanderunsgsstrom aus dieser Region einzudämmen, indem man die Menschen in einer Art deutsch-russischer Wirtschaftsgemeinschaft in Russland ansiedelte. Auf diese Weise sollten beide Nationen profitieren, wenngleich der deutsche Profit eindeutig auf die Lobby der Arbeitgeber und Handelspartner beschränkt war. Russland hingegen konnte nicht nur mit Hilfe von ausländischen Fördergeldern und Devisen seine Industrie ausweiten und Arbeitsplätze schaffen, sondern die entstehenden Produkte und Dienstleistungen in der eigens dafür eingerichteten Osteuropäischen Handelsgesellschaft in Deutschland exklusiv vertreiben.

Bolko hob kopfschüttelnd die Hand.

»Nur dass ich das richtig verstehe«, begann er. »Es werden deutsche Gelder dafür eingesetzt, Fabriken in Russland zu bauen, um die deutsche Industrie international konkurrenzfähig zu machen? Und davor nutzte man das Ganze jahrelang auch noch dazu, nebenbei den Ansturm aus Russland vor der Grenze aufzuhalten?«

Heinrich nickte.

»Richtig. Und der Erfolg gibt den Unternehmen dummerweise recht, weil sich die Sache definitiv rechnet.«

»Und Lautenschläger, wo kommt er ins Spiel?«, fragte Halbach.

»Friedrich Lautenschläger ist das Verbindungsglied der deutschen Industrie zur Osteuropäischen Handelgesellschaft. Sämtliche Aufträge für deutsche Unternehmen, sei es für den Fabrikbau oder den Unternehmensaufbau, laufen ausschließlich über ihn. Er kauft mit Eigenkapital und besagten Fördergeldern brachliegende Fabriken und Industrieanlagen, finanziert je nach Situation deren Aufbereitung oder baut komplett neue Fabriken, zum Beispiel in dünn besiedelten Gegenden. Die Handelsgesellschaft kümmert sich um alle organisatorischen Aspekte vor Ort. Sie liefert Bauland plus Arbeiter und regelt alle behördlichen Angelegenheiten. Zudem fungiert sie als finanzielle Zentralstelle für jedes dieser Projekte. Lautenschläger ist also die Schleuse, durch die jedes deutsche Unternehmen muss, um dann über die OHG an den Projekten dort teilzuhaben. Ich habe hier ein paar Schaubilder, die das verdeutlichen.«

Heinrich war nun offensichtlich in seinem Element. Mit wenigen Organigrammen vermittelte er der Gruppe ein komplettes Bild von Friedrich Lautenschlägers umfassendem Netzwerk. Demnach machte dieser neben seinem Kerngeschäft einen enormen Profit, indem er schlicht an der Leitung vieler Projekte und durch prozentuale Beteiligung an der Vermittlung aller Zulieferer verdiente. Wer bei dieser Sache mitmischen wollte, musste das über Lautenschläger tun.

Die schiere Dimension dieses Monopols verschlägt einem den Atem, wie kommt man an eine solche Position?, dachte Kiran und meldete sich zu Wort. »Gibt es eine Liste all derer, die diese Pole-Position gerne hätten?«

Heinrich war bestens vorbereitet. »Sicher gibt es die. Das sind in erster Linie Unternehmen, die in Russland gerne bauen oder dorthin liefern würden und denen Lautenschläger einen Riegel vorgeschoben hat. Es ist aber nicht unbedingt diese Seite, die uns bisher interessiert hat, zumal die Liste endlos ist.«

»Genau das wollte ich fragen«, ließ sich Halbach vernehmen. »Was war genau der Auslöser für Ihre Ermittlungen gegen Lautenschläger?«

»Wir sind bei einer routinemäßigen Überprüfung russischer Handelspartner durch die Abteilung Organisierte Kriminalität auf ihn aufmerksam geworden. Zwei seiner neueren russischen Geschäftspartner haben in unseren Datenbanken alle Warnlampen aufblinken lassen. Diese Warnung führt zurück auf Ermittlungen in den neunziger Jahren, als das BKA anfing, gegen eine St. Petersburger Gruppierung und ihre Finanzpartner in Deutschland zu ermitteln. Damals wurden die Ermittlungen von höchster Stelle eingefroren, da auf deutscher Seite eine namhafte Bank und auf russischer Seite ein inzwischen hochrangiger Politiker beteiligt waren. Das Geschäft bezog sich auf den Handel mit Rohstoffen und Industriegütern.«

Halbach nickte. »Ich kann mich erinnern. Der BND hat damals die Ermittlungsziele des BKA offen herausposaunt, der Generalstaatsanwalt fing plötzlich an zu blockieren. Eine widerwärtige Angelegenheit. Einige der Beteiligten reden heute noch nicht miteinander.«

»Genau«, fuhr Heinrich fort. »Lautenschläger konnte danach praktisch ungehindert seine Geschäfte abwickeln und auch noch offiziell subventionieren lassen. Inzwischen ist das Thema auswanderungswillige Russlanddeutsche natürlich erledigt, die sind inzwischen alle hier. Besagte Partner haben sich eine Weile anderweitig betätigt, jetzt vertreten sie ganz offen die russische Seite dieses neuen industriellen Abkommens. Angesichts ihres Hintergrunds vermuten wir daher, dass in den Fabriken dort nicht ausschließlich für die deutsche Industrie gefertigt wird, sondern wie gesagt für den gesamten europäischen Schwarzmarkt. Im schlimmsten Falle nutzen auch noch einige andere russische Organisationen dieses Netzwerk.«

»Und natürlich gibt es keine harten Daten dazu?«, fragte Kiran.

Paul Heinrich schüttelte bedauernd den Kopf. »Nein, die russischen Behörden und die Osteuropäische Handelsgesellschaft arbeiten in dieser Hinsicht perfekt zusammen. Alles, was wir haben, sind Hinweise und punktuelle Informationen aus verschiedenen Sektoren der organisierten Kriminalität zu den Namen, die wir kennen. Ansonsten nicht die Spur eines Beweises. Wir wissen derzeit noch nicht einmal, welche Gruppierung hinter der ganzen Organisation auf russischem Boden steht. Sicher ist nur, dass sie sehr mächtig und extrem gut vernetzt sein muss. Und es ist wie gesagt wahrscheinlich, dass sich hier einige deutsche Unternehmen ebenfalls beteiligen oder vielleicht sogar die offizielle Förderung nur als Deckmantel nutzen, um in Wahrheit Handel mit Konsumwaren bis hin zu illegalen Waren zu betreiben.«

»Und die Politik, wie verhält die sich in dieser Sache?«, fragte Alenka Motte.

»Für die Politik ist das bislang noch kein Thema. Diese Ergebnisse sind recht neu, es gibt nur Vermutungen, wenn auch gestützt auf glaubwürdige Hinweise und sehr gute Informationen aus unseren alten Ermittlungen. Aber damit allein können wir niemandem kommen.«

»Wie sicher können Sie dann sein? Wir reden hier ja nicht von irgendjemandem, wir reden von den Spitzenkräften der deutschen Industriepolitik«, sagte Halbach.

»Nun, wenn man sich das grundlegende Prinzip vor Augen hält, wird es recht deutlich. Das organisierte Verbrechen hat sich grundsätzlich verändert. Wir haben es nicht mehr mit einzelnen, intern organisierten Gruppen zu tun, sondern mit grenzübergreifenden Bündnissen, mit komplexen, weltweit vernetzten Strukturen. Hierbei werden spezielle Waren, also Drogen, Waffen, Produktfälschungen, bis hin zu Prostituierten, von einer Gruppe bestellt, eine andere übernimmt Beschaffung oder Produktion, wiederum eine andere Dienste wie etwa den Transport, hiesige Organisationen dann den lokalen Vertrieb – jeder ganz nach seinen Fähigkeiten.«

Kiran kannte dieses Thema nur zu gut. Er war in fast allen Fällen der organisierten Kriminalität, bei denen er in den vergangenen Jahren mitgearbeitet hatte, auf diese unwirkliche und zugleich hochaktive Parallelwelt gestoßen. Im Grunde funktionierte sie genau wie die offizielle Wirtschaft. Ein Austausch von Waren und Dienstleistungen, nur eben jenseits der Gesetze und Behörden. Als Ermittler stand man vor einer Art negativem Abbild der Gesellschaft, in dem sich Politik, Wirtschaft und das organisierte Verbrechen zu einem undurchdringlichen Konglomerat zusammengeballt hatten. Das Ganze war ein Geflecht aus gegenseitigen Geschäften, oftmals auch Gefälligkeiten, die mitunter wie Schulden aufgekauft oder weitergegeben wurden. Letzteres machte es oft schwer, die Wege bestimmter Waren und Personen nachzuvollziehen. Im Allgemeinen aber half es, wenn man von den verschiedenen Gruppierungen und ihren Spezialgebieten wusste und zuverlässige Informanten hatte. Hinweise auf Anfragen oder Lieferungen konnte man dann mit den jeweiligen Verdächtigen in Verbindung bringen.

Kiran sprach Heinrich auf diesen Punkt an.

»Wir haben bei unseren wichtigsten Quellen nachgefragt«, antwortete Heinrich, »und es fiel mehrfach der Name von Lautenschlägers Unternehmen Omniacorp. Demnach kontrolliert er die gesamte Logistik auf der deutschen Seite dieser Kooperation. Er kann also theoretisch bei jeglicher Form illegaler Lieferungen mitmischen.«

»Ich ahne, was das heißt«, sagte Bolko resigniert.

Blicke wurden ausgetauscht. Es war Birte Halbach, die von allen beobachtet wie eine Art Fixstern im Raum die Information an sich zog, dabei Energie ausstrahlte und schließlich die zu erwartende Frage stellte.

»Was wären denn potentielle Täterkreise in diesem ganzen Verteilermarkt?«

Heinrich nickte dankbar. »Ich denke da in erster Linie an zwei Möglichkeiten. Einmal wären da die organisierten russischen Gruppen auf deutschem Boden, denen durch Lautenschlägers Handelsgeflecht ganz einfach eine übermächtige Konkurrenz erwachsen ist, die ihnen die Preise verdirbt. Und dann sind da diejenigen Gruppen in der Industrie, die nach Osteuropa vorstoßen wollen und denen Lautenschläger im Weg stand.«

»Wie sind Sie bisher an die Sache herangegangen?«

»Wir haben uns vor allem auf den Sohn konzentriert. Er erschien uns die Schwachstelle in Lautenschlägers Firma zu sein, wegen seiner direkten Verbindungen zur organisierten Kriminalität. Er verkehrt oft in einem Etablissement Namens Houdini, das wohl als eine Art Wirtschaftsbordell fungiert. Dort werden Verhandlungen geführt und im Falle des erfolgreichen Abschlusses gleich vor Ort zelebriert. Wir haben inzwischen in Erfahrung gebracht, dass Lautenschläger junior auf irgendeine Weise an dem Laden beteiligt ist. Das würde auch bedeuten, dass er uns zu den hiesigen Abnehmern führen könnte.«

»Abnehmern?«, warf Bolko ein. »Wieso sollte sich der reiche Sohnemann die Hände schmutzig machen?«

Heinrich erklärte, dass seine Gruppe die Wirtschaftszahlen der Omniacorp bis zum Anfang ihres Bestehens zurückverfolgt hatte. Obwohl alles ordentlich geprüft und abgenommen wurde, hatten Firma und Inhaber über die Jahre schlicht zu viel Grundbesitz angehäuft. Das war allein mit erfolgreichen Industrieprojekten oder gutem Wirtschaften nicht zu erklären. Was nach außen als Prämie oder Kommission ausgewiesen wurde, konnte ebenso gut die Zahlung für dubiose Dienstleistungen sein, Schmiergeld oder Schwarzgeld. Die Ermittler vermuteten, dass Lautenschläger schon zu Zeiten des Wirtschaftswunders unter dem Deckmantel seiner Projekte jahrelang illegalen Handel organisiert hatte. Spätestens aber seit dem Fall der Mauer, als er sich auch in einflussreichen politischen Kreisen einen Namen zu machen begann, hatte er sich aus diesem Geschäft nach und nach zurückgezogen. Wie die Ermittler annahmen, hatte er seine Aktivitäten jedoch nur ausgelagert und die Kontrolle dem Sohn übergeben. Dieser war nach wie vor offiziell Angestellter der Firma und tauchte stets nur in seiner beruflichen Position auf. Bislang konnte man ihn jedoch mit keinerlei kriminellen Handlungen direkt in Verbindung bringen.

»Ich begreife immer noch nicht, wieso sich Lautenschläger bis zum Schluss mit derart niederen Aktivitäten abgegeben haben soll. Hat er nicht genug verdient, allein mit diesem Subventionsbetrug?«, fragte Alenka.

Heinrich wollte schon antworten, aber Kiran kam ihm zuvor.

»Ich denke, mit Vernunftgründen kommen wir hier nicht weiter«, sagte er. »Ich würde annehmen, dass bei allen Beteiligten Gier eine entscheidende Rolle spielt. Wenn eine derart komplexe kriminelle Struktur erst einmal aufgebaut ist und Geld abwirft, dann gibt man die nicht ohne Not wieder auf. Dazu sind auch viel zu viele andere Unternehmen und Personen beteiligt. Da ist es einfacher, den kriminellen Bereich zu verlagern und dem eigenen Sohn das operative Geschäft zu übertragen.«

»Und wie verkaufen wir das der Politik?« fragte Bolko. »Ich meine, man verlangt von uns einen Täter und ein Motiv. Was werden die sagen, wenn wir ankommen und den Heiligenschein dieses Mannes demontieren?«

Paul Heinrich ergriff wieder das Wort. »Genau das ist das Problem«, antwortete er. »Wir haben, wie gesagt, keinerlei Beweise. Alle Gelder, die fließen, sind Bestandteil offizieller Projekte und werden für ganz normale Dienstleistungen bezahlt und damit gleichzeitig gewaschen. Außerdem steht zu befürchten, dass die Politik von damals bis heute über diese Machenschaften entweder Bescheid wusste oder zumindest sehr gnädig über Ungereimtheiten hinweggesehen hat.«

Die ganze Aktion schien ob ihrer Vermessenheit geradezu genial einfach. Zugleich war allen mehr als bewusst, auf welch hochsensiblem Minenfeld sie sich hier bewegten. Wenn auch nur die kleinste Information über diese Ungeheuerlichkeit nach außen drang, waren die Folgen unabsehbar, das war allen klar.

Kiran wandte sich an Eleonore.

»Welche Informationen oder Instruktionen haben wir denn von oben? Wissen die wirklich nichts davon oder haben irgendetwas angedeutet?«

»Ich habe bislang keinerlei Informationen, ob Lautenschläger in dieser Hinsicht zu einem Problem geworden ist. Die Ergebnisse von Heinrichs Ermittlungsgruppe sind, wie er richtig sagte, bislang nirgends diskutiert worden. Ich bin sicher, dass sonst nicht wir, sondern der BND an dieser Sache dran wäre. Die Ermittlungen unterlagen daher selbst innerhalb des BKA bislang strenger Geheimhaltung. Ich kann Ihnen aber versichern, dass mich der Generalbundesanwalt wörtlich dazu aufgefordert hat, schnell Ergebnisse zu präsentieren. Wir sollen uns ›nicht mit Nebenschauplätzen aufhalten‹ – seine Worte. Man kann also davon ausgehen, dass Lautenschlägers dubiose Aktivitäten in den höchsten Kreisen zumindest teilweise bekannt sind und man sich offenbar sicher ist, dass wir ihm nichts nachweisen können.«

Eleonore erntete dafür einen sarkastischen Blick von Bolko. Dann ergriff Birte Halbach das Wort.

»Gut, wie auch immer. Wir ermitteln über den Sohn und in Richtung organisierte Kriminalität. Wie das am Ende von unseren Obrigkeiten präsentiert wird, liegt außerhalb unserer Kontrolle. Das Motiv wird ohnehin nicht besonders koscher sein. Wie das am Ende in der Öffentlichkeit präsentiert wird, liegt nicht in unserer Kompetenz. Konzentrieren wir uns also auf unsere Arbeit.«

Vom anderen Ende des Tisches ließ sich zum ersten Mal Enzo Moretti vernehmen, der bislang konzentriert und schweigend zugehört hatte.

»Vielleicht sollten wir uns nicht zu schnell auf die wirtschaftliche Konkurrenz einschießen. Kollege Mendelsohn erwähnte die Misshandlungen. Es ist gut möglich, dass wir es zumindest teilweise mit einem sehr privaten Motiv zu tun haben könnten.«

»Wie meinen Sie das?«, fragte Halbach.

»Wenn man Lautenschläger einfach nur aus dem Weg räumen wollte, gäbe es zig Möglichkeiten, zum Beispiel ein arrangierter Unfall auf einer seiner Dienstreisen. Ein Konkurrent würde auf keinen Fall die Aufmerksamkeit auf seine Tat lenken und damit auf sich. Dafür steht Lautenschläger viel zu exponiert da.«

Kiran nickte anerkennend. Offensichtlich hatte Moretti bei all der auf ihn einströmenden Information das Wesentliche nicht aus den Augen verloren.

»Sie würden den Täter also im privaten Umfeld suchen?«, fragte Bolko.

Moretti zuckte die Schultern. »Geschäftliches und Privates ist bei einem Mann wie Lautenschläger wohl kaum zu trennen. Die ganze Herangehensweise schreit uns geradezu überdeutlich ins Gesicht: ›Seht her, ich habe hier einen eurer mächtigsten Männer gerichtet, abgestraft und öffentlich exekutiert.‹ Er ist damit nicht nur beseitigt, sondern seinem Umfeld wird unmissverständlich demonstriert, dass er, seine Familie und sein gesamtes Unternehmen nicht unantastbar sind. Wer immer für den Mord verantwortlich ist, hatte auf jeden Fall eine engere Beziehung zum Opfer und deshalb emotionale Motive. Diese hat er dann durch seine Tatausführung kundgetan. Wir sollten also auch nach Motiven suchen, die mit Lautenschläger senior persönlich zu tun haben.«

»Und den Täter vermuten Sie dann in seinem direkten Umfeld?«

»Na ja, die Tat kann in ihrer Emotionalität auch beauftragt worden sein, wie bei einer Vendetta transversale.«

»Einer was?«, fragte Bolko.

»Vendetta transversale. Sozusagen ein delegierter Racheakt. Sizilianische Erfindung. Eine Familie hat einen Feind und lässt diesen durch eine andere und unbeteiligte Familie beseitigen. Hat viele Vorteile in puncto Alibi.«

Für einen Moment schwiegen alle. Schließlich stand Birte Halbach auf.

»Also gut. Ich fasse zusammen. Wir suchen im wirtschaftlichen Umfeld des Toten nach Motiven und konzentrieren uns dabei auf die Kreise, die mit Lautenschläger auf irgendeine Art und Weise auch persönlich verbunden sind. Die Arbeitsaufteilung ist wie besprochen: Motte und Moretti wissen, was sie zu tun haben. Mendelsohn und Blohm, Sie werden sich morgen im Wirtschaftsministerium mit dem zuständigen Mann für Industriekoordination treffen, und danach werden Sie dieser Handelsgesellschaft einen Besuch abstatten. Auch dieser Termin wird von uns angefordert. Wir treffen uns kurz morgens. Mittags will ich dann wissen, wo wir mit der Gattin stehen, was wir mit dem Sohn machen, und wir müssen klären, welche Fragen Motte und Heinrich im Unternehmen des Opfers stellen werden. Ich muss wohl nicht eigens betonen, dass nichts, was hier besprochen wird, dieses Büro verlässt. Ich denke, alle haben begriffen, womit wir es hier zu tun haben. In diesem Sinne einen erholsamen Abend. Es wird der letzte sein für eine Weile.«

Alle standen auf und verließen den Konferenzraum. Kiran betrachtete die Gruppe und konnte erste Dynamiken beobachten. Blohm war als Erster an seinem Schreibtisch, allerdings nur, um seine Sporttasche zu holen und sich zu irgendeiner Art Training zu empfehlen. Moretti und Alenka waren an Heinrich herangetreten und gingen mit ihm zur Computeranlage. Offensichtlich begann hier doch schon die erste Nachtschicht. Halbach und Eleonore, die Kiran noch kurz dankbar zugelächelt hatte, gingen in Richtung Fahrstühle.

So blieb Kiran schließlich allein an seinem neuen Schreibtisch zurück. Morgen würde er wohl ein paar Dinge aus seinem Büro holen müssen, wenn dies eine längere Ermittlung werden würde, wonach es nun definitiv aussah. Er seufzte, nahm seine Jacke, begab sich in die Garage und fuhr nach Hause.

9

Am nächsten Morgen traf sich das Team wie vereinbart um sieben Uhr. Außer Bolko sahen alle frisch und ausgeschlafen aus, obwohl sich herausstellte, dass Heinrich, Moretti und Motte bis weit nach Mitternacht am Computerterminal gesessen hatten.

Enzo Moretti hatte ihnen ein kleines Frühstück mitgebracht, Weißbrot, Brötchen und Croissants, zu dem er Marmelade und Pastete reichte. Anscheinend hatte noch niemand von ihnen etwas gegessen, denn der Brotkorb war in wenigen Minuten leer. Auch Birte Halbach und Eleonore kauten andächtig, während alle das ausgedruckte Material sichteten und die ersten Schlagzeilen kommentierten.

Wie Kiran auch hatte die umtriebige Alenka Motte die meisten Zeitungsartikel des Morgens bereits gelesen. Für alle anderen verteilte Alenka eine Liste mit Links zu den Onlineartikeln und eine Mappe mit Ausschnitten für diejenigen, die das gedruckte Wort bevorzugten.

Bolko eröffnete den offiziellen Teil der Sitzung, indem er eine Zusammenfassung der Presseartikel mit speziellem Augenmerk auf den hartnäckigen Reporter aus der Pressekonferenz vortrug. Wie sich zeigte, hatte dieser in seinem Leitartikel lediglich diverse Andeutungen über das Ausmaß von Lautenschlägers Einfluss auf die

Politik und seine Verstrickung in dubiose Geschäfte in Russland fallen lassen, ohne jedoch irgendwelche Details oder Quellen anzugeben. Bislang schien die Presse also weniger Informationen zu besitzen, als sie befürchtet hatten.

Während Bolko sprach, überflog Kiran den Autopsiebericht und stieß am Ende des Berichts auf einen Satz, der seine Aufmerksamkeit erregte. Er blickte auf und hob die Hand.

»Verzeihung, wenn ich unterbreche, aber dies hier sollte uns alle interessieren. Laut dem Autopsiebericht wurde an Friedrich Lautenschläger eine umfassende kosmetische Operation am Gesicht vorgenommen: an Wangenknochen, Kinn und Nasenpartie.«

»Eine Schönheitsoperation?«, fragte Halbach leicht irritiert. »Und warum soll das etwas Besonderes sein?«

»Das ist der Punkt. Sie ist zeitlich nicht exakt bestimmbar, zumindest nicht auf ein genaues Jahr. Das ist aber nicht entscheidend, denn die Operation liegt auf alle Fälle mindestens vierzig Jahre zurück. Wenn nicht länger.«

Halbach sah ihn fragend an.

»Eine Operation, die zeitlich ungefähr in den Beginn seines Aufstiegs fällt«, fuhr Kiran fort. »Nicht ganz unwahrscheinlich, dass da jemand versucht hat, eine Art Identitätswechsel zu vollziehen.«

Eleonore hob abwehrend die Hände. »Da wäre ich vorsichtig. Ich würde meinen, dass dies vorerst keinen größeren Einfluss auf unsere Ermittlungen haben sollte. Behalten wir es einfach im Hinterkopf.«

»Sehe ich auch so. Auf jeden Fall besitzen wir jetzt eine Information, von der mit Sicherheit nur sehr wenige Kenntnis haben, und das kann uns beizeiten von Nutzen sein«, sagte Bolko.

»Gut«, sagte Birte Halbach. »Wie gestern besprochen, teilen wir uns auf und versuchen erst mal parallel so viel Boden wie möglich zu bearbeiten. Wie ich höre, hat unsere junge Ermittlungsabteilung eine erste Spätschicht eingelegt. Wie ist der Stand?« fragte sie und sah Alenka an, die entspannt nickte.

»Wir haben uns die Aufzeichnungen der Überwachungskameras angeschaut, die sich im und am Haus der Lautenschlägers befinden. Keine Besucher, Gattin und Opfer folgten ihrer Routine. Lautenschläger verließ das Haus allein zum Spaziergang um 6.45 Uhr. Als Nächstes haben wir den Kollegen Moretti in Bezug auf den Sohn von Lautenschläger mit allen Informationen versorgt, die der Ermittlungsgruppe von Paul vorliegen. Enzo?«

»Ich habe das meiste durchgelesen«, begann Moretti. »Ich werde das heute Morgen abschließen und noch ein bisschen bei meinen Kollegen und ein paar Informanten nachhorchen. Danach werde ich sein Alibi prüfen, dann kann ich heute Abend mal in diesem Schuppen von Lautenschläger junior vorbeischauen.«

Halbach nickte und zog ihren elektronischen Planer hervor. »Wir haben einen Termin um 9.30 Uhr bei der Witwe des Opfers, Sie können also gleich aufbrechen, Alenka. Um 14 Uhr dann haben Sie zusammen mit dem Kollegen Heinrich eine Audienz bei dem Assistenten in der Omniacorp. Sie haben Ihren Fragenkatalog offensichtlich schon vorbereitet, Heinrich?«

Paul Heinrich nickte und wollte etwas entgegnen, wurde aber von Birte Halbach unterbrochen.

»Keine Details jetzt, ich vertraue da ganz Ihrem Instinkt. Nur eines, seien Sie am Anfang nicht zu offensiv. Verlangen Sie Details zu den neuesten Projekten, vor allem zu den deutschen Partnern. Keine Andeutungen, keine Anschuldigungen. Wir wollen den Eindruck erwecken, dass wir nur den Mörder ihres Chefs suchen.«

Sie ist wirklich gut, dachte Kiran. Sie behält die Zügel in der Hand und überlässt ihrem Team zugleich Initiative und Spielraum. Birte Halbach genoss den Ruf, dass ihre Mitarbeiter für sie durchs Feuer gingen, und Kiran, der mit ihr noch nie länger zusammengearbeitet hatte, bekam eine Ahnung davon, warum das so war.

Als keine weiteren Fragen gestellt wurden, beendete Halbach das Meeting. Mit einem Nicken bedeutete sie Kiran und Bolko, noch im Raum zu bleiben. Die anderen gingen. Nur Paul blickte im Gehen neugierig über die Schulter.

Als sie allein waren, teilte Birte Halbach ihnen die weiteren Pläne für den zweiten Ermittlungstag mit. Wie bereits angekündigt, sollten Kiran und Bolko gleich um 9 Uhr im Wirtschaftsministerium erscheinen. Dort wartete der Leiter der Abteilung Industriekoordination, Sektion Osteuropa, auf sie, der ihnen die Beteiligung der deutschen Politik erläutern sollte. Dann stand ein Termin bei der Osteuropäischen Handelsgesellschaft auf dem Plan. Alles in allem ein recht trockenes Programm. Birte Halbach blickte die beiden ernst an.

»Wir grasen erst mal das Terrain ab, das uns zugewiesen wurde und stellen die Fragen, die man von uns erwartet. Ich habe dem Generalbundesanwalt mitgeteilt, dass wir die Erkenntnisse der Abteilung OA in unsere

Ermittlungen nicht nur einbauen, sondern ihnen zentrale Bedeutung zumessen. Er ist damit erstaunlicherweise einverstanden. Trotzdem werden wir uns nicht nur mit den Brocken begnügen, die man uns zuwirft.« Sie lächelte sardonisch. »Und ich habe mir gedacht, wir werden gleich mal eine Aktion starten, die keiner von uns erwartet.«

Kiran musste grinsen, Bolko sah seine Chefin ratlos an.

»Machen Sie den Mund zu, Blohm. Ich bin nicht so verschnarcht, wie Ihr ehemaliger Vorgesetzter in Hamburg glaubt. Sie beide werden heute Nachmittag Herrn Jewgeni Osmanow einen kleinen Besuch abstatten.«

Bolko schien der Name nichts zu sagen. Kiran dagegen wusste genau, um wen es sich handelte, und spürte ein leichtes Ziehen im Bauch. Er half Bolko auf die Sprünge.

»Osmanow ist eine zentrale Figur im Drogenhandel zwischen Russland, Weißrussland, der Ukraine und Deutschland.«

Kiran war ihm zwar noch nicht persönlich begegnet, konnte sich aber noch genau an Osmanows Ankunft in Berlin und die Machtkämpfe in den folgenden Jahren erinnern, aus denen Osmanow als unangefochtener Sieger hervorgegangen war. Inzwischen war er einer der vier mächtigsten Paten Deutschlands. Sein Verteilernetzwerk war unangreifbar, perfekt organisiert und mit Akribie und gnadenloser Härte kontrolliert. Zugleich aber hatte er sich den örtlichen Gegebenheiten angepasst und betrieb einen sehr edlen und absolut drogenfreien Nachtclub. Dort verkehrten in erster Linie harmlose Nachtschwärmer, die nichts von den Machenschaften des Geschäftsinhabers ahnten. »Man geht davon aus, dass Osmanow die Büros des Nachtclubs auch für seine Drogengeschäfte nutzt. Aber für Durchsuchungen oder audiovisuelle Überwachung fehlt bislang jedwede Grundlage. Was nur zeigt, wie geschickt Osmanow operiert.«

»Ganz recht, Mendelsohn.«

Kiran sah Halbach an. »Ich frage mich nur, warum wir im Bereich des Drogenhandels ermitteln sollen. Immerhin scheinen andere Bereiche naheliegender.«

»Mag sein. Wir sind auch nicht auf die Idee gekommen. Er hat mich gestern Abend angerufen.«

Die beiden Männer sahen sich an.

»Ganz recht, eine Initiative der anderen Seite. Bevor Sie fragen – ich habe keine Ahnung, warum er uns von sich aus kontaktiert. Wir sind in den vergangenen Jahren bei ein paar Ermittlungen immer mal wieder auf ihn gestoßen und hatten Ermittler hingeschickt, natürlich ohne irgendetwas zu erfahren. Um so verwunderlicher, warum er sich jetzt und vor allem so früh zu Wort meldet.«

»Kann alles bedeuten«, meinte Bolko. »Kann sein, dass er nichts damit zu tun hat und befürchtet, dass wir bald auf ihn stoßen. Vielleicht will er uns schlicht zuvorkommen. Oder er verarscht uns einfach und hat Spaß dabei.«

»Wunderbar zusammengefasst, Herr Blohm«, sagte Halbach. »Fahren Sie hin und finden heraus, was er will.«

Damit nickte sie ihnen zu und verließ das Büro.

10

Bolko gähnte herzhaft und schaute aus dem Fenster, während sie über die Frankfurter Allee fuhren. Das Gespräch mit dem Vertreter des deutschen Wirtschaftsministeriums hatte wenig gebracht. Erst hatte man sie über eine Stunde lang warten lassen, dann waren sie von einem blassen Mann in einem Büro von der Größe einer Besenkammer empfangen worden. Der Mann hatte sich als persönlicher Referent des verantwortlichen Bereichsleiters vorgestellt. Dieser war kurzfristig zu einer Besprechung nach Minsk geflogen und hatte seine besten Wünsche und natürlich seine Zusage zu umfassender Kooperation ausrichten lassen. In der folgenden Stunde bekamen Kiran und Bolko einen ausführlichen Vortrag über die aktuellen Projekte der Bundesregierung mit der Osteuropäischen Handelsgesellschaft zu hören unter besonderer Berücksichtigung der Firma Lautenschläger.

Kiran hatte ab und an versucht, den monotonen Vortrag mit Fragen zu unterbrechen, diese jedoch wurden fast ausschließlich mit dem Hinweis auf das Datenmaterial abgetan, das man ihnen gleich zu Beginn ausgehändigt hatte. Der gelangweilte Habitus des Referenten täuschte Kiran nicht über die Tatsache hinweg, dass es sich hier um eine professionell geplante Sitzung handelte. Man versorgte sie offensichtlich mit einer Unmenge an Informationen, die umfassend und nutzlos zugleich waren. Als der Referent sein Programm abgespult hatte, hatten sie sich daher empfohlen und sich zum zweiten Termin des Vormittags im Hause der Handelsgesellschaft begeben.

Die Gegensätze hätte kaum größer sein können. Im Sitz der Handelsgesellschaft in der Frankfurter Allee, einem alten Bürohaus im klassisch russischen Stil, kam ihnen der Handelsattaché bereits entgegengestürmt, begrüßte sie überschwänglich und führte sie unter freundlichen Scherzworten in sein geräumiges Büro. Ohne die Fragen der beiden abzuwarten, begann er sofort, in kantigem, aber exzellentem Deutsch ein Loblied auf die Politik der deutschen Bundesregierung zu singen. Erst als er die große Nähe betonte, die zwischen dem russischen Präsidenten und dem Ministerpräsidenten zu ihren deutschen Amtskollegen bestände, konnte Bolko sich nicht verkneifen, einen Kommentar über die große Nähe zwischen der russischen Gasindustrie und abgewählten deutschen Politikern einzuflechten. Das brachte den Handelsattaché für einen Moment aus dem Konzept. Kiran nutzte die Gelegenheit, um seine Fragen über Lautenschlägers Omniacorp zu stellen.

Kusnetsow hatte sich schnell wieder im Griff, selbst wenn sein Lächeln ab jenem Zeitpunkt mehr oder weniger eingefroren war. Auch er war gut vorbereitet und präsentierte ihnen nun zügig einen Abriss über die erfolgreiche Zusammenarbeit der Firma und der Handelsgesellschaft seit ihrer Gründung. Als man sich schließlich verabschiedete, hatten Kiran und Bolko auch hier nicht mehr erfahren, als sie schon wussten. Aber auch diese

Befragung war Teil des Pflichtprogramms, das sie zu absolvieren hatten.

Jetzt fuhren sie auf Bolkos Drängen hin zur Friedrichstraße, damit Kiran ihm eine gute Currywurst zum Mittagessen empfehlen konnte. Zudem wollten sie sich in Ruhe auf den Besuch bei Osmanow vorbereiten. Kiran hatte für beides einen wunderbaren Ort im Sinn.

Sakamoto Foods war eines von Kirans erklärten Stammlokalen. Das Essen dort verkörperte alles, was ihm kulinarisch heilig war: frische, gesunde und schnelle Zubereitung mit japanischer Perfektion. Hideyushi Sakamoto und seine Frau Arisu boten nicht nur Sushi an, sondern auch Kurzgebratenes vom Teppanyaki-Grill, dazu frische Salate und Gemüse und vor allem die beste Nudelsuppe, die Kiran jemals außerhalb von Kyoto gegessen hatte. Das Ehepaar Sakamoto verband traditionelle japanische Esskultur mit dem Ambiente eines modernen Schnellrestaurants, und das Ganze auf höchstem Niveau. Zudem wusste Arisu Sakamoto die frischen Zutaten rund um die zentral im Restaurant gelegene Küche äußerst kunstvoll und schmackhaft anzurichten, womit sie den zeremoniellen Zubereitungstechniken der akribisch ausgebildeten Köche den perfekten Rahmen verlieh.

Sakamoto Foods hatte sich schnell vom Geheimtipp zu einem der führenden Restaurants für japanisches Essen entwickelt, dennoch waren die Inhaber lange Zeit nicht vollends zufrieden. Irgendetwas Entscheidendes schien zu fehlen, etwas, das deutsche und japanische Küche verband. Die Antwort auf diese schwierige Frage fand sich, als eines Abends ein freundlicher Mann in den Laden trat, in holprigem, aber fehlerfreiem Japanisch etwas zu

Essen bestellte und die überraschten Inhaber zu ihrem geschmackvollen Ambiente beglückwünschte. Schnell hatte man bei einem Becher Sake nähere Bekanntschaft gemacht, und die Sakamotos hatten dem höflichen Besucher ihr Herz ausgeschüttet.

Kiran wurde wie immer an diesen Abend erinnert, als er mit Bolko den Laden betrat und sogleich von der ihm strahlend entgegenlaufenden Arisu begrüßt wurde. Unter Bolkos erstaunten Blicken tauschte man Verbeugungen und diverse Höflichkeiten auf Japanisch aus, dann wurde ihnen ein Tisch zugewiesen.

»Ich möchte ja ungern den Spielverderber geben, aber das mit der Currywurst war ernst gemeint«, sagte Bolko, als ihnen eine Limonade mit frischer Minze serviert wurde.

»Keine Bange, alles bereits in Arbeit«, antwortete Kiran. »Also, zuerst gibt es ein Schälchen Suppe, danach eine Currywurst und als Beilage ein paar gebratene Gemüse mit Salat aus frittiertem Seetang.«

Kiran ignorierte Bolkos durchdringenden Blick und holte seine Notizen hervor, die er bei ihren Gesprächen gemacht hatte.

Obwohl sie kaum etwas Entscheidendes erfahren hatten, war Kiran der Ansicht, dass jede Begegnung in diesen ersten Tagen von Bedeutung war. Bemerkenswert war vor allem, dass sie von Regierungsseite mit einem kleinen Referenten abgespeist worden waren, während die russische Seite ihren ranghöchsten Vertreter schickte. Hier würde man am ehesten nach Hinweisen auf das suchen müssen, was hinter den Kulissen geschah. Das wusste auch die Gegenseite, daher stellte man ihnen an diesen neuralgischen Punkten auch die wirklichen Gegner entgegen.

»Durchaus nachvollziehbar, aber mir ist das ein bisschen zu einfach und klingt wie ein schlechter Film«, meinte Bolko nach einer kurzen Pause, während der er den Rest der Suppe auslöffelte, die inzwischen serviert worden war.

»Sehr gut. Kräftige und geschmacksintensive Brühe, habe ich bei den Asiaten so noch nicht gegessen. Also sollen wir uns auf die Russen konzentrieren und die hiesige Politikerbande samt ihren Lobbyisten und Wirtschaftskumpanen verschonen?«

»Nicht unbedingt«, gab Kiran zurück, »wir werden unsere Nachforschungen nur auf anderer Ebene betreiben.«

»Na, Ihr Wort in Teutates' Ohr. Was, bitte, ist das?«

Bolko starrte auf die nierenförmige Schale, die man ihm soeben serviert hatte. Darauf befand sich eine Ansammlung kleingeschnittener Fleischstücke in einer schwärzlichen Sauce, daneben war frisch gebratenes buntes Gemüse kunstvoll aufgetürmt und mit viel eingelegtem Ingwer dekoriert.

»Currywurst auf japanische Art«, antwortete Kiran. »Die Wurst lässt Sakamoto aus Kalbfleisch beim Metzger um die Ecke produzieren. Die Soße ist Soja, mit braunem Zucker eingekocht und mit echter Wasabiwurzel, Limettensaft sowie einer hauseigenen Chilipaste angerührt. Die rote Paste daneben ist die gleiche, zum Nachwürzen.«

Bolko schaute Kiran spöttisch an, mischte dann aber etwas von der Paste in Wurst und Gemüse und begann zu essen.

»Und als Nächstes treffen wir uns also mit einem erfolgreichen russischen Geschäftsmann und hoffen, dass wir von ihm die Informationen erhalten, die uns die hohen Herren in Politik und Wirtschaft vorenthalten?«, fragte Bolko mit vollem Mund.

Kiran grinste. »So ungefähr.«

Er bemerkte, dass er anfing, mit Blohm warm zu werden. Selbstbewusst, autark und zugleich professionell genug, um andere Meinungen zu akzeptieren. Alles in allem Qualitäten, die beim BKA in dieser Zusammenstellung eher eine Seltenheit waren.

Bolko schlang die letzten Happen seiner Currywurst hinunter. Dann leerte er den Rest der Limonade in einem Zug, um das Glas dann umgehend der vorbeieilenden Kellnerin zum Nachfüllen hinzuhalten.

»Verstehe«, sagte er, »wir ermitteln also nach außen offiziell und fahren parallel geheime Ermittlungen. Nicht ganz ungefährlich, aber ich bin dabei.«

Kiran lächelte, stand auf und holte noch ein paar Servietten für Bolko, dem inzwischen die Augen tränten.

An den Tisch zurückgekehrt, klingelte Bolkos Telefon. Er meldete sich, um den Hörer jedoch sofort wieder von sich wegzuhalten und markerschütternd zu niesen. Kurz vor dem zweiten Niesen reichte er Kiran das Handy. Am anderen Ende war Alenka. Sie klang aufgeregt.

Wie sich herausstellte, hatte die Kriminaltechnik inzwischen alle am Tatort gesammelten Hinweise ausgewertet und eine interessante Entdeckung gemacht. Auf der Brille des Toten befand sich ein angetrockneter Fleck, der sich als Schweiß herausgestellt hatte. Da er sich jedoch auf der Außenseite des Glases befand, war zu vermuten, dass es sich hierbei um den Schweiß des Täters handeln konnte.

Auf seine Frage hin, wer die Untersuchung geleitet habe, antwortete Alenka, dass es Birte Halbach persönlich gewesen sei.

Darauf hatte Kiran gehofft. In dieser Sache war es entscheidend, dass neue Erkenntnisse möglichst lange unter Verschluss gehalten wurden. Und wie er Birte Halbach kannte, würde sie schon dafür sorgen.

Zufrieden beendete er das Gespräch und wandte sich Bolko zu, der inzwischen von Frau Sakamoto mütterlich im Nacken und an der Nasenwurzel massiert wurde, während er ein feucht-warmes, nach Zitronengras duftendes Tuch auf dem Gesicht hatte.

11

Das Iswestija befand sich in Berlin-Mitte in einem klassischen Ostberliner Altbau. Das imposante Entree zur Straßenseite hin war das Tor zu einer versunkenen Welt. Das Foyer war in dunklem Marmor gehalten, Säulen zierten die Wände, Stuck die Decke. Die Garderobe war gleich rechter Hand. Im Hintergrund führten zwei geschwungene Treppen ins Allerheiligste. Man konnte für den Aufstieg in höhere Gefilde aber auch den zentral gelegenen alten Fahrstuhl mit Metallgitter benutzen.

Oben befand sich der in dunkelrotem Samt gehaltene Ballsaal, mit den Tischen und dem Tanzparkett in der vorderen Hälfte und der Bar und den Stehtischen in der hinteren. Dahinter befand sich der Eingang zum eigentlichen Clubbereich. Das Mobiliar war aus edlem Altholz gefertigt, die feinen Stoffe der Tischbezüge standen in wohltemperiertem farblichem Kontrast zu den Tischlampen aus der Jugendstilzeit.

Ins Iswestija ging man, um wahlweise zu tanzen oder Konzerte osteuropäischer Jazz- und Folklorekünstler zu genießen. Das Publikum war dementsprechend bunt gemischt, generell jedoch konnte man bei allen Beteiligten einen Hang zu Luxus, exaltiertem Intellektuellentum und Liebe zur guten alten Zeit feststellen. Das Iswestija war eine der angesagten Adressen unter den Berliner

Nachtschwärmern und zog immer mehr Touristen an. Um dem Besucherandrang Herr zu werden, hatte man eine höfliche, aber nicht minder einschüchternde Eingangskontrolle installiert. Auch im Innern wurde durch dezent agierende Sicherheitsexperten dafür gesorgt, dass zu jeder Zeit Ruhe und Ordnung herrschten. Konflikte, Drogenkonsum und schlechtes Benehmen führten zu sofortigem Hausverbot.

Kiran und der wiedergenesene Bolko waren pünktlich zur gewünschten Zeit erschienen, wurden im Foyer aber von einem wartenden Angestellten gebeten, um den Block herumzugehen und den Hintereingang zu benutzen. Dort angekommen, betraten sie das Haus über die Verladerampe.

Auch hier, in den Eingeweiden des Hauses zwischen Lager und Küche, hatte man das Gefühl hundert Jahre in der Zeit zurückgereist zu sein. Köche begutachteten Lieferungen von Lebensmitteln, Reinigungspersonal und Bedienstete liefen hin und her, während ein Sicherheitsmann die beiden durch die Gänge lotste und zu einem Lift führte.

Als sie im zweiten Stock angekommen waren, traten sie auf eine Art Empore. Unter sich sahen sie den zu dieser Stunde verwaisten Ballsaal. Ein weiterer Sicherheitsmann nahm sie in Empfang und führte sie zum Büro von Jewgeni Osmanow.

Osmanow erhob sich von seinem Schreibtisch und begrüßte seine beiden Gäste. »Herr Mendelsohn, Herr Blohm, schön dass Sie die Zeit gefunden haben. Bitte setzen Sie sich.« Damit wies er auf zwei schwere Ledersessel vor seinem Schreibtisch. »Ich habe einen frischen Darjeeling aufbrühen lassen, Herr Mendelsohn, auch wenn Sie, wie ich höre, eher die japanischen Grüntees bevorzugen. Herr Blohm, Tee auch für Sie? Ich denke für ein Bier ist es noch zu früh?«

Bolko überging die Anspielung und bestellte sich einen türkischen Mokka, was von Osmanow mit einem anerkennenden Nicken quittiert wurde. Jewgeni Osmanow mochte Ende vierzig sein, wirkte durch seine ergrauenden Schläfen und den perfekt modellierten Schnurrbart jedoch älter. Sein Anzug war modern und zugleich von einer teuer wirkenden Schlichtheit, die ihm jedoch sehr gut stand und mit lässiger Eleganz getragen wurde.

Kiran und Bolko setzten sich. Zur linken Seite bot eine verdunkelte Panoramascheibe einen kompletten Blick auf den Ballsaal. Das Mobiliar im Büro war getreu dem Stil des Hauses in dunklem Holz und Leder gehalten. Farbige Tapete, warmes Licht. Das Ganze strahlte Klasse und zugleich eine unwirklich anmutende Nostalgie aus.

Osmanow blickte beide an, während er sich ebenfalls setzte und mit einer Fernbedienung den großen Sicherheitsbildschirm hinter sich ausschaltete.

»Zunächst einmal mein Beileid, oder besser gesagt, mein Bedauern zum Ableben eines so verdienten Mannes der deutschen Wirtschaft. Die ganze Angelegenheit ist sehr tragisch.«

Osmanow sah sie ernst an. Er sprach perfekt Deutsch, nur das dezent gerollte R ließ auf seine russische Herkunft schließen.

»Wie ich Ihrer geschätzten Chefin Frau Halbach bereits mitgeteilt hatte, möchte ich mich konstruktiv an der Aufklärung dieser Angelegenheit beteiligen. Daher habe ich angeboten, den ermittelnden Kommissaren, also Ihnen, einige Informationen zu überlassen und Ihnen einen Vorschlag zu unterbreiten.«

Donnerwetter, dachte Kiran. Keine langen Einleitungen, noch nicht einmal der Versuch, den Hintergedanken zu verbergen.

Er antwortete in ebenso höflichem Ton: »Die Freude ist ganz auf unserer Seite, Jewgeni Andrejewitsch. Ich muss auch meinem Erstaunen Ausdruck verleihen, dass Sie, sozusagen als Vertreter der Gegenseite, so schnell mit uns Kontakt aufnehmen. Vor allem, da unser Haus in den vergangenen Jahren nicht gerade erfolgreich versucht hat, von Ihnen Antworten auf diverse Fragen zu bekommen.«

In diesem Moment öffnete sich die Tür, und ein Kellner brachte ihnen die Getränke.

»Nun, das tut mir unendlich leid für Ihre Kollegen, Herr Mendelsohn, aber Sie müssen einsehen, dass ich nur wenig Zeit für schlecht vorbereitete Projekte habe. Sie werden jedoch feststellen, dass ich mit professionellen Kontrahenten durchaus konstruktiv sein kann. Aber in dieser Hinsicht hört man nur Gutes über Sie, Ihre intelligente Art hat mich und vor allem meine Vorgänger in den vergangenen Jahren sehr beschäftigt. Ähnliches gilt auch für Ihren Kollegen, wenngleich er noch neu in der Stadt ist. Ihr Ruf allerdings ist Ihnen aus Hamburg vorausgeeilt, ich habe einiges über Sie gehört, Herr Blohm.«

Bolko nahm einen Schluck von seinem Mokka und blickte auf. »Ich hoffe, nur Gutes.«

»Selbstverständlich. Ihr unorthodoxer Umgang mit unseren Konkurrenten aus Albanien hat große Beachtung gefunden. Man bewundert Ihre Mischung aus Brillanz,

Unbestechlichkeit und wohldosierter Härte. Ihr Verhör der Betreiber des Bordells an der Uferstraße hat meine Hamburger Freunde jedenfalls in helle Freude versetzt.«

Bolko zuckte die Schultern. Offenbar war er nicht gewillt, mit Osmanow in den verbalen Clinch zu gehen.

Osmanow registrierte es mit einem gutmütigen Augenzwinkern. »Wie dem auch sei, ich habe Sie hierhergebeten, um über ein gemeinsames Problem zu reden, Ihre Ermittlungen im Falle Lautenschläger. Ich will nicht lange um die Sache herumreden. Ich möchte Ihnen mehr Einblick in diese Angelegenheit geben und würde dafür auch eine Gegenleistung erbitten, indem Sie meinen Vorschlag anhören.«

Er hob die Hand, als Bolko antworten wollte und fuhr fort: »Keine Bange, Herr Blohm, ich erwarte keine Gefälligkeit von Ihnen. Ich möchte Sie vielmehr warnen und Ihnen jetzt schon einen Ausweg aus dem Dilemma zeigen, auf das Sie zusteuern.«

»Und was wäre das für ein Dilemma?«, fragte Kiran.

»Das wissen Sie sehr gut, Herr Mendelsohn. Sie haben einen der mächtigsten deutschen Industriellen als prominentes Mordopfer. Man erwartet von Ihnen, einen politisch akzeptablen Täter zu präsentieren und dadurch das Ansehen dieses Unternehmens nicht einmal anzukratzen. Letzteres dürfte fast unmöglich sein. Bei allem, was Sie vielleicht schon wissen und was ich seit Jahren weiß, ist die Katastrophe vielleicht sogar unausweichlich.«

Bolko machte ein ungläubiges Gesicht. »Vielleicht täuschen Sie sich da. Enthüllungen über Verstrickungen von Politik und Wirtschaft sind auch bei uns nichts Neues. Ganz egal, wer der Täter ist – wenn dabei rauskommt, dass Lautenschläger seine Milliarden auf dem Schwarzmarkt gemacht hat, gibt es einen kurzen Aufschrei in den Medien, aber das war's dann auch schon. Immerhin kooperiert Lautenschläger jetzt schon mit der dritten Bundesregierung.«

»Mit der vierten, Herr Blohm«, entgegnete Osmanow. »Friedrich Lautenschläger hat sich seine Pfründe schon in den Jahren vor der deutschen Wiedervereinigung gesichert. Damals hat er durch seine Kontakte in den Osten und nach Russland dafür gesorgt, dass sich die russischen Militärs in Ostdeutschland und die brachliegende Industrie im Nordwesten Russlands unter Gorbatschow erfolgreich privatisieren konnten. Als die Mauer fiel, hat er für diese Parteien im Westen agiert, während ihm die damalige deutsche Regierung den Persilschein für den Handel mit Russland ausgestellt hat.«

»Sicher«, warf Bolko ein. »Man nannte das Aufbau Ost. Lautenschläger hat sich an der Pipeline zwischen Düsseldorf und Moskau gesundgestoßen, während ihn die ostdeutschen Brüder und Schwestern als Supermarktweihnachtsmann gefeiert haben.«

»Das ist richtig«, fuhr Osmanow fort, »aber nur die halbe Wahrheit. Die russische Seite war nicht Moskau, sondern St. Petersburg. Lautenschläger hat, oder hatte, dort gute Bekannte, die sich zu einer Gruppe formiert hatten, die Sewernaja. Diese Leute haben St. Petersburg bis aufs Mark ausbluten lassen und sämtliche Werte in den Westen verkauft.« Aus Osmanows Stimme konnte man beinahe so etwas wie ehrliche Empörung heraushören.

»Als Lieferweg bot Lautenschläger einen Versorgungskanal an, den er zusammen mit der Westgruppe des Militärs in Ostdeutschland aufgebaut hatte. Dort war man gerade dabei, das gesamte Material der Armee zu verkaufen. Lautenschläger hat seinen Anteil am Aufbau Ost mit Hilfe dieses Netzwerks finanziert. Dafür hat man ihm in Bonn das Verdienstkreuz an die Brust geheftet, während er nebenher mit meinen russischen Landsleuten illegale Geschäfte gemacht hat.«

Kiran schüttelte skeptisch den Kopf. »Vermutungen dieser Art kursieren auch beim BKA. Was uns fehlt sind Beweise. Und auch diese Partnergruppe, von der Sie sprechen, scheint mir kein neues Licht auf die uns bekannten Fakten zu werfen.«

»Vielleicht, Herr Mendelsohn. Jedenfalls, wenn man außer Acht lässt, was das eigentliche Betätigungsfeld der Sewernaja ist. Sie ist organisatorisch mit einer anderen Gruppe verbunden, die damals aus dem aufgelösten St. Petersburger Bereich des KGB hervorgegangen ist. Ihr Name ist Stigma, sehr passend, wie ich finde. Man nimmt an, dass sie damit auf den griechischen Buchstaben abzielen und den Hintergedanken dabei.«

»Und das wäre dann wohl die Gruppe Alpha«, sagte Kiran. Zu Bolko gewandt, fuhr er fort: »Die Gruppe Alpha war eine Eliteeinheit der Speznas, spezialisiert auf Anti-Terror-Einsätze und dergleichen. Ich nehme an, dass sich diese neue Gruppe aus Alpha-Veteranen rekrutiert?«

Osmanow nickte.

»Richtig. Während die Sewernaja Lautenschläger beim Handel mit industriellen Rohstoffen und Gütern half und dabei ihre eigenen Lieferungen im Rotlichtbereich integrierte, stellte sie durch Lautenschläger ihr gesamtes Logistiknetzwerk nebenbei für Stigma zur Verfügung. Die hat sich getreu ihrer Herkunft auf zwei Gebiete spezialisiert: Waffenhandel und militärische Spezialaufträge.«

Kiran und Bolko sahen sich an, während Osmanow lächelnd fortfuhr.

»Sie sehen überrascht aus, aber mit Waffenlieferungen hatte Lautenschläger bereits in den achtziger Jahren durch seine Kontakte zu den Militärs zu tun. Das ging bis in den Jugoslawienkonflikt hinein und hörte erst auf, als Deutschland sich zusammen mit den USA aktiv an diesem Krieg beteiligte.«

»Sie wollen damit sagen, dass Lautenschläger selber mit Waffen gehandelt hat?«, fragte Kiran verblüfft.

»Nicht er selbst. Er hat die Logistik gestellt und daran mitverdient. Meine Informationen über Lautenschläger stammen zum Großteil aus erster Hand, da ich seinerzeit auch in der Rüstungsindustrie tätig war. In diesem Bereich begegnet man sich zwangsläufig. Vor allem, wenn diese Tätigkeiten als Vetriebskanal für illegale Waren und Dienstleistungen genutzt werden. Das Ganze wird einfach in industrielle logistische Aktivitäten eingebettet. Waffenhandel ist in Russland und vor allem in Moskau ein absolut normaler Geschäftsbereich, in dem ehemalige und aktive Mitglieder des Geheimdienstes teilweise völlig offen operieren. Etwas komplizierter ist es mit dem Menschenhandel über die Sewernaja. Da sind eher die Schleuserbanden tätig. In erster Linie natürlich wegen der Frauen, leider betrifft es auch Kinder und ein paar arme Seelen, die man für den Organhandel braucht. Heutzutage kommen dann auch noch die so genannten Facharbeiter dazu, ein anderes Wort für Zwangsrekrutierung.«

»Und an alldem soll Lautenschläger beteiligt gewesen sein?«, fragte Bolko ungläubig.

»Für Lautenschläger hat dies keinen Unterschied gemacht, Herr Blohm. Seine Firmen haben Transporte für russische Unternehmen durchgeführt, nichts weiter. Auch hier hat er nur eine Infrastruktur gestellt, die bestimmte Gruppen ausgenutzt haben.«

»Nur damit ich das richtig verstehe, Lautenschläger oder seine Firma betreibt ein offiziell subventioniertes Industrieprojekt zusammen mit dieser russischen Handelsgesellschaft, und hintenrum wird die Bestückung seiner Fabriken mit Facharbeitern via Menschenhandel organisiert? Von offizieller russischer Seite?«

»Herr Blohm, Sie müssen sich von dem Gedanken verabschieden, dass nicht sein kann, was nicht sein darf. Die Grenzen zwischen legalen Strukturen und organisierter Kriminalität sind fließend. In Deutschland hat man die Vertreter der kommunistischen Wehr- und Ordnungskräfte nach der Wende in den Ruhestand geschickt, in Russland hat man sie entweder befördert oder privatisiert.«

»Soll heißen, die Behörden arbeiten offiziell mit der organisierten Kriminalität zusammen?«, hakte Bolko nach.

»Sicher, und das ist nichts Besonderes. Das rührt von der russischen Geschichte her, weil beide Welten nicht nur parallel existierten, sondern seit Anbeginn an und bis heute voneinander abhängen. Es ist eine Tatsache, dass russische Behörden wie auch der KGB-Nachfolger SFB ständigen Kontakt zu diesen Kreisen haben. Der heutige Geheimdienst hat zum Beispiel ganz hervorragende Verbindungen zur russischen Hackerszene. Als man Georgien angriff, wurden als Erstes alle wichtigen Server und danach das gesamte georgische Netz ausgeschaltet, damit sich die Kräfte im Volk und der Staatsmacht nicht koordinieren konnten. Es ist eine russische Spezialität, für jede Eventualität einen guten Kontakt zu haben. Man unterscheidet da nicht zwischen legal und illegal, sondern zwischen funktionabel und nutzlos.«

Osmanow breitete wie entschuldigend die Hände aus. »Nun, für unseren Fall heißt das: Die Organisation der Facharbeiter liegt in russischer Hand, für die deutschen Partner und die deutsche Regierung zählt nur das Resultat.«

»Und so etwas sickert nicht durch? Ich kann mir nicht vorstellen, dass man in Berlin keine Ahnung davon hat oder das einfach dulden würde. Ich traue unseren Bonzen jede Schweinerei zu, aber nicht Menschenhandel«, sagte Bolko kopfschüttelnd.

Osmanow zuckte mit den Schultern. »Es sickert nichts durch, weil Russland die alleinige Kontrolle über die Vorgänge auf russischer Seite hat. Das geht auch gar nicht anders. Glauben Sie, dass sich das heutige Russland ernsthaft von einer anderen Regierung in solche Dinge reinreden lässt, selbst bei einer partnerschaftlichen Wirtschaftssubventionierung? Aufträge von deutscher Seite werden in Russland an eine Vielzahl legaler, halblegaler und krimineller Gruppen weitergegeben. Selbst ein in Wirklichkeit hochkriminelles Wirtschaftsunternehmen wie die OHG würde niemals mit solchen Aktionen in Berührung kommen. Die OHG ist nicht, wie Ihre Ermittler glauben, allein für die Koordination aller russischen Belange zuständig. Kein russisches System würde jemals so aufgebaut sein, weil eine einzige zuständige Firma oder Gruppe ein enormes Risiko darstellt. Schaltet man die aus, ist das ganze Netzwerk lahmgelegt. Wann immer ein Russe ein solches Netz aufbaut, dann ist es ein dezentrales Netz, dass auch nach dem Ausfall einiger Teile immer noch reibungslos funktioniert. Glauben Sie mir, die OHG und dieser zurückgebliebene Vollidiot Kusnetsow sind reine Marionetten, die nach außen Handel zwischen deutscher und russischer Industrie ermöglichen.«

»Das heißt die OHG ist im Grunde keine richtige Handelsgesellschaft, sondern eher eine Art Handelsvertretung?«, fragte Kiran.

»Exakt. Sie koordinieren sämtliche Anfragen und übergeben sie an russische Behörden und die wiederum an ihre legalen und illegalen Dienstleister. Sie leiten also Order und Anfragen weiter, von denen sie gar nicht wissen, was sie beinhalten oder an wen sie gehen. Für Lautenschlägers Omniacorp organisieren sie die Lieferung von Rohstoffen mit Moskau. Die Organisation der Arbeiter und die Nutzung der Verkehrswege für andere Waren wird dagegen nach Polen und erst von dort nach St. Petersburg weitergegeben. Dort agieren die eigentlichen Partner …«

»Soll heißen?« Bolko ahnte, was Osmanow meinte, wollte es aber aus seinem Mund hören.

»Nun, was glauben Sie? Da sind schlagkräftige Trupps unterwegs, die die ortsansässigen Bewohner von Gebieten, die zum Fabrikbau bestimmt werden, aus ihren Häusern jagen und in die Wohnblöcke für die neuen Betriebe pressen. Dabei zerschlagen sie oftmals auch Familien und verschicken Männer, Frauen und Kinder über die jeweiligen Kanäle, wo immer sie benötigt werden.«

Kiran sah Bolko an. Der schien dasselbe zu denken wie er. Es war kaum zu glauben, obwohl die Sache an sich machbar und damit wahrscheinlich klang. Trotzdem wollte ihm nicht in den Kopf, wie man an derartigen Aktivitäten beteiligt sein konnte, ohne Gefahr zu laufen, auffällig zu werden.

Osmanow, der die Gesichter der beiden Kommissare richtig deutete, fuhr fort: »Sehen Sie, ich möchte Ihnen hier keine Predigt halten, aber ich denke, dass Sie beide sehr genau wissen, wovon ich rede. Ich weiß von Ihnen, Herr Mendelsohn, dass Sie im Rahmen Ihrer Ermittlungen gegen meine Gegner und auch meine Partner vor zehn Jahren einige Male zurückbeordert wurden. Sie, Herr Blohm, durften den Albanerring in Hamburg nicht komplett zerschlagen. Was glauben Sie, warum? Ich will es Ihnen sagen: weil die Politik das Chaos fürchtet, das ausbrechen würde, wenn man das funktionierende System beseitigen würde. Und weil die Politik abhängig ist von den Entscheidern in der Wirtschaft und Industrie, die ihrerseits von diesen illegalen Systemen profitieren. Die globale Gesellschaft funktioniert so. Das ist eine Realität, meine Herren, und der können Sie nicht entkommen, genauso wenig wie es Lautenschläger und mit ihm seine Partner und politischen Gönner konnten.«

Bolko holte tief Luft. »Ich nehme an, diese Informationen beziehen Sie aus Ihrem eigenen Netzwerk, und von daher müssen wir uns auf Ihr Wort verlassen?«

Osmanow lächelte. »In gewissem Sinne ja, Herr Blohm. Andererseits gibt es da natürlich Informationen, die man auf russischer Seite gesammelt hat. Bei aller Freundschaft will man sich ja trotzdem absichern. Lautenschläger wird darin mit bestimmten russischen Partnern und ihren kriminellen Tätigkeiten und Lieferungen in Verbindung gebracht.«

»Das heißt, theoretisch ist es möglich, Lautenschläger postum auffliegen zu lassen?«

»Theoretisch ist es das«, sagte Osmanow und sah sie einen Moment schweigend an. »Jedoch möchte ich genau dies verhindern«, fuhr er dann fort. »Deshalb habe ich Sie beide heute hierhergebeten.«

»Das verstehe ich nicht«, sagte Kiran.

»Ganz einfach. Ich möchte Ihnen einen Vorschlag unterbreiten, wie Sie Ihren Täter finden und gleichzeitig verhindern können, dass diese Tatsachen an die Öffentlichkeit gelangen.«

»Und warum ist das für eine organisierte Industrie wie der Ihren ein Problem? Und wo wir von Ihnen sprechen, welchen Beweggrund haben Sie persönlich in dieser Sache?«, fragte Bolko dazwischen.

Osmanow lächelte und wandte sich an Kiran. »Sie haben da einen erfrischenden Kollegen an die Seite gestellt bekommen, Herr Mendelsohn. Ich muss sagen, Sie beide könnten einige Herren in Deutschland sehr nervös machen. Zur Sache jedoch: Ich persönlich bin nicht betroffen, sondern ich bin nur von einigen Partnern gebeten worden, sozusagen als Berater und Sprecher in dieser Angelegenheit aktiv zu werden. Das ist ja auch meine Funktion in vielen anderen Fällen.«

Osmanow blickte die beiden zufrieden an, als erwarte er Applaus für seinen kleinen Scherz.

Bolko war nicht nach Scherzen zumute. »Und welche Interessen verfolgen Ihre Partner?«, sagte er und betonte das letzte Wort.

Ohne eine Miene zu verziehen, fuhr Osmanow fort: »Ihre Geschäftsinteressen, natürlich. Man befürchtet, dass durch die Offenlegung der Aktivitäten von Lautenschläger wichtige Mittelsmänner und Vertriebswege gekappt werden könnten. Das geht mich, wie gesagt, nur sehr entfernt etwas an, meine Organisation bedient sich anderer Kanäle. Einige meiner Partner aber sind da angreifbarer.«

»Angreifbar? Inwiefern ?«

»Herr Blohm, Sie und Ihre Kollegen unterliegen einem Irrtum, wenn Sie glauben, dass die organisierte Kriminalität in Russland eine patriotische Einheit ist, wenn es ums ausländische Geschäft geht. Ich kann Ihnen versichern, dass das absolut nicht so ist. Die Gruppen, mit denen Lautenschläger paktiert hat, stehen durch sein Ableben unter Druck von der direkten Konkurrenz und dürfen ihre Lieferwege nicht verlieren. Weder durch Ihre Ermittlungen noch durch seinen Sohn, bei dem man sich nicht sicher zu sein scheint, wozu oder eher wozu er nicht fähig ist.«

»Warum sollte der Sohn eine Bedrohung sein?«, fragte Kiran.

Osmanow seufzte. »Das ist eine lange Geschichte, die auch ich nicht vollständig kenne, Herr Mendelsohn. Was ich jedoch mit Sicherheit sagen kann, ist, dass der junge Lautenschläger einer sehr unruhigen Zeit entgegensieht. Er hat nicht das Format und die Autorität seines Vaters. Es gibt viele Partner und auch Gegner, die ihre

Unzufriedenheit mit dem Vater an dem Sohn auslassen werden. Gleichzeitig ist der junge Mann sehr ehrgeizig, und wird versuchen, seine wenigen Spezialgebiete weiter auszubauen.«

»Und die wären?«, hakte Kiran nach.

»Er ist offiziell für den bereits erwähnten Facharbeiterhandel zuständig. Das umfasst die Auswahl und Umsiedlung von Arbeitern in allen Industrieprojekten. Daneben hat er sich hier in Berlin eine lukrative Nebeneinkunft aufgebaut, indem er in seinem Lokal Houdini nicht nur den Schwarzhandel einiger Partner seines Vaters organisiert, sondern der hiesigen russischen Schlepperbande die Abwicklung ihres Handels mit Prostituierten und neuerdings auch Kindern ermöglicht. Wie ich bereits ausgeführt habe, hat man den russischen Partnern bisher zwar ein Netzwerk zur Verfügung gestellt, sich aber ansonsten von solchen Geschäften komplett distanziert. Der junge Lautenschläger scheint diese Vereinbarungen jedoch heimlich zu umgehen und direkt an Geschäftsabschluss und Gewinnverteilung beteiligt zu sein. Einige der wichtigsten Partner seines Vaters haben diese beiden Geschäftszweige nie akzeptiert und daher wohl nur aus Respekt geschwiegen. Jetzt aber, da der Sohn offen gegen die letzte Vereinbarung verstoßen hat und nicht mehr von seinem Vater geschützt wird, könnten sie aktiv werden, weil sie seine Aktionen zu Recht als Gefährdung betrachten.«

Bolko schüttelte den Kopf. »Alles sehr interessant. Aber inwieweit der Sohnemann seine eigenen Geschäfte durchgezogen hat, hilft uns bei der Suche nach dem Mörder auch nicht weiter.«

»Vielleicht doch, Herr Blohm. Stellen Sie sich vor, dass zwischen Vater und Sohn eine typische Konkurrenzsituation herrscht. Sie verstehen, väterliche Verachtung auf der einen und neurotische Frustration auf der anderen Seite. Der Sohn kann seinem Vater nicht imponieren und verlegt sich auf eigene Geschäfte, für die er die ihm anvertrauten Logistikwege benutzt. Leider scheint er nicht nur pervers veranlagt zu sein, ihm fehlt auch der Instinkt und die Kaltblütigkeit des Vaters. Daher vertraut er neuen Partnern, die Katastrophe ist vorprogrammiert.«

»Ich verstehe. Seine neuen Partner wollen mehr vom Geschäft und mehr Verdienst. Als der Junge sich weigert, setzen sie ihn unter Druck. Das bleibt ohne Erfolg, also machen sie ihre Drohung wahr und erledigen Lautenschläger senior. Oder noch besser, die Aktivitäten des Sohnes haben eine konkurrierende Partei verstimmt, die aber den Vater als Oberhaupt des Unternehmens verantwortlich macht und aus dem Verkehr zieht. Etwa so?«, fragte Bolko mit kaum verhohlenem Sarkasmus.

»Ich sehe, Sie verstehen, worauf ich hinauswill«, erwiderte Osmanow.

»Im Klartext hieße das, wir schieben dem Sohn den Schwarzen Peter zu, der das ehrenwerte Unternehmen seines Vaters für seine schmutzigen Geschäfte missbraucht hat. Mit dem Mord an seinem Vater sollte eigentlich er getroffen werden. Der Täter ist ein Auftragskiller und längst außer Landes, und damit wäre der Fall erledigt.«

Bolko schüttelte missmutig den Kopf.

»Ich nehme an, Sie und Ihre befreundeten Parteien können dafür Beweise liefern?«, schaltete sich Kiran ein.

»Mit Sicherheit, Herr Mendelsohn. Bevor Sie mich der Theatralik beschuldigen, lassen Sie mich Ihnen versichern, dass es ohnehin so weit kommen wird. Lautenschläger junior steht auf der Abschussliste, warum also nicht die Gelegenheit ergreifen und ihn nebenher auch etwas Nützliches für das Allgemeinwohl tun lassen?«

»Also, mir fallen da gleich mehrere Gründe ein«, sagte Bolko. »Zum einen, weil wir immer noch nach realen Motiven suchen und uns keine politisch erwünschten Ergebnisse zurechtzimmern. Und dann war da noch der eigentliche Täter, den wir doch gerne kennenlernen und wegschließen würden.«

Osmanow musste lachen und applaudierte spöttisch. »Nun, das mit den politisch korrekten Ergebnissen möchte ich nach den jüngsten Schlagzeilen über Ihr Kabinett lieber nicht kommentieren, aber ich kann Ihre Einwände natürlich verstehen. Sie müssen nur Ihrerseits einsehen, dass die realen Täter außerhalb Ihrer Reichweite liegen.«

Jetzt wurde es spannend. Kiran hatte sich schon seit einer Weile gefragt, warum Osmanow ihnen ein derartiges Angebot machen würde, ohne dies auf irgendeine Art zu begründen. »Mit anderen Worten, Sie wissen, wer hinter dem Mordanschlag steckt?« Es war eher eine Feststellung als eine Frage.

Osmanow sah ihn mit unbewegter Miene an. Kiran nutzte die Gelegenheit und fuhr fort.

»Was immer Ihr Beweggrund in dieser Sache sein mag, wir können nicht einfach übersehen, was wirklich vorgefallen ist. Für Sie heißt das, uns mehr über die wahren Täter zu erzählen. Inwieweit wir dann aktiv werden oder nicht, müssen Sie dann schon uns überlassen. Sie kennen ja unsere Chefin, ohne handfeste Informationen brauchen wir bei ihr gar nicht erst aufzutauchen.«

»Durchaus, durchaus, Herr Mendelsohn. Frau Halbach ist eine wirklich bemerkenswerte Persönlichkeit. Nun denn, ich bin bereit, Ihnen mehr Informationen über den Hintergrund der Tat zu geben. Zuvor lassen Sie mich jedoch kurz frische Getränke bestellen.«

Während Osmanow den Telefonhörer abhob und die Getränke in Auftrag gab, war Bolko aufgestanden und blickte durch das Fenster auf den Club. Kiran musterte Osmanow, der seine Hände betrachtete, wie jemand, der zu einer Erklärung ansetzt.

Dann hob Osmanow den Blick.

»Meine Herren«, begann er, »ich denke, es ist sinnvoll, einige Worte über das zu verlieren, was man in Deutschland russische Mafia nennt. Ich hoffe, dass Sie dann die Zusammenhänge besser verstehen und akzeptieren können, wenn ich Ihnen erkläre, wie dieses System entstanden ist.«

Bolko hatte sich umgewandt und setzte sich wieder, als Osmanow die beiden erwartungsvoll anblickte und weitersprach.

»Der Beginn der organisierten Kriminalität fällt nicht, wie viele meinen, mit dem Fall des Eisernen Vorhangs zusammen, obwohl dieses Ereignis eine tragende Rolle spielt. Die Wurzeln reichen tiefer. Im Grunde entstand unsere Seite zeitgleich mit dem kommunistischen System. Damit meine ich nicht etwa korrupte Beamte oder lokale Despoten jenseits von Moskau, ich meine das gesamte totalitäre Staatsgebilde: die absolute Macht über die Bevölkerung und vor allem die totale Kontrolle über die Wirtschaft. Um ein zentralistisches Wirtschaftssystem aufzubauen, hatte man ganze Regionen ihrer Tradition und Vielfalt beraubt und sie zu Monokulturen oder Industriestandorten umfunktioniert, je nachdem, welche Produkte vorgesehen waren. Zugleich aber sah sich Moskau außerstande, auch nur die einfachsten Bedürfnisse der Bevölkerung zu befriedigen. Die gesamte Wirtschaft war auf die Aufrechterhaltung des industriellen und damit militärischen Apparats ausgerichtet. Was immer sonst an Gütern benötigt wurde, um eine Gesellschaft zu versorgen, musste anderweitig organisiert werden. Ich benutze das Wort ›organisiert‹ mit voller Absicht, denn genau diese Situation war die Geburtsstunde unserer Welt, meine Herren. Es musste eine zweite Infrastruktur geschaffen werden, die Roh- und Baustoffe für den privaten Markt und dazu Konsumgüter, Medikamente, Lebensmittel, Ersatzteile und vieles andere lieferte, und zwar an den kleinen Mann und den kleinen Betrieb. Diese Infrastrukturen wurden von regionalen Größen außerhalb des Systems aufgebaut und bekamen bald den Namen, der bis heute Geltung hat: Schattenwirtschaft. Begreifen Sie es als eine gesetzlose und eher marktwirtschaftlich orientierte Unterorganisation der Planwirtschaft. Ah, da kommen die Getränke.«

Osmanow unterbrach sich, als die Tür aufging und der Kellner erschien. Als alle versorgt waren, fuhr er fort.

»Nun, dies alles konnte natürlich nur funktionieren, wenn die Mächtigen daran beteiligt wurden. Deshalb kann man heute davon ausgehen, dass der gesamte Staatsapparat über Jahrzehnte von der Schattenwirtschaft nicht nur beeinflusst, sondern regelrecht unterwandert worden ist. Das ist wichtig zu wissen, denn hier liegt der Ursprung unserer heutigen Macht innerhalb und außerhalb Russlands.«

Kiran konnte es kaum glauben, da saßen sie im Büro eines der mächtigsten der in Deutschland aktiven Paten des russischen organisierten Verbrechens und erhielten eine Geschichtsstunde. Trotzdem konnte er sich dem Bann von Osmanows Erzählung nicht entziehen, dazu war die Situation und die Möglichkeit, von einem wirklichen Insider mehr und Authentisches zu erfahren, schlicht zu einzigartig. Auch Bolko schien dies zu schätzen, denn er hörte hochinteressiert zu.

Osmanow nahm einen Schluck Tee und fuhr fort: »Das Schattensystem wurde zum ersten Mal erschüttert, als Generalsekretär Breschnew starb und sein Nachfolger Juri Andropow eine Art Säuberungsaktion startete. Man muss dazu wissen, dass Andropow bis dahin Chef des KGB gewesen war. Daher ist nicht davon auszugehen, dass es tatsächlich um die Bekämpfung der organisierten Banden ging, sondern in Wahrheit um schieren Machterhalt. Man hatte Angst, dass sich korrupte Nebenregierungen bilden würden. Diese Angst war vollkommen berechtigt, denn genau das war längst geschehen. Natürlich war die Aktion nicht sonderlich erfolgreich. Im Gegenteil trug dieser Konflikt eher dazu bei, dass sich die einzelnen Gruppen besser organisierten und zugleich deutlicher voneinander oder von weniger korrupten Staatsapparaten abgrenzten. Eine Entwicklung, die schließlich explodierte, als Michail Gorbatschow die Perestroika ausrief. Nun wurde auch dem letzten Provinzfürsten klar, dass die Zeit der Sowjetunion abgelaufen war.«

Osmanow seufzte, wie in Erinnerung an die guten alten Zeiten. Er trank einen Schluck Tee und fuhr fort.

»Durch Gorbatschows Öffnung innerhalb Russlands wurden die regionalen Grenzen der lokalen Gruppierungen bereits gelockert, die Organisationen blühten auf und expandierten. Die folgende gesamte Öffnung nach außen befreite jedoch nicht wie geplant die legale Wirtschaft, sondern zunächst vorrangig die Schattenwirtschaft. Zusammen mit ihren Partnern im Staatsapparat waren sie die Ersten, die Millionen von Rubel an Sach- und Geldwerten außer Landes brachten und damit ihr internationales Wirtschaftsnetz aufbauten. Das konnten sie deshalb, da ihre Verbündeten in Moskau im Zuge der Liberalisierung der Zentralwirtschaft nun zu Managern und Bankdirektoren aufgestiegen waren. Der Weg war also frei für wirtschaftliche Kontakte und den Aufbau von Handelsbeziehungen mit dem Westen.«

Kiran und Bolko tauschten Blicke. Osmanow lächelte.

»Ganz recht, meine Herren, Sie ahnen es bereits. Es ist kein Zufall, dass Friedrich Lautenschläger sein heutiges Imperium gerade in dieser Phase errichtete. Bis dahin hatte er in und um Berlin nur ein paar größere Bauvorhaben geleitet, die von Ost und West gemeinsam oder parallel betrieben wurden. Dazu hatte er gute Verbindungen zur Staatssicherheit und zum KGB. Dieser ermöglichte ihm nun, in Westdeutschland als Vermittler und erster Abnehmer tätig zu werden.«

Kiran wollte etwas einwenden, aber Osmanow ließ ihn nicht zu Wort kommen.

»Noch ein wenig Geduld, Herr Mendelsohn. Wir kommen gleich zu Ihrem Fall. Lassen Sie mich noch ein Wort zur Rolle des KGB sagen. Wie gesagt, begann in der Sowjetunion der wirtschaftliche Umbau, und zwar ein Umbau vornehmlich zugunsten der privilegierten und der organisierten Kasten Russlands. Wie Sie sich denken können, waren sowohl bei der Partei als auch dem KGB bereits erste Auflösungserscheinungen zu beobachten. Aber niemand kam auf die Idee zu fliehen, denn da war ein unglaublich großes Parteivermögen zu verteilen, ganz zu schweigen von dem immensen Staatseigentum. Was also stattfand, war ein Exodus innerhalb Russlands, heraus aus dem Staatsapparat und hinein in die organisierte Kriminalität. Beiden Seiten war gemeinsam, dass sie ihr Geld im Ausland investieren und sichern wollten, um zugleich ihre Position in Russland zu festigen und auszubauen. Was war da besser, als sich mit Funktionären des KGB zu verbünden, die schon längst dabei waren, im Ausland Firmen zu gründen und Konten zu eröffnen? Was Sie heute als eine Gruppe millionenschwerer Industrieller und Paten in Russland sehen, ist damals gewissermaßen über Nacht entstanden.« Er machte eine wegwerfende Handbewegung. »Nun, ich will Sie nicht mit zu vielen Details zu diesem Umbruch langweilen. Wissen muss man aber, dass nach Gorbatschows Sturz mit Boris Jelzin ein Mann die Macht übernahm, der in vielerlei Hinsicht unberechenbar war. Ich meine damit nicht seinen unglaublichen Alkoholkonsum, sondern seine Art, Politik mit Leib und Seele zu machen, oftmals gegen alle Widerstände. So hätte beispielsweise niemand ahnen können, dass ausgerechnet er den wirtschaftlichen Umbruch so schnell und erbarmungslos durchsetzen würde. Dabei unterlief ihm und seinen Experten jedoch ein entscheidender Fehler. Mit der Preisreform liberalisierte man die Preise für die Lebenshaltungskosten und trieb so Millionen einfacher Bürger in die Armut, während die Preise für Industriegüter wie Öl, Gas, Diamanten oder Metalle auf dem vorherigen kommunistisch niedrigen Niveau gehalten wurden. Das bedeutete, dass diese Güter billig aufgekauft und mit immensem Profit weiterverkauft werden konnten, vorrangig ins Ausland. Für eine kleine, aber einflussreiche Minderheit in Russland war das nichts anderes als eine Lizenz zum Gelddrucken. Diese Menschen wurden zu dem, was wir in Russland Oligarchen nennen. Eine kleine Kaste superreicher Magnaten, die das Gesicht unseres Landes vollkommen verändert hat und mit jedem Jahr mächtiger wird.«

Bolko, der schon länger nervös mit dem Fuß gewippt hatte, konnte nicht mehr an sich halten.

»Jepp, die finanzieren das neue Russland und kaufen sich nebenbei Fußballvereine, schon klar. Aber warum erzählen Sie uns das alles?«

Osmanow lächelte wieder nachsichtig. »Ich erzähle Ihnen das alles, Herr Blohm, weil der KGB hier eine entscheidende Rolle spielt. Der KGB war seit jeher überaus mächtig, gut organisiert und bestens ausgestattet. Er war im Land die einzige Instanz, die eine solch beispiellose Kapitalumverteilung aus sicherheitstechnischer Sicht organisieren konnte. Der KGB hatte von freier Marktwirtschaft zwar nicht viel Ahnung, war aber Meister im Aufbau und der Sicherung von Strukturen. Also boten sie ihre Spezialität als Dienstleitung an. Dies vor allem, weil der KGB früher als andere Instanzen erkannt hatte, dass die ideologische Schlacht verloren war.

Also hat man dort von Anfang an nicht die organisierte Kriminalität bekämpft, sondern sich von ihr kaufen lassen oder, wo dies möglich war, eigene Gruppierungen gegründet.«

Kiran richtete sich auf, als ihm klar wurde, worauf das hinauslief.

»Diese Ex-KGB-Gruppierungen«, fuhr Osmanow fort, »sind bis heute die mit Abstand gefährlichsten, weil sie ihre Mitglieder aus den eigenen Reihen und dem ihnen nahestehenden GRU rekrutieren konnten. Vergessen Sie alles, was Sie je über Moskauer oder tschetschenische Banden gehört haben, oder die Informationen, die man Ihnen über mich und meine Partner gibt. Diese Organisationen sind die eigentliche Bedrohung. Sie haben die Soldaten der Mafia ausgebildet und ausgerüstet. Sie sind skrupellos wie alle anderen, aber dabei weitaus professioneller, mit allem ausgerüstet und mit internationaler Erfahrung.«

Auch bei Bolko war der Groschen gefallen. »Sie wollen also sagen, dass der KGB nach wie vor existiert – nur als organisierte Bande, sozusagen.«

Osmanow verzog skeptisch die Miene. »Das ist eine etwas vereinfachte Darstellung. Man könnte eher sagen, dass der KGB geistig weiterexistiert. Es gibt organisierte Gruppen abseits des Staatsapparats, es gibt solche, die Teil des neuen Staatsapparats sind. Beiden aber ist gemeinsam, dass sich viele der Beteiligten aus den alten Zeiten kennen. Sie bewegen sich in Moskau frei und ungehindert, sogar wenn sie mit Waffen handeln. Und sie haben nach wie vor Zugang zu geheimdienstlichen Informationen oder beschaffen sich diese. Sie machen Geschäfte miteinander oder helfen sich gegenseitig aus, je nachdem, ob man die Hilfe Russlands oder Russland die Hilfe einzelner Organisationen braucht.«

Osmanow machte eine Kunstpause. Auch er schien diesen gesellschaftshistorischen Exkurs zu genießen.

»Nun wird es interessant, denn wie ich vorhin erwähnte, gibt es in St. Petersburg in Gestalt der Sewernaja die Verbindung in den Westen, mit deren Hilfe sich Ihr Herr Lautenschläger sein Netzwerk aufgebaut hat. Hier laufen alle Fäden zusammen, die seine öffentlichen und seine geheimen Verdienste betreffen. Hier werden Rohstoffe, Menschen und Güter getauscht, gehandelt, in Empfang genommen oder verschickt. Hier sitzt aber auch Stigma, die ausschließlich aus Ex-KGB-Funktionären und -Spezialisten besteht. Diese Gruppe ist nur an einem interessiert – am Waffenhandel, und zwar ausschließlich mit Armeen und militanten Gruppen, also keinen Gangsterbanden und Kleinkriminellen. Solche Geschäfte überlassen sie der Sewernaja. Was sie keinesfalls dulden, ist eine Einmischung in ihr Spezialgebiet. Nun sollte das kein Problem sein, denn wie gesagt, haben Lautenschlägers Partner Mitte der neunziger Jahre aus genau diesem Grund aufgehört, Waffen nach Jugoslawien zu liefern …«

»Weil zu diesem Zeitpunkt Deutschland aktiv in den Konflikt eingegriffen hat«, warf Bolko ein.

Doch Osmanow schüttelte den Kopf. »Das ist vielleicht die offizielle Wahrheit. Tatsächlich aber betrat zu dieser Zeit eben jene neue Gruppe die Szene und arrangierte sich mit der Sewernaja, indem sie jeden exekutieren ließ, der nicht auf ihr Angebot einging. Dieses Angebot umfasste eine klare Geschäftsaufteilung und die gemeinsame Nutzung von Lieferwegen.«

Bolko schüttelte ungläubig den Kopf. »Das heißt, dass Lautenschläger und seine Sewernaja-Freunde mit diesen Stigma-Leuten nicht nur koexistierte, sondern auch zusammengearbeitet hat?«

Osmanow hob nur die Augenbrauen und schwieg.

Kiran war noch nicht zufrieden. »Aber das führt uns doch nicht weiter. Wo tritt unser Mörder auf den Plan? Wenn die Parteien sich so vortrefflich geeinigt haben, war doch alles in bester Ordnung?«, warf Bolko ein.

Osmanow nickte. »Sehr richtig, normalerweise ist das auch so. Dieses Mal aber ist etwas falsch gelaufen. Dieser Beweggrund ist mir nicht bekannt und, ehrlich gesagt, weiß niemand in meinem Netzwerk, was genau vorgefallen ist. Es ist nur bekannt, dass der Täter aus den Reihen dieser Gruppe stammen soll.«

»Der Täter? Es handelt sich um eine einzelne Person?«, fragte Kiran sofort.

»Eine Redewendung, Herr Mendelsohn, keine Feststellung. Aber es ist davon auszugehen. Immerhin reden wir hier von professionell ausgebildeten Leuten, da rückt kein komplettes Kommando an. Was wir jedoch nicht wissen und was uns alle ehrlich gesagt wundert, ist, wie gesagt, warum dies passiert ist.«

»Ihre Kontakte müssen Ihnen aber doch mehr gesagt haben, als nur die Vermutung anzustellen, dass die Kollegen von Stigma zugeschlagen haben. Wir brauchen einen konkreten Namen«, warf Bolko ein.

»Ich fürchte, da muss ich Sie enttäuschen, Herr Blohm. Stigma ist perfekt abgesichert und autark, die können noch nicht mal vom russischen Apparat belangt werden.« Er hob eine abwehrende Hand, als Bolko erneut loslegen wollte. »Mir ist bewusst, dass Sie und Ihre Chefin mehr wissen müssen. Aber Tatsache ist, auch wir wissen nicht, warum Lautenschläger exekutiert wurde. Glauben Sie mir, es ist für meine Organisation von entscheidender Bedeutung, über solche Vorfälle genauestens informiert zu sein. Gewisse Stellen im russischen Geheimdienst, die sonst über jeden Vorgang informiert sind, wollten bisher über diese Sache nicht reden. Wie gesagt, werden solche Aktionen vorher untereinander abgestimmt. Lautenschläger war eine wichtige Größe in den deutsch-russischen Wirtschaftsbeziehungen. Es ist so gut wie ausgeschlossen, dass Moskau diesen Auftrag gebilligt hat. Der Vorfall scheint den Beteiligten eher peinlich zu sein.«

Er schwieg. Offensichtlich hatte er ihnen gesagt, was er ihnen mitteilen wollte.

Bolko schüttelte zweifelnd den Kopf. »Also, selbst wenn in Russland die Uhren anders gehen und man zwischen Unterwelt und Geheimdiensten nicht wirklich trennen kann, mir will nicht in den Kopf, was uns Ihre Information über diese Kungelei wirklich nutzen soll. Egal, wen wir festnageln, die russische Regierung wird uns entweder gar nicht erst helfen oder Knüppel zwischen die Beine werfen.«

Osmanow lächelte und lehnte sich zurück. »Um die Politik sollten Sie sich keine Gedanken machen, Herr Blohm. Momentan leben wir in Zeiten der Reorganisation, das konnten Sie bei den letzten Wahlen wunderbar beobachten. Im Kreml ist man noch damit beschäftigt, nach den Medien und der Opposition jetzt das Volk vollständig unter Kontrolle zu bekommen. Wenn das geschehen ist, wird die westliche Welt ein ganz anderes, neosowjetisches und wirtschaftlich sehr gut aufgestelltes Russland erleben. Bis dahin aber gelten die alten Regeln, und die besagen, dass Sie für Ihre Ermittlungen wissen müssen, an wen Sie sich wenden. Ein Sprichwort bei uns besagt: Du brauchst keine hundert Rubel – was du brauchst, sind hundert Freunde.«

Kiran stand auf und trat an das Panoramafenster. Er musste nachdenken, bevor er Osmanow antworten konnte. Die Lage war unversehens recht kompliziert geworden. Man servierte ihnen einen Täterkreis, der zugleich unerreichbar war. Im Grunde wurde ihnen eine Karotte vor die Nase gehalten und dies in dem Glauben, sie würden sich ins Unvermeidliche fügen und eine Art Ersatztäter vor Ort suchen. Mit diesen Gedanken drehte er sich um und ging zurück zu Osmanows Schreibtisch.

»Ich muss mich bei Ihnen bedanken, Jewgeni Andrejewitsch. Ich hätte nicht gedacht, dass Sie uns derart viel mitzuteilen haben. Was die weiteren Ermittlungen betrifft, bin ich mir nicht sicher, inwieweit dieses heutige Treffen irgendetwas ändert. Das muss ich wie gesagt mit Frau Halbach besprechen, und ich kann jetzt schon voraussagen, das sie ebenfalls sehr viel mehr Informationen fordern wird. Trotzdem noch einmal danke für dieses Treffen.«

»Keine Ursache, Herr Mendelsohn, ich helfe gern. Ich werde Ihnen in wenigen Tagen auch einige Daten als Ergänzung zu meinem Vorschlag übersenden, die können Sie dann von Ihrer jungen, intelligenten Assistentin analysieren lassen. Wie ich schon sagte, es ist mir und meinen Partnern durchaus ernst mit unserem Angebot, das möchte ich Ihnen beiden noch einmal versichern. Denken Sie über unseren Vorschlag nach. Glauben Sie mir, es ist der einzige gangbare Weg.«

Er öffnete die Tür.

»Mein Mitarbeiter wird Sie nach unten begleiten. Mich ruft jetzt wieder die Arbeit. Es war mir eine Freude, Sie kennenzulernen, meine Herren. Ich würde mich auch freuen, Sie einmal ganz zwanglos als meine Gäste an der Bar begrüßen zu können. Vielleicht am nächsten Freitag, dann haben wir ein ganz ausgezeichnetes Bebop-Trio aus Kiew zu Gast.«

Osmanow gab auch Bolko Hand. Dann wurden die beiden von dem bereitstehenden Sicherheitsmann in Empfang genommen. Dieses Mal fuhren Sie mit dem Gästelift ins Foyer. Offensichtlich war die Putzkolonne mit ihrer Arbeit fertig.

12

Die Rückfahrt legten sie schweigend zurück. Das Gespräch mit Osmanow hatte länger gedauert als gedacht, und sie hatten Mühe, es rechtzeitig zurück zur abendlichen Lagebesprechung zu schaffen.

Als sie ankamen, saßen die anderen bereits am Konferenztisch, und Alenka war dabei, ihre Ergebnisse vorzutragen. Erwartungsgemäß hatte sie von Lautenschlägers Ehefrau nicht viel Neues erfahren können. Marianne Lautenschläger verbrachte jeden Tag ihrer Woche nach einem strengen Zeitplan, sämtliche Treffen von Freunden bis zu Lieferanten waren minutiös in ihrem Kalender vermerkt. Alenka hatte daher einen vollständigen Auszug mit exakten Beschreibungen aller Vorkommnisse sowie den Kontaktdaten aller Beteiligten erhalten. Eine Liste des Lautenschläger'schen Bekanntenkreises rundete das Informationspaket ab. Alenka musste nur noch die Namen abarbeiten.

Paul hatte den Morgen damit zugebracht, die wichtigsten Projekte der Omniacorp zusammenzufassen und seinen Fragenkatalog zu vervollständigen. Mit dieser Liste ausgerüstet hatten er und Alenka am Nachmittag bei Lautenschlägers Assistent vorgesprochen. Auch hier war man jedoch nicht besonders weit gekommen. Detailfragen waren grundsätzlich mit Hinweisen auf das umfassende Datenmaterial abgewiegelt worden. Selbst hartnäckige Fragen von Pauls Seite, die mehr den Bereich Logistik und der genauen Zusammenarbeit mit den russischen Partnern und Behörden betrafen, wurden ausweichend, wenn auch korrekt beantwortet. Schließlich hatten sie das Unternehmen mit einem Stapel Akten und diversen Daten-CDs verlassen. Für die nächsten Tage war die Befragung aller für den Fall relevanten Mitarbeiter geplant.

Enzo hatte Informationen von der Ballistik erhalten. Demnach konnten die Kugeln wegen ihres besonderen Kalibers tatsächlich eindeutig zu einer Pistole vom Typ Makarow zugeordnet werden. Spuren an den Kugeln wiesen zudem auf einen Schalldämpfer hin, einen solchen aber gab es bei der klassischen Makarow mit diesem Kaliber nicht. Offensichtlich handelte es sich hier um einen selbstgebauten Aufsatz, der dieser eher ungenauen Feuerwaffe zusätzliche Stabilität und Genauigkeit verleihen sollte. Die Kollegen aus der Kriminaltechnik jedenfalls hatten so etwas noch nie gesehen.

Kiran und Bolko berichteten von den unbefriedigenden Gesprächen mit dem Vertreter des Wirtschaftsministeriums und dem Handelsattaché der OHG. Ihr Treffen mit Osmanow wurde, wie vereinbart, vorerst nicht vor den anderen erwähnt.

Damit waren alle offiziellen Parteien fürs Erste erfasst, und das Team blickte auf Ordnerstapel und Gigabytes an Informationen. Genug Stoff, um die nächsten Tage mit Befragungen aller Beteiligten und minutiöser Aktensichtung zu verbringen.

Die gute Nachricht war, dass Birte Halbach ein Team

junger Beamter aus der Wirtschaftsabteilung hatte abzweigen können, denen im Anschluss gleich der gesamte Aktenberg übergeben werden konnte. Paul würde diese Gruppe leiten, und Alenka konnte sich wie auch Enzo weiterhin ganz auf die Familie Lautenschläger konzentrieren.

Damit war der Fahrplan für den Rest der Woche abgesteckt. Enzo hatte sich zudem wie versprochen ein wenig umgehört und Informationen, Hinweise und Gerüchte über Martin Lautenschläger zusammengetragen. Demnach hatte dieser die Zeit nach seiner Arbeit im elterlichen Betrieb in erster Linie in einer Mischung aus Fitnessclub und Erotiksauna zugebracht, bevor er von dort in sein eigenes Etablissement überwechselte, wo er sich mit Freunden und Geschäftspartnern traf. Der Club war schon öfter wegen der dort anzutreffenden Klientel Ziel von Ermittlungen geworden, bisher aber ohne nennenswerte Ergebnisse. Das würde sich jetzt allerdings sehr schnell ändern. Mit dieser dunklen Andeutung hatte Enzo seinen Bericht beendet und auf den nächsten Morgen verwiesen, wenn er sich ein erstes Bild von dem Club gemacht haben würde.

Damit war die Besprechung beendet, und Kiran und Bolko begaben sich in Birte Halbachs Büro, wo sie ihr und Eleonore einen Bericht über das Treffen mit Osmanow lieferten.

Birte Halbach reagierte verhalten. Es war deutlich, dass Osmanow in dieser Angelegenheit handfeste eigene Interessen vertrat, abgesehen davon, dass er keine konkreten Beweise lieferte. Was das weitere Vorgehen betraf, einigte man sich daher darauf, erst einmal die Ergebnisse der Beschattung und Analyse des jungen Lautenschläger abzuwarten. Erst dann würde eine Entscheidung gefällt werden, wie man mit Osmanows »Vorschlag« umgehen sollte. Dass man sich auf einen Handel mit ihm einließ, stand außerhalb jeder Diskussion.

Doch das war nicht alles. Birte Halbach hatte noch einen Trumpf im Ärmel, den sie jetzt ihren engsten Mitarbeitern präsentierte.

»Ich habe die von Lautenschlägers Brille entnommene DNA-Probe von einem Speziallabor untersuchen lassen. Anschließend habe ich das Ergebnis von Alenka in einer speziellen Datenbank prüfen lassen, die strengster Geheimhaltung unterliegt. Die Vorsicht war nicht ganz unbegründet, das DNA-Profil führt uns zu einer Ermittlung aus den frühen achtziger Jahren. Hätte ich die auf normalem Wege ermittelt, würden jetzt beim BND alle Warnleuchten blinken.« Sie blickte ihre Zuhörer bedeutsam an. »Also, in wenigen Tagen werden wir wissen, wo und wann der Täter zum letzten Mal in Deutschland auffällig geworden ist. Auf eine klare Identitätsfestlegung wage ich zu diesem Zeitpunkt nicht zu hoffen. Wichtig ist eher, dass wir kein Aufsehen erregt haben.«

Damit war die abendliche Besprechung auch für Kiran und Bolko beendet. Sie verabschiedeten sich, holten ihre Sachen aus dem Großraumbüro und verließen das Gebäude.

Auf dem Parkplatz trafen sie auf Paul Heinrich, der sich mit einem älteren Mann unterhielt. Sie blieben kurz stehen, um sich zu verabschieden, und Paul stellte ihnen den Mann als seinen Vater vor. Anders als sein modern gekleideter Sohn machte dieser in seinem langen grauen Mantel einen recht biederen Eindruck, noch verstärkt durch sein schütteres nach hinten gekämmtes Haar und den Dackel, den er an der Leine führte. Seinem ungehaltenen und kalten Blick nach zu urteilen, hatten sie die beiden offenbar in einer wichtigen Unterhaltung gestört. Der Vater verabschiedete sich abrupt und ließ Paul mit seinen beiden Vorgesetzten stehen.

»Bisschen schroff, der Gute«, meinte Bolko. »Erinnert mich an meinen alten Herrn. Gibt's Probleme?«

Paul zuckte mit den Schultern. »Mein Vater stammt aus einer anderen Zeit. Nichts, was seit der Wende passiert ist, hat ihm irgendwie gefallen. Meine Karriere eingeschlossen.«

Kiran und Bolko nickten ihm verständnisvoll zu, dann gingen sie weiter zu Kirans Auto.

Bolko wollte noch irgendwo ein Bier trinken gehen, und Kiran schlug das Lloyd's vor. Bolko, der bislang nur die Eckkneipe bei seiner Wohnung kannte, hatte keine Einwände.

Es war bereits dunkel, als sie Kreuzberg erreichten. Die Bar erstrahlte in einem warmen, gelborangefarbenem Licht, und Kiran sah, wie Bolko sich verwundert in dem extravaganten Pub-Ambiente umschaute. Er dirigierte den Kollegen zur Theke, wo sich ein älterer Herr gerade eine Pfeife stopfte.

»Bolko, darf ich Ihnen einen waschechten Schotten vorstellen, ein guter Freund und Teil des Inventars. Alistair Campbell – Bolko Blohm.«

»Angenehm, junger Mann. Sie sehen aus, als könnten Sie einen kleinen Startschuss vor dem Bier gebrauchen. Versuchen Sie's mal mit einem einundzwanzig Jahre alten Bruichladdich, das entspannt ungemein«, sagte Alistair mit einem ziemlich gälisch angehauchten Deutsch.

Bolkos fragender Gesichtsausdruck wurde sogleich in Gestalt von Nestor Lloyd beantwortet, der ebenfalls dazugetreten war und ihnen zwei Whiskygläser hinstellte.

»Hi, Kiran. Neuer Kollege?« Er begrüßte Bolko und schenkte ihnen einen Single Malt ein.

»Also ich trinke den ja mit Eis, aber …« Er unterbrach sich, als er Nestors finsteren Blick auffing.

»Mein lieber Junge«, ließ sich Alistair vernehmen, »es gibt tatsächlich nur wenig Schlimmeres, das Sie in einem ordentlichen Pub hätten sagen können. Versuchen Sie es lieber mit einem Tropfen Wasser, wie es unsere Urgroßväter vorgesehen haben.«

Bolko verkniff sich eine Antwort, während Kiran allen zuprostete und den Whisky in einem Schluck austrank. Bolko tat es ihm nach, schnappte nach Luft und deutete auf den Restaurantbereich hinter sich.

»Wollen wir was essen und dabei den Tag besprechen?«, fragte er mit erstickter Stimme.

Kiran nickte, gab zwei Pints von der Hausmarke in Auftrag und folgte Bolko. Die halbwegs normalen Tische waren alle besetzt. Bolko blickte etwas verwirrt zwischen einer Ritterrüstung und einer Gruppe purpurner Diwane umher, um sich dann mit unergründlicher Miene an einen Metalltisch zu setzen, der auf einer alten Badewanne montiert war.

»Und das ist also Ihr Stammlokal«, meinte er, während er die Konstruktion betrachtete.

Getreu seiner skurrilen Ader hatte Nestor den Wassertank mit Kohleofen und Duschkopf an der Badewanne belassen und mit einer goldbronzenen Farbe lackiert. Kiran konnte sich an eine denkwürdige Rugby-Übertragung erinnern, als eine Gruppe Waliser unterstützt von Alistair den Vorschlag gemacht hatte, den Wassertank mit Guinness zu füllen. Diese eigentlich ganz hervorragende Idee war jedoch an Deirdra abgeprallt wie an einer Betonmauer.

»Sie werden sich schon an Nestor gewöhnen«, sagte Kiran. »Er ist ein Armeeveteran, der Berlin lieber mag als England. Was Sie hier sehen und erleben, gibt es sonst nur auf der Insel. Außerdem isst man hier außergewöhnlich gut.«

Bolko nickte und lehnte sich auf seinem Stuhl zurück. Der Tag hatte ihn geschlaucht.

»Das alles ist ziemlich surreal. Also, ich meine nicht die Kneipe hier. Ich meine unsere Aktion heute.«

»Allerdings«, pflichtete ihm Kiran bei. »So ein Auftritt wie der von Osmanow ist mir auch noch nicht untergekommen.«

»Habe ich das richtig verstanden? Sie hatten schon vorher mit ihm zu tun?«, fragte Bolko.

»Nicht direkt. In den neunziger Jahren hat es in Berlin einige Machtkämpfe zwischen den nach Deutschland expandierenden russischen Mafiaclans gegeben. Dann begann eine Art Kleinkrieg, als Osmanow hier sein Domizil aufgeschlagen hat. Beim BKA hat man dem Ganzen reichlich hilflos gegenübergestanden, bis wir schließlich eine kleine spezialisierte Ermittlungseinheit zusammen mit ein paar verlässlichen russischen Kollegen gegründet haben. Dadurch konnten wir besser einschätzen, wo wir zuschlagen mussten, welche Protagonisten wir aus dem Verkehr ziehen mussten und wo wir besser abwarten und zuschauen sollten. Das war recht effektiv, vor allem als wir anfingen, die ersten Bandenmitglieder zu verhaften und zurück nach Russland zu schicken. Wir haben zwei seiner Gegner und einen Partner aus dem Verkehr gezogen. Letzterer war allerdings gerade dabei, ein Team auf Osmanow anzusetzen, als wir ihn geschnappt haben. Das hat wohl Eindruck gemacht.«

Bolko nickte. In diesem Moment trat Nestor mit zwei Pints englischem Bier an ihren Tisch. Bolko betrachtete misstrauisch das randvolle Glas ohne Schaum. Nestor schaute auf ihn herab wie ein schlecht gelaunter Mathematiklehrer.

»Frisch gezapft, junger Mann. Irgendein Problem?«

Bolko nahm aber das Glas, prostete und trank einen großen Schluck in einer fließenden Bewegung. Sein Gesichtsausdruck entspannte sich, und er nickte Nestor zu.

»Na also«, meinte dieser und deutete mit dem Daumen auf einen Punkt irgendwo hinter der Bar. »Wir haben heute drei Spezialitäten. Eine ist nichts für euch, frischer und leider auch originaler Haggis. Auf Wunsch einer Gruppe Studenten habe ich einen bayrischen Shepherd's Pie aus Leberkäse und Sauerkraut gemacht, das würde ich an eurer Stelle nehmen. Dann gibt es noch ein Lammfilet mit Kräuterlikörjus und süßem Wurzelgemüse. Der Rest auf der Karte ist der übliche biodynamische Designerquatsch mit Salat, Gemüse und Geflügel. Und dann gibt es wie immer Steak.«

Kiran und Bolko überlegten kurz und entschieden sich für den Schafhirten. Nestor nickte und verschwand. Bolko blickte ihm nach und grinste.

»Diese Art kenne ich aus Hamburg. Zuerst Knurrhahn, und sobald man das erste Mal aus dem Laden getragen wird bester Kumpel. Scheint ein nordisches Gen zu sein, diese Art.«

Kiran konnte das nur bestätigen. Es hatte über drei Jahre gebraucht, bevor Nestor ihn überhaupt wahrgenommen hatte. Das mochte daran gelegen haben, dass Kiran kein typischer Kneipengast mit den üblichen Trinkgewohnheiten war. Seine völlige Unkenntnis des britischen Fußballs war in dieser Hinsicht auch nicht besonders hilfreich gewesen. Erst als Nestor im Krankenhaus lag und Kiran Deirdra beim Einkauf in der Großmarkthalle und dann in der Küche geholfen hatte, war Nestor aufgetaut und hatte eine Konversation mit diesem eigenartigen Typen begonnen.

Bolko zog seinen Notizblock aus der Jacke, blätterte ein bisschen darin, um ihn dann aber auf den Tisch zu werfen und das Bier mit dem zweiten Schluck auszutrinken. Er hielt das Glas in Richtung Bar und warf Deirdra einen charmant fragenden Blick zu, der mit einem strahlenden Lächeln beantwortet wurde.

»Nun, bei der Dame des Hauses haben Sie auf jeden Fall schon gepunktet, das reicht erst mal zum Überleben hier«, sagte Kiran.

»Auch nicht schlecht.«

Bolko sah nachdenklich drein. »Dieser Fall gefällt mir immer weniger. Erst die Politik, jetzt die russische Mafia. Und die sind offenbar auch Politiker. Was halten Sie denn von Osmanows Vorschlag?«

Kiran machte ein nachdenkliches Gesicht.

»Nun, wenn er ehrlich mit uns war, dann haben wir

in Russland einen extrem gefährlichen Gegner mit dieser Stigma-Gruppierung. Leider sind wir von Osmanow abhängig, was deren Motive angeht. Davon abgesehen ist der junge Lautenschläger zu tief verstrickt, um aus der Sache ungeschoren herauszukommen.«

»Also tun wir, was alle von uns verlangen, und lassen den bösen Sohnemann hochgehen?«

»Ich fürchte, dass die Idee mit dem Sündenbock nicht so abwegig ist, wie sie sich zunächst für Sie anhören mag. Ich habe politische Einflussnahme in Konflikten mit der russischen Kriminalität in den neunziger Jahren oft genug erlebt, dies hier ist im Prinzip nichts anderes. Wir klären womöglich den Fall auf, finden vielleicht sogar den Täter. Aber gut möglich, dass der so unangreifbar ist, wie Osmanow behauptet. Und wenn uns dann auch die Politik nahelegt, dass man mit einer leicht geschönten Darstellungsweise des Falles allen Parteien einen Gefallen tut und vielleicht sogar Schadensbegrenzung betreibt, werden wir wohl die Osmanow-Variante wählen.«

»Hm, das klingt aber nicht nach dem, was ich über Sie gehört habe. Sie werden als eigenbrötlerischer Idealist beschrieben.«

Kiran fixierte Bolko mit einem Blick, wie er ihn einmal von seinem Meister eingefangen hatte, als er bei der Meditation eingeschlafen war. »Idealismus ist ein Hirngespinst für Menschen, die Realität gegen die Hirnakrobatik eines Philosophen eintauschen. Ich treffe Entscheidungen, die für mich und damit meine Umwelt das Beste sind. Ich tendiere auch dazu, diese Entscheidungen nicht auf Druck irgendwelcher Vorgesetzten oder Gruppierungen im Kollegenkreis zu ändern.«

»Wie zum Beispiel die, nicht im Feld zu ermitteln oder keine Waffe zu tragen?«, kam es von Bolko postwendend zurück.

»Ganz genau. Ich habe mehr über den Umgang mit und die Wirkung von Waffen erfahren, als Sie sich auch nur annähernd vorstellen können. Ich brauche keine Waffe und benutze lieber mein Gehirn. Im Feld bin ich, weil ich von einer sehr guten Freundin darum gebeten wurde, und nicht, weil mir plötzlich danach war. Sie werden sich, wie ich Ihnen schon am Wannsee versichert habe, um mich keine Sorgen machen müssen.«

Bolko nickte. »Vielleicht nehme ich Ihnen das sogar ab, Mendelsohn. Bis dahin bin ich nur etwas nervös, was dieses ganze Getue um Politik im BKA angeht. Mir sind da etwas zu viele Parteien im Spiel. Als Partner kriegen dann Sie eben den Frust ab. Und ob Sie wirklich ein Partner sind, werden wir feststellen, wenn es wirklich heiß wird und keine Minute vorher.«

Das war kein Freundschaftsangebot, aber immerhin eine realistische Arbeitsbasis. Kiran hatte ohnehin längst beschlossen, Bolko nicht zu sehr mit seiner therapeutischen Seite zu traktieren, wie er es bei den meisten anderen Ermittlern vom LKA tat. Dafür war die Angelegenheit hier zu ernst, und außerdem schien Bolko ein ganz passabler Kerl zu sein.

»Kein Problem. Wir werden sicher noch sehr viel mehr an Intrigen erleben. Vor allem, wenn wir Lautenschlägers dunkle Aktivitäten aufdecken«, sagte Kiran und bedankte sich bei Deirdra, die ihnen die nächste Runde servierte.

»Noch eine Frage zu Osmanow, ich wüsste doch gerne, was hinter all seinen Anspielungen steckt. Ich meine, all diese Hinweise auf Ihre und meine Vergangenheit, unsere Getränkevorlieben, die Bemerkung über unsere Kollegin Motte. Ist der Mann tatsächlich so gut informiert?«

Kiran nickte. »Das war beileibe keine Show. Er hat seinen Finger am Puls dieser Stadt, das heißt wirklich überall dort, wo man einen Puls fühlen kann. Sie haben seinen Vortrag gehört und sich sicher gefragt, wie ein Krimineller eine derart anthropologische Sicht auf die Entstehung seiner Zunft haben kann? Seien Sie versichert, der Mann ist nicht nur intelligent, sondern seine Methoden sind absolut effizient und ebenso professionell wie skrupellos. Er vereint eine komplette emotionale Immunität mit besten Manieren und einer hervorragenden Bildung. Und die hat er sich hart erarbeitet: Er stammt aus Gorki, dem heutigen Nischni Nowgorod, östlich von Moskau, eine für sowjetische und russische Verhältnisse sehr moderne Industriemetropole. Durch ihre schnelle markwirtschaftliche Entwicklung während der Öffnung Russlands wurde sie auch zu einem der Zentren organisierter Kriminalität. Sein Heimatclan, wenn Sie so wollen, ist die Gorkowskaja Bratwa, die Bruderschaft von Gorki. Während er dort aufgestiegen ist, hat er ein Fernstudium absolviert, ironischerweise in Soziologie. Er hat einen vielbeachteten Essay verfasst über die Zusammenhänge zwischen zusammenbrechenden totalitären Systemen und der daraus entstehenden Militarisierung des Bandenmilieus. Außerdem spricht er drei Fremdsprachen so gut wie akzentfrei.«

Kiran nahm einen Schluck von seinem Bier, bevor er fortfuhr.

»Lassen Sie sich von seiner intellektuellen und wohlerzogenen Art aber nicht täuschen. Osmanow hat sich in der russischen Bandenhierarchie von der Ebene des *wor*, dem einfachen Fußsoldaten, hochgearbeitet bis zum *sowetnik*, also zum obersten Berater des *pakhan*. Ein *pakhan* ist sozusagen der Chef eines Mafiaclans. Danach führte ihn sein Weg direkt nach Berlin, wo er, wie gesagt, schnell und brutal aufgeräumt hat. Beim BKA und vor allem beim BND wird vermutet, dass seine Stellung in Berlin den *wory w zakone* entspricht, also den berüchtigten ›Dieben im Gesetz‹. Das sind regionale Anführer mit Sonderrechten und -pflichten. Das ist natürlich völliger Unsinn, denn die Diebe im Gesetz unterliegen einer sehr strengen Regelung, die es ihnen unter anderem verbietet, Familien zu gründen oder einer geregelten Arbeit nachzugehen. Beides ist aber bei Osmanow der Fall. Was allerdings seine restlichen Tätigkeiten und seine Stellung in Berlin und Deutschland insgesamt angeht, so ist er im Bereich Drogen der absolute Chef im Ring.«

»Das macht nicht gerade Mut«, sagte Bolko und leerte sein Pint.

»Warten wir's ab. Vielleicht ist der Mann wirklich auf unserer Seite. Die Täter gehören ganz offensichtlich nicht zu seinem Netzwerk, und auch die potenziellen Verdächtigen sind allesamt keine Freunde von ihm. Die Sewernaja, von der er sprach, ist eher ein klassischer Rivale seiner Bruderschaft. Ich bin mir nicht sicher, wie er zu Stigma steht, aber ich nehme an, er ist ein erklärter Gegner, wenn er schon riskiert, sich dort einen Spitzel zu halten. Andererseits geht das sicher nicht so weit, dass er in dieser Angelegenheit einen offenen Konflikt vom Zaun brechen will. Wenn überhaupt, dann will er denen mit unserer Hilfe eins auswischen und dabei den kriminellen Wirtschaftszweig der Familie Lautenschläger möglichst intakt halten.«

Kiran trank ebenfalls sein Glas aus und hob lächelnd den Zeigefinger.

»Aber, nicht ganz unentscheidend – unser russischer Freund hat keine Ahnung, dass wir eine DNA-Spur des Täters haben und daher selbständig in diese Richtung ermitteln können. Es ist also davon auszugehen, dass er all das wirklich für seine Partner tut und uns mit Freuden auf Martin Lautenschläger hetzt. Er scheint das zu genießen, in dieser Sache als Unbeteiligter mitzumischen. Ist ihm auch nicht zu verdenken. Immerhin macht es Spaß, ein bisschen Ordnungshüter zu spielen.«

In diesem Augenblick kam Nestor mit zwei dampfenden Tellern, dicht gefolgt von Alistair.

»Meine Herren, ich habe dem Wirt dieses bayrisch-britische Machwerk ausgeredet. Zwei junge kultivierte deutsche Staatsdiener müssen mit der Perle schottischer Kochkunst beglückt werden. Ich habe zu diesem Zweck auch die restliche Flasche Bruichladdich dabei. Bolko, mein Junge, haben Sie schon mal etwas von Robert Burns gehört?«

Mit diesen Worten setzte er sich zu ihnen, während Nestor mit undurchdringlicher Miene den Haggis servierte.

Es war zwei Uhr morgens, als sie schließlich das Lloyd's verließen. Sie hatten noch diverse starke Magenbitter benötigt, nachdem Alistair ihnen während des Essens begeistert und mit Liebe zum Detail auseinandergesetzt hatte, woraus Haggis im Einzelnen bestand.

Trotzdem fühlte Kiran sich entspannt, als sie draußen noch einen kleinen Verdauungsspaziergang machten. Sie unterhielten sich allgemein über das Leben und nicht zuletzt über das Wohnen in Berlin, das nach wie vor in der Hauptstadt um einiges günstiger war als in der Hansestadt, als Kiran bemerkte, dass ein Wagen, der bislang im Schritttempo gefahren war, anhielt und zwei Männer ausstiegen. Er stieß Bolko an und wies unauffällig mit dem Kopf auf die Situation hinter sich. Bolko verstand, und beide bogen umgehend in die nächste Hofeinfahrt ein. Sie sprinteten in den Hinterhof und warteten.

Die beiden Männer erschienen kurze Zeit später in der Einfahrt. Kiran und Bolko zogen sich von der Hausecke zurück und nickten einander zu. Dann hatten sie ihre Gegner vor sich.

Kiran erkannte die typischen osteuropäischen Männer fürs Grobe, bullige Körper, das Gesicht ausdruckslos, während sie ihr Opfer erbarmungslos angingen.

Die Männer zückten kurze Handknüppel und stürzten sich auf sie. Bolko, der vor Kiran stand, ging sofort zum Gegenangriff über. Er wich dem Schlag lässig aus und rammte seinem Gegner das Knie seitlich in den Oberschenkel. Dabei riss er ihm den Kopf an den Haaren hoch und schlug mit der offenen Hand seitlich gegen das Kinn.

Dem überrumpelten Angreifer entfuhr ein entsetzter Schmerzensschrei. Er fiel hart auf den Rücken, schlug mit den Hinterkopf auf, rappelte sich aber sofort auf und rannte davon. Bolko sprintete hinterher, stoppte jedoch, als vor der Einfahrt ein Wagen bremste und eine Pistole im offenen Seitenfenster erschien. Bolko warf sich zur Seite. Doch es fiel kein Schuss, stattdessen sah er nur den zweiten Angreifer an sich vorbeihasten und ebenfalls in den Wagen springen. Bolko rannte hinterher, um womöglich einen Blick auf das Kennzeichen zu erhaschen, doch das Kreischen der Reifen war überdeutlich gewesen, er kam zu spät.

Bolko drehte sich zu Kiran um. »Na, die waren aber schnell hier. Und genauso schnell wieder weg. Ein Gruß von der gegnerischen Seite, nehme ich mal an.«

Kiran nickte und hob den Schlagstock auf, den sein Gegner hatte fallen lassen.

Bolko lachte. »Mann, die Torpedos sind auch nicht mehr das, was sie mal waren. Viel hatte der nicht drauf. Ihrer war wohl auch nicht besser, lief ziemlich gebückt zum Auto. Ist er ausgerutscht?«

»Keine Ahnung«, sagte Kiran. Er hielt es nicht für nötig, Bolko auseinanderzusetzen, dass er seinem Gegner den Arm zweifach gebrochen und dazu die Schulter ausgerenkt hatte.

»Na ja, auf jeden Fall hat das Spiel begonnen.« Bolko klang entspannt, aber der Ernst war ihm anzumerken.

Kiran blickte die Straße auf und ab. Es wunderte ihn nicht, dass sie unter Beobachtung standen. Auch dieser Angriff war nicht überraschend. Bemerkenswert war nur, dass man es offensichtlich nicht darauf angelegt hatte, sie ernsthaft zu verletzen.

Kiran war sich absolut im Klaren darüber, was das Ziel dieses kleinen Zwischenfalls sein sollte. Hier ging es nicht um Stolz oder darum, sie einzuschüchtern. Man hatte herausfinden wollen, wie sie unter Stress reagierten. Das hier war nichts anderes als ein Test gewesen.

Blieb nur die Frage, ob sie ihn bestanden hatten.

13

Am nächsten Tag investierten Bolko und Kiran in den nächtlichen Vorfall nicht mehr Zeit als unbedingt nötig.

Pflichtschuldig hatten sie ihre beiden Vorgesetzten von dem Angriff unterrichtet. Danach hatte man kurz diskutiert, was von der Sache zu halten sei. Sie waren schnell übereingekommen, dass von Seiten der OHG über Osmanow bis hin zu ihrem unbekannten Gegner jeder ein Interesse daran haben konnte, sie einzuschüchtern. Birte Halbach und auch die etwas besorgt dreinschauende Eleonore stimmten mit Bolko und Kiran überein, dass man die gesamte Aktion immerhin als Bestätigung verstehen konnte, dass sie auf der richtigen Fährte waren. Es würde sich schnell genug zeigen, ob diese Vermutung richtig oder von der gegnerischen Seite beabsichtigt war.

Die nächsten beiden Tage waren vor allem von Routinearbeiten geprägt. Kiran und Bolko verbrachten ihre Zeit damit, die Ergebnisse von Pauls Arbeitsgruppe durchzuforsten. Doch auf der Suche nach etwaigen Unregelmäßigkeiten wurden sie nicht fündig.

Enzo Moretti war bei seinen Ermittlungen erfolgreicher gewesen. Er hatte einige Abende in Martin Lautenschlägers Nachtclub, dem Houdini, zugebracht und zu seiner Überraschung feststellen müssen, dass ungefähr ein Viertel der Kundschaft aus Beamten des BND bestand, die sich verzweifelt den Anschein von normalen Kunden zu geben versuchten. Außerdem hatte er einige Vertreter der anderen Seite entdecken können. Enzo war es gelungen, heimlich Fotos von ihnen zu machen, auch wenn er sich keine Illusionen darüber machte, diese als Mitglieder einer Schleuserbande identifizieren zu können. Zwischen ihnen und Martin Lautenschläger hatte es hitzige Unterredungen gegeben, die jedoch schnell in den privaten Bereich des Etablissements verlegt worden waren. Trotzdem war klar, dass Osmanows Andeutung über bevorstehende Probleme wohl zutreffend gewesen waren. Laut Enzos Informanten herrschte in der Szene verbreitete Einigkeit darüber, dass über Martin Lautenschläger bereits die Geier kreisten.

Bolko und Kiran hatten Enzo ins Lloyd's mitgenommen, denn mit Eleonore Roellinghoff und Birte Halbach war vereinbart worden, dass er wenigstens in groben Zügen von dem Gespräch mit Osmanow erfahren sollte, schließlich würde Enzo an vorderster Front mit den Russen zu tun haben. Im Anschluss an die Besprechungen stellte sich heraus, dass Enzo und Nestor Lloyd eine gemeinsame Verachtung für den AC Mailand pflegten. Enzos Familie waren Nerazurri, Fans des anderen Mailänder Clubs Inter. Als Rechercheur mit detektivischer Intelligenz konnte er seinen staunenden Zuhörern ein erschreckend deutliches Bild der Zustände im italienischen Fußball vermitteln. Als er dann auch noch Nestors Prosecco-Lammstew mit frischer Minze in den höchsten Tönen lobte und für Deirdra eine kurze Arie von Bruno Venturini zum Besten gab, stand fest, dass das Lloyd's einen neuen Ehrengast hatte.

Kiran sah sich zu seinem Erstaunen von Alistair mit der Frage konfrontiert, warum er solch nette Kollegen nicht schon längst mitgebracht hatte. Kiran blieb die Antwort schuldig. Sie war jedoch einfach, wie ihm später aufging. Dies war das erste Mal, dass Kiran einem Team angehörte, in dem er intelligente und sympathische Menschen vorgefunden hatte, mit denen er ohne Weiteres auch private Zeit verbringen konnte und vor allem auch wollte. Eine äußerst ungewohnte und zugleich überraschend angenehme Erfahrung.

Bei diesem Treffen hatten Kiran und Bolko beschlossen, dem Houdini gleich am nächsten Abend einen hochoffiziellen Besuch abzustatten, um sich selbst ein Bild zu machen.

Der Club lag etwas entfernt vom Ostberliner Zentrum in einer alten Industriestraße. Ein diskret beleuchtetes Schild wies ihnen den Weg vom Parkplatz. Am Eingang wiesen sie sich aus und wurden sofort eingelassen. Eine charmante junge Dame nahm sie in Empfang und führte sie an einen Tisch am Rande der leicht erhöhten Bühne. Kiran sah sich um. Obgleich Rot die dominante Farbe war und der Bezug der Wände aus Samt und Plüsch bestand, war die Einrichtung keineswegs die eines einfachen Stripteaselokals. Die kleine Bühne war sparsam, aber hochprofessionell ausgeleuchtet, und anstatt artistischer Verrenkungen junger Mädchen sang eine ältere Dame Lieder von Ingrid Caven, begleitet von einem exzellenten Pianisten.

Im Raum verteilt standen unterschiedlich große Bistrotische, die Seitenwände waren gesäumt von Logen, in denen schließlich doch die klassischen Animierdamen mit überwiegend älteren Herren zu finden waren. Auch hier schien jedoch eine eher ruhige Gangart angesagt. Immerhin war es ja auch noch früh am Abend.

Nach einer Weile erblickten sie an der Bar den Kollegen Moretti, der kaum wiederzuerkennen war. Nicht nur hatte er seine Jeans gegen einen extrem gut geschnittenen Designeranzug getauscht, sondern er ließ ganz offensichtlich auch bewusst den Italiener in ihm freien Lauf. Weit ausholende Gesten, ein charmantes und deutlich zu hörendes Lachen und eine geballte Ladung Charme in Richtung aller Frauen in Reichweite.

»Nicht zu fassen«, knurrte Bolko, »warum habe ich nie so einen Undercoverjob bekommen? Und wer zahlt eigentlich den Bollinger?«

Er blickte neidisch in Richtung Bar, wo Enzo gerade mit drei Damen Brüderschaft trank und dabei den Großteil des Champagners über den ausladenden Dekolletés verschüttete.

Kiran zuckte mit den Schultern und schmunzelte, wurde aber sofort wieder ernst, als der Herr des Hauses auf sie zusteuerte.

»Guten Abend, die Herren, Sie erlauben?«, sagte Martin Lautenschläger und setzte sich zu ihnen. »Ich nehme nicht an, dass Sie privat hier sind, also erübrigt sich wohl die Frage nach weiblicher Gesellschaft. Erlauben Sie mir trotzdem, Ihnen eine gute Flasche Wein anzubieten? Ich hätte da einen wundervollen Chablis aus der Domaine Lamblin. Sind Sie einverstanden?«

Ehe sie protestieren konnten, winkte er bereits der Bedienung.

»Womit kann ich Ihnen dienen, meine Herren? Ich hätte ehrlich gesagt nicht gedacht, dass Sie beide hier auftauchen, da ja schon der halbe Bundesnachrichtendienst hier allabendlich Dienst tut.«

Er wies mit nonchalanter Geste auf einige benachbarte Tische, wo man sich Mühe gab, nicht herüberzusehen.

Bolko lachte und salutierte in Richtung der Kollegen. »Ganz ehrlich«, sagte er, »wir sind aus reiner Neugier hergekommen. Mich interessiert zum Beispiel brennend, warum jemand in Ihrer Finanzlage und mit dem gesellschaftlichen Status einen solchen Laden betreibt.«

Lautenschläger lächelte entspannt zurück. »Sie sind erfrischend offen, Herr Blohm. Diese Frage stellen sich viele, aussprechen tun es nur wenige. Warum ich dieses Etablissement leite? Ich mag das Flair des Verruchten und Verbotenen, des Bösen. Sie haben richtig gehört. Ich liebe dieses Metier, und ich würde alles dafür geben, wenn ich nicht diesen Makel des reichen Sohnes hätte. Wenn ich wiedergeboren werde, dann als Pate. Eine weitaus ehrlichere Beschäftigung als das, womit ich mich alltäglich abgeben muss.«

Kiran legte den Kopf schief und musterte sein Gegenüber. »Sind Sie da sicher? Laut unseren Informationen scheinen Sie Ihre Reinkarnation bereits voll auszuleben.«

»Touché«, entgegnete Lautenschläger lachend. »Aber wie Ihre Kollegen vom Nachrichtendienst leider bereits feststellen mussten, gibt es da keinerlei Handhabe. Von daher ist mir auch nicht ganz klar, warum die Herren immer noch hier sind. Was Sie beide übrigens mit einschließt.«

»Ach wissen Sie, wir sind nur gekommen, um uns ein Bild von unseren Ermittlungsobjekten zu machen. Es geht nichts über ein bisschen Recherche vor Ort, vor allem wenn der Wein so hervorragend ist wie hier, Kompliment.«

Inzwischen war ein Kellner an ihren Tisch getreten, hatte die Flasche geöffnet und – auf ein Zeichen von Lautenschläger hin – Bolko einen Schluck zum Probieren eingeschenkt. Der ließ den goldenen Saft im Glas kreisen, nahm schließlich einen Mundvoll.

»Ich weiß nicht, warum alle Welt nur von Jean-Paul et Benoît Droin schwärmt, dieser hier ist mindestens so gut, vielleicht hat man deshalb auch beide ausgezeichnet«, sagte er, als er gekostet hatte.

Lautenschläger nickte, offensichtlich genauso beeindruckt wie Kiran.

»Ich muss gestehen, Herr Blohm, Ihnen hätte ich eine solche Weinkenntnis gar nicht zugetraut. Aber da sieht man mal wieder, nichts ist so, wie es scheint. Sie werden daher in meiner Vita außer dem zwielichtigen Ruf des Houdini nichts finden, auch wenn die Gerüchte über mich anderes besagen.«

»Und warum scheint diese Meinung dann so weit verbreitet zu sein?«, fragte Kiran. »Immerhin behaupten nicht wenige, dass Sie an der Lieferung der menschlichen Ware genauso beteiligt sind wie am Management derselben.«

»Solche Gerüchte sind fester Bestandteil eines jeden erfolgreichen Geschäfts in dieser Branche. Die Konkurrenz wird immer versuchen, hinterrücks irgendwelche absurden Anschuldigungen zu verbreiten. Vor allem wenn sie sich außerstande sieht, auf andere Art und Weise mit mir konkurrieren zu können. Aber ganz gleich, was die Leute reden – meine Frauen sind allesamt freiwillig hier, haben

Papiere und Aufenthaltsgenehmigungen. Die meisten studieren nebenher oder befinden sich in einer Ausbildung. Auch alles Dinge, die mein Haus für sie organisiert und bezahlt. Anders als bei meiner Konkurrenz erhalten wir hier sogar schriftliche Bewerbungen und das beinahe täglich.«

»Beeindruckend«, warf Bolko trocken ein und leerte sein Glas mit dem Edeltropfen. »Wenn doch nur alle Nachtclubs so gut ins gesellschaftliche Netzwerk eingebunden wären. Würde uns viel Arbeit ersparen.«

»Sie glauben mir nicht?«, fragte Lautenschläger. Gut gelaunt schenkte er nach.

»Doch, doch«, antwortete Bolko, »was die Damen hier draußen betrifft, auf jeden Fall. Mich würde viel eher interessieren, wie die Lage hinter dem Vorhang aussieht. Ich nehme aber nicht an, dass wir da so einfach reinspazieren können.«

Er wies zu Kirans Entsetzen auf Enzo, der in diesem Moment mit zwei Damen im Arm in den privaten Gefilden des Clubs verschwand.

»Ganz richtig, dieser Bereich ist nur für zahlende VIPs bestimmt. Aber ich kann Ihnen versichern, dass auch die Vorgänge dort von Ihren Kollegen akribisch überprüft worden sind.«

»Kann ich mir vorstellen«, sagte Bolko. »Aber auch da gibt es solche und solche Methoden. Ich hatte mal einen Prüfer beim TÜV, der hat zwölf Jahre lang meinen alten Ford Capri durchgewinkt. Netter Mann.«

»Ihr Autogeschmack in allen Ehren, Herr Blohm, aber ich kann Ihnen versichern, dass es für Sie hier nichts zu überprüfen gibt. Es wäre reine Zeitverschwendung. In diesem Sinne …«, damit erhob er sich lächelnd, »es hat mich gefreut, meine Herren. Genießen Sie den Abend. Wir haben nachher noch einen international geehrten Entfesselungskünstler. Die Flasche Wein geht selbstverständlich aufs Haus. »

Er nickte ihnen zu und begab sich dann zur Bar.

Bolko schaute ihm missmutig hinterher. »Entfesselung – ich dachte mir doch, dass der Name Programm ist.« Er sah Kiran an. »Ich glaube, der weiß genau, dass ihm niemand irgendetwas kann. Wir sind wohl auf Osmanow angewiesen, wenn wir dieser Lautenschlägersippschaft irgendwie auf die Schliche kommen wollen.«

»Ich fürchte auch«, sagte Kiran. »Andererseits sieht es ja sehr danach aus, als ob der finale Dolchstoß entweder durch Osmanow, die direkte Konkurrenz oder die Partner seines Vaters erfolgt. Mich wundert, wie er bei alldem so ruhig bleiben kann. Entweder ist er tatsächlich so entspannt, oder er ist psychotisch.«

Sie blieben noch eine Weile – schließlich konnten sie den köstlichen Wein nicht umkommen lassen.

Als sie eine halbe Stunde später gehen wollten, erreichte Bolko eine SMS von Enzo, der offensichtlich Zugang zu einer hochdotierten Pokerrunde erlangt hatte. Enzo würde sicher über Nacht bleiben und sich der harten Undercoverarbeit widmen. Daher brachen sie auf.

Auf dem Weg nach draußen klingelte Kirans Telefon. Eleonore. Sie fragte, ob er noch bei ihr vorbeischauen könne. Bolko, der mitbekam, worum es ging, machte Zeichen, dass er ohnehin nach Hause wolle, also sagte Kiran zu. Nachdem er Bolko vor dessen Wohnung abgesetzt hatte, fuhr er weiter zu Eleonore.

Sie hatte am Telefon etwas nervös geklungen, daher bereitete er sich innerlich auf ein langes Gespräch vor. Seit sie in der Staatsanwaltschaft aufgestiegen war, brauchte sie immer mal wieder jemanden, und dieser Jemand war in der Regel ihr Vater oder Kiran. Kein Freund oder Partner hatte es jemals durch ihre diversen Schutzwälle geschafft. Der letzte hatte vor etwa zwei Jahren entnervt aufgegeben. Kiran, der das absolut nachvollziehen konnte, hatte diese Treffen immer genossen.

Als er schließlich an ihrer Tür klingelte, war es bereits nach Mitternacht. Trotzdem stand Eleonore in ihrem üblichen legeren Chic vor ihm und ließ ihn ein. Als er ihr ins Wohnzimmer folgte, fiel ihm auf, wie lange er nicht mehr hier gewesen war. Eleonore hatte die Wohnung komplett neu eingerichtet. Früher hatte dieses Zimmer ein mächtiger Schreibtisch dominiert. Der Schreibtisch war verschwunden, ebenso ein hässlicher Aktenschrank, der für gewöhnlich zum Bersten voll gewesen war. Übrig geblieben war ein gemütliches Zimmer mit riesigem TV und einer flachen Couchgruppe, in die man offensichtlich hineinfiel und nur mit äußerster Mühe wieder aufstehen konnte.

»Du hast umgestellt, sieht gut aus«, meinte er, während er sich umschaute.

Sie lächelte müde. »Frank hatte zu viel Zeit. Das hier war eine seiner wenigen guten Ideen.«

Frank war der arme Mann gewesen, der ihn seinerzeit verzweifelt gefragt hatte, wie man mit einer derart erfolgreichen Frau zusammenlebte. Es war Kiran nicht leichtgefallen, ihm zu erklären, dass Eleonores Karriere dabei das geringste Problem darstellte. Wie auch immer, der Mann war verschwunden wie alle anderen vor ihm, und Eleonore hatte in den nächsthöheren Gang geschaltet.

»Magst du was trinken? Ich habe einen Wein offen«, fragte sie.

Kiran nickte, ließ sich in die Sitzgruppe fallen und sackte wie befürchtet in die Tiefe und nach hinten.

»Wie kannst du auf dem Ding sitzen, ohne sofort einzuschlafen?«

»Gar nicht. Mein bestes Ergebnis liegt bei fünf Minuten, danach wache ich gegen vier Uhr auf und krieche ins Bett.«

»Hm, wo wir von Stress sprechen, wie geht es dir mit dem Fall? Im Büro haben wir ja kaum Gelegenheit zu sprechen.«

»Ja, dumm. Wir sehen uns öfter denn je und reden weniger. Deswegen habe ich dich unter anderem hergebeten.« Sie setzte sich in einen der Sessel. Dann fragte sie unvermittelt: »Ihr wart im Houdini?«

Kiran schaute sie erstaunt an. Die Idee war Bolko und ihm am Vorabend gekommen, erzählt hatten sie es niemandem außer Enzo. Woher auch immer sie das so schnell erfahren hatte, von der Verarbeitung der Information über die Sorge bis hin zum Anruf hatte sie jedenfalls wenig Zeit verloren.

Eleonore sah seinen verwunderten Blick und lächelte.

»Ich lasse euch nicht überwachen. Halbach und ich werden von einem im Houdini postierten Beamten auf dem Laufenden gehalten.«

»Also sind das nicht alles Kollegen vom BND?«, fragte Kiran. »Interessant. Dann seid Ihr beide auch eher der

Meinung, den jungen Lautenschläger genauer ins Visier zu nehmen?«

Sie blickte ihn entschuldigend an. »Kiran, es läuft nichts hinter eurem Rücken, ehrlich. Halbach lässt sich wie immer eine Hintertür offen.«

»Schon gut. Ich bin nun wirklich nicht der Mensch, der sich über so was aufregt. Außerdem macht es ja Sinn. Wir haben ohnehin Besseres zu tun, als diesen Mann exklusiv zu überwachen. Irgendwann wird er sowieso hochgenommen.«

»So zynisch. Das ist eine neue Seite an dir. Nicht mehr nur der meditierende Grübler, der die Welt anzweifelt.« Sie nippte an ihrem Wein und sah ihn nachdenklich an. »Kiran, ihr beide macht einen tollen Job. Das denke nicht nur ich, das meint auch Halbach. Ich wollte einfach mal wieder reden. Auch weil ich den Knoten nicht aus dem Magen bekomme.«

»Das wird sich leider eine Weile nicht ändern, Eleonore. Im Gegenteil. Wenn wir irgendwann herausfinden, warum man diesen Profi geschickt hat, dann werden einige Herren in deinem Umfeld sehr nervös werden.«

Sie sah ihn an, und dieser Blick traf Kiran im Innersten. Das war nicht die starke und gefürchtete Staatanwältin, das war eine zutiefst verunsicherte Frau, die versuchte, sich ihre Angst nicht anmerken zu lassen.

Sie schwiegen eine Weile. Schließlich gab er sich einen Ruck und legte ihr begütigend die Hand auf die Wange. »Es gibt keinen Grund, sich Sorgen zu machen. Wir werden den Täter finden. Und wir werden eine Verhaftung vornehmen – mit der Presse und allen Twittern und Tubes dieser Welt.«

Eine Träne rann ihr über das Gesicht. Er sah, wie sehr sie sich zusammenzureißen versuchte. »Das ist es nicht. Wir haben nicht unter Kontrolle, was von all diesem Übel an die Öffentlichkeit kommt. Weder die Mafia noch den Sohn, der sicherlich nicht den Mund halten wird, wenn er an den Pranger gestellt wird.«

Sie begann still zu weinen. Kiran ahnte, was kommen würde. Nach einigen Schniefern schwoll eine Ader an der Schläfe, die Backenmuskeln machten zu, und im nächsten Moment flog das Weinglas zusammen mit einem Fluch an die Wand.

Kiran hatte sie zum ersten Mal so erlebt, als sie eine Zwischenprüfung versiebt hatte. Sein ungeschickter Tröstungsversuch damals hatte zu einem blauen Auge und einigen sarkastischen Kommentaren in der Ausbildungsgruppe geführt.

Eleonore fing sich, stand auf und drehte die Anlage lauter, während Kiran den Kehrbesen aus der Küche holte. Zu den Klängen von Jace Everett wurden die Scherben in den Abfalleimer geworfen und neue Kräfte gesammelt. Dann tanzten sie langsam bis zum Ende des wuchtigen Blues.

Sie blickte ihn an und lächelte. »Lust auf Pizza?«

Das war das Stichwort zum Finale des Aufarbeitungsrituals. Kiran ging hinunter und holte beiden eine Capricciosa, die es in Berlin so nur beim Marokkaner an der Ecke gab.

Inzwischen hatte Eleonore heiß geduscht und saß entspannt dampfend im Morgenmantel auf dem Balkon. Er setzte sich zu ihr, und sie aßen schweigend. Kiran kannte diese wortlose Kommunikation von ihrem Vater, von dem er ebenfalls auf diese Art und Weise vieles mitgeteilt bekam, was Menschen ungern in Worte fassen konnten oder wollten.

Verstehen schafft Vertrauen, beides gedeiht in der Stille. Die Worte seines Meisters hatten Kiran wie immer auf einfache und direkte Weise zum Kern der Dinge geführt.

Als der Morgen graute, saßen sie noch immer und lauschten den ersten Gesängen der Vögel. Dann ging sie in die Küche und bereitete den Espresso zu, wie es ihr Vater sie gelehrt hatte. Wie immer fragte sich Kiran beim Trinken, warum der Espresso à la Roellinghoff nicht wie andere Amphetamine auch unter Strafverfolgung gestellt worden war.

Sie fuhren hellwach ins Büro.

14

Der nächste Morgen begann mit einer unheimlichen Begegnung der dritten Art. Als er ins Büro kam, standen Enzo und Alenka einem näselnden Mann in einem teuren, aber schlecht sitzenden Anzug gegenüber. Seine beiden Untergebenen sahen ihn erleichtert an, offenbar froh, dass ein Vorgesetzter sie rettete.

»Norbert Möller, Ermittlungsleiter des BND«, stellte sich der Mann vor, ohne Kiran die Hand zu geben. »Wie ich Ihren etwas überforderten Mitarbeitern bereits zu erklären versucht habe, muss ich in Ihre bisherigen Ermittlungsergebnisse im Fall Lautenschläger Einsicht nehmen.«

»Guten Morgen. Verraten Sie mir doch bitte zunächst, warum Sie nicht den offiziellen Dienstweg nehmen und sich an Birte Halbach wenden? Sie ist die Leiterin hier im Haus.«

Möller wurde sofort laut.

»Es geht Sie einen Dreck an, warum und auf welche Weise wir unsere Informationen einholen. Aber wie Sie wollen. Ich verbinde Sie mit der Leitung meines Hauses.« Damit holte er sein Mobiltelefon hervor und wählte eine Nummer, während er Kiran böse anfunkelte.

Gestählt durch jahrelanges Training im Aikido, erkannte Kiran einen Verzweiflungsangriff, wenn er ihn sah. Daher erwiderte er nichts und wartete, bis Möller seine Nummer fertiggewählt hatte. Dann nahm er ihm das Telefon aus der Hand. Am anderen Ende meldete sich ein Bereichsleiter des BND, der jedoch keine Ahnung hatte, was Möller im BKA zu suchen hatte und auf Nachfragen Kirans hin zugeben musste, dass der BND nach wie vor nicht an den Ermittlungen beteiligt war. Das Telefonat wurde mit ausgesuchter Höflichkeit und Freundlichkeit von beiden Seiten beendet.

Möller war rot vor Wut angelaufen, die noch größer wurde, da er jetzt nicht nur klein beigeben, sondern sich auch noch entschuldigen musste. Wie bei dieser Sorte Mensch üblich, misslang dies vollkommen. Möller versuchte Kiran beiseitezunehmen, sich physisch zu nähern und schlug den vertraulichen Ton des Gleichgestellten an.

»Hören Sie, Mendelsohn … so war doch Ihr Name, oder? Das Credo in unserem Haus heißt Eigeninitiative. Wir bewegen uns selbständig und schnell, müssen Entscheidungen treffen. So wie ich jetzt, indem ich hierherkomme und von Ihrem Team Informationen verlange. Sie verstehen?«

»Ich verstehe, dass Sie sich hier frühmorgens hereinschleichen, in der Hoffnung, keinen Leiter, sondern nur Ermittler vorzufinden, die Sie bedrohen und einschüchtern können, um sich so widerrechtlich Informationen über unseren Ermittlungsstand zu verschaffen.«

»Moment mal, Sie sehen das falsch, ich …«

»Ich verstehe, dass Sie sich gerade eines schweren Dienstvergehens schuldig gemacht haben, Herr Möller. Ich werde nachprüfen, wie die genaue juristische Bezeichnung dafür lautet, bevor ich meinen Bericht abfasse«, sagte Kiran, ohne die Miene zu verziehen. Enzo hatte sich bereits abgewandt, mit seiner Beherrschung war es offensichtlich vorbei.

»Hören Sie, wozu wollen wir uns gegenseitig das Leben schwer machen, wir sind doch alle Profis. Solche Sachen kommen bei uns ständig vor, und normalerweise sehen die Kollegen das sportlich, als kleinen Wettkampf, Sie verstehen?«

Kiran verstand. »Sie möchten, dass ich davon absehe, Ihr anmaßendes Verhalten mit Ihren Vorgesetzten zu besprechen und dadurch Ihrer weiteren Karriere beim Bundesnachrichtendienst empfindlich zu schaden?« Kiran blickte ihm entspannt in die Augen. »Ich werde darüber nachdenken. Einen schönen Tag noch, Herr Möller.«

Mit diesen Worten entließ er den inzwischen schwitzenden Möller, der noch einmal nickte und sich eilig davonmachte.

Bei der Bürotür stieß er fast mit dem eintretenden Bolko zusammen. Der schaute dem Flüchtenden fragend hinterher. Kiran berichtete ihm über Möllers Auftritt.

»Der kann froh sein, dass du hier warst. Ich hätte mit dem nicht so viel Geduld gehabt.«

Alenka sah ihren Chef noch immer erleichtert an, und Kiran beschloss auf diesen Schreck in der Morgenstunde erst einmal einen frischen grünen Sencha-Tee für alle zu kochen. Als er fünfzehn Minuten später mit der Kanne wiederkam, saßen die anderen bereits am Konferenztisch. Die morgendliche Besprechung begann.

Alenka machte den Anfang. Sie hatte den gesamten Freundes- und Bekanntenkreis der Familie, insbesondere der Gattin, durchleuchtet, aber ohne Erfolg. Es gab keinerlei Hinweise auf einen übergroßen Hass oder irgendetwas, das jemanden zu einem derartigen Mord hätte veranlassen können. Niemand war auffällig erleichtert oder gar froh, dass Friedrich Lautenschläger das Zeitliche gesegnet hatte, zugleich war auch niemand übertrieben bestürzt. Das galt selbst für Marianne Lautenschläger.

Als Nächstes meldete sich Kiran, der den Vorfall mit dem BND-Mann zur Sprache brachte. Er sah, wie Eleonore und Birte Halbach besorgte Blicke tauschten. Birte Halbach machte eine resignierte Geste.

»Okay, ich kümmere mich darum«, sagte sie und machte sich eine Notiz. »Sonst noch etwas?«

Paul machte sich bemerkbar. Er hatte in den vergangenen Tagen eine Liste mit Lautenschlägers wichtigsten Geschäftspartnern abgeklappert, am Telefon und per Videokonferenz. Die meisten saßen in Hamburg, Bremen und Hannover. Doch auch diese Aktion hatte keinen erkennbaren Erfolg gebracht. Die Aussagen der Geschäftspartner deckten sich ziemlich genau mit den Angaben, die Paul und Alenka bereits vorher bei ihren Befragungen in Lautenschlägers Firma ermittelt hatten. Die Frustration war Paul deutlich anzusehen.

Als Letzte ergriff Birte Halbach das Wort. Sie erklärte den Kollegen, die es noch nicht wussten, dass man am Tatort eine DNA-Spur gefunden hatte, an der Brille des Toten. Tatsächlich war man nun in einer BND-Datenbank fündig geworden. Das DNA-Profil war offenbar Teil einer Ermittlung, die bereits 1983 begonnen hatte. Es ging damals um Verflechtungen zwischen dem Ministerium für Staatssicherheit der DDR und dem KGB. Offenbar hatte es in den achtziger Jahren einige Auftragsmorde in Westdeutschland gegeben, die von beiden Diensten geplant und durchgeführt worden waren. Bis zum Fall der Mauer war der BND mit seinen Ermittlungen keinen Schritt weitergekommen. Mit dem Zusammenbruch der DDR aber hatte man Zugang zu ostdeutschen Akten bekommen und versprach sich endlich neue Hinweise. Wie sich jedoch herausstellte, hatte der amerikanische CIA weitaus früher Zugriff auf die Akten der Staatssicherheit erhalten. Was den deutschen Diensten schließlich hingeworfen worden war, konnte selbst der größte Optimist nur als Brosamen bezeichnen.

Birte Halbach hatte dies in groben Zügen zusammengefasst und aus ihren Aufzeichnungen vorgelesen. Jetzt blickte sie auf und sah bedeutsam in die Runde.

»Und jetzt kommt das Entscheidende. Aus den wenigen verbliebenen Akten ist zu entnehmen, dass ein bestimmter Agent der Staatssicherheit damals offensichtlich auch zum KGB gehört hatte. Offenbar war er sowohl Operationsleiter als auch Hauptakteur in vielen dieser Fälle.«

Alle lauschten gespannt. Es war überdeutlich, worauf dies hinauslaufen würde.

»Die weiteren Ermittlungen wurden entscheidend von zwei Faktoren behindert«, fuhr sie fort. »Erstens: Die Identität des Mannes war niemandem im Dienst bekannt. Zweitens: Die aussagefreudigen Exagenten konnten glaubhaft versichern, dass über diese kleine Elitegruppe ohnehin niemals Aufzeichnungen existiert hatten. Diese Agenten, hieß es, seien vom Minister für Staatssicherheit Erich Mielke persönlich ausgesucht und dem KGB überstellt worden. Ihre Daten sind in der Folge nicht nur aus allen Unterlagen der Staatssicherheit, sondern auch komplett aus allen ostdeutschen Meldelisten entfernt worden.«

Halbach machte eine Pause und sah erneut in die Runde, bevor sie ihren Bericht abschloss.

»Das Problem, vor dem wir stehen, ist nun, einen Weg zu finden, die Identität dieses Agenten nachzuweisen. Deutsche und amerikanische Quellen scheiden, wie gesagt, aus. Bleibt nur der ehemalige KGB. Doch hier können wir nicht erwarten, irgendwelche Akten einsehen zu können. Diesbezügliche Anfragen würde man auf russischer Seite sicherlich nur mit einem herzlichen Lachen kommentieren …«

Birte Halbach lehnte sich auf ihrem Stuhl zurück.

Es war Enzo, der schließlich aussprach, was alle dachten.

»Das soll heißen, der Mörder ist nicht nur ein ehemaliger Agent des KGB, sondern auch noch ein Deutscher? Wenn das an die Öffentlichkeit kommt, fliegt uns das alles um die Ohren.«

Birte Halbach und Eleonore nickten ernst.

Dann meldete sich Paul zu Wort. Er entwickelte die These, dass Martin Lautenschläger jetzt auf seine Verbindungen zum russischen Geheimdienst hin überprüft werden musste, da er mit Sicherheit entweder einen Mörder angeworben oder die ganze Sache provoziert hatte.

Bolko seufzte und legte die Stirn auf die Tischplatte. Kiran sah zu Birte Halbach hinüber, die ihm zunickte und aufforderte, seine bisher zurückgehaltenen Informationen offenzulegen.

»Also gut, Kollege Blohm und ich haben eine Informationsquelle, die wir bisher unter Verschluss gehalten haben. Wir haben uns mit dem russischen Paten Jewgeni Osmanow unterhalten.« Bei Erwähnung des Namens machte Paul ein ungläubiges Gesicht. Aber Kiran ging nicht darauf ein und fuhr fort: »Osmanow hat uns zwei Hinweise gegeben. Einmal, dass der oder die möglichen Täter unter Umständen zu einer Organisation von kriminellen Ex-KGB-Experten gehören. Er hat uns zudem bedeutet, dass wir diesen Herren nie auf die Spur kommen werden und alle dahingehenden Aktivitäten nur zu unnötigen Verwicklungen führen. Daher möchte er uns Martin Lautenschläger gewissermaßen als Bauernopfer auf dem Silbertablett servieren. Es geht um Schwarzmarktschiebereien, Waffenhandel und Verstrickung in Menschenhandel.«

Alenka machte große Augen. Paul sah fassungslos drein und explodierte umgehend.

»Na toll, und wieso erfahren wir davon nichts? Wir haben uns nächtelang durch die Akten gequält, und hier existieren klare Hinweise, die …«

»Hören Sie auf, Heinrich«, fuhr Bolko dazwischen. »Sie haben dort ermittelt, wo wir Sie als Ihre Vorgesetzten hingeschickt haben. Wir entscheiden, wann welcher Spur nachgegangen wird. Wir beurteilen, welche Spur Relevanz besitzt. Und noch was: Der Killer ist ein Profi, dem es um eine klare Bestrafung ging. Das ist die Tat eines eiskalten Gegners und nicht eines verweichlichten Perversen wie Ihrem Lieblingsfeind Lautenschläger junior. Es ist nicht unsere Schuld, wenn Sie sich auf den Sohnemann einschießen und alle anderen Hinweise ignorieren.«

»Lassen Sie es gut sein, Bolko«, unterbrach ihn Birte Halbach. Paul Heinrich war hochrot angelaufen. »Paul, er hat Recht. Was ermittlungstechnisch relevant ist, entscheidet die Leitung, und nicht Sie. Wenn wir sehen, dass Spuren zu Martin Lautenschläger führen, gehen wir ihnen nach. Aber bis dahin gilt, dass wir den Mörder überall suchen und nicht nur da, wo wir ihn finden wollen. Und da wir schon dabei sind, kann ich auch gleich weitermachen, denn es gibt Neuigkeiten von Osmanow. Er hat sich wieder gemeldet.«

Kiran sah überrascht auf.

»Er hat mir mitgeteilt, dass er Informationen sowohl zum wahren als auch zum idealen Täter hat, wie er sich ausdrückte.«

Enzo, der bislang seelenruhig kleine und sehr akkurate Aktzeichnungen auf seinem Notizblock angefertigt hatte, blickte auf. »Das heißt, wir erfahren jetzt auch von der mafiösen Seite mehr über den KGB-Hintergrund? Informationen über den Rest können wir uns dann ja wohl schenken.«

»Ganz richtig«, antwortete Kiran. »Wir haben ihm deutlich zu verstehen gegeben, dass wir alles über die wahren Täter und ihre Beweggründe wissen wollen, bevor wir irgendetwas entscheiden.«

»Gut«, sagte Birte Halbach, »Osmanow will sich morgen um zehn Uhr mit den Kollegen Mendelsohn und Blohm erneut treffen. Dann können wir also am Nachmittag unsere nächsten Schritte planen und vielleicht mal so etwas wie ein Wochenende haben, bevor wir uns aufs internationale Parkett der geheimen Dienste wagen.«

Mit diesen Worten beendete sie die Sitzung, indem sie

aufstand und Eleonore zunickte, die ihr ins Büro folgte. Bolko und Enzo verließen ebenfalls den abgetrennten Bereich. Sie hatten wichtige Dinge zu besprechen – es ging anscheinend um irgendein Fußball-Qualifikationsspiel, wenn Kiran richtig verstand. Paul war wortlos aus dem Raum gestürmt, sodass Kiran und Alenka allein zurückblieben.

Alenka blickte Kiran an und ließ ihren Gedanken freien Lauf: »Ein bisschen verspannt, der Gute. Ich glaube, der macht es nicht mehr lange. Zu emotional involviert. Und das schon jetzt, wo es doch erst richtig losgeht.« Sie lächelte unsicher. »Oder wie sehen Sie das? Ich meine, vielleicht geht mich das nichts an, aber ich denke wir arbeiten alle sehr effektiv zusammen und können uns Streitereien nicht leisten. Nicht bei den Gegnern, mit denen wir es hier zu tun haben.«

Kiran nickte nachdenklich. »Schon gut, Alenka. Es ist wichtig, dass sich jeder um das Klima im Team kümmert. Was Paul angeht, ich bin mir ehrlich gesagt nicht sicher mit ihm. Er ist ein hervorragender Ermittler im Bereich der Wirtschaftsverbrechen, und ich habe keine Ahnung, warum er so auf den jungen Lautenschläger fixiert ist. Ich nehme an, es ist entweder Ehrgeiz oder eine vererbte Abneigung gegen Kapitalisten. Wahrscheinlich eine Mischung aus beidem. Was auch immer, wir müssen uns jetzt ein Bild vom realen Gegner machen. Also schauen wir erst mal, was uns Osmanow morgen zu sagen hat.«

»Ich habe schon sehr viel von ihm gehört. Einmal wollte mich eine Freundin zu einem Tangoabend ins Iswestija mitnehmen, man hat uns aber nicht reingelassen. Zwei attraktive junge Frauen werden einfach wieder weggeschickt …« Die Empörung war ihr deutlich anzusehen.

»Nicht unbedingt. Ich bin mir sicher, dass man Sie erkannt hat. Osmanow rühmt sich für sein ausgefeiltes Sicherheitssystem. Er scheint über alle relevanten Berliner Kriminalbeamten genau im Bilde zu sein. Nehmen Sie es also als Kompliment.«

Alenka schien beeindruckt. Sie schwieg einen Moment. Ihr lag offensichtlich noch etwas auf der Seele. Schließlich überwand sie sich: »Werden wir mit dem BND zusammenarbeiten, oder meinen Sie, die werden uns den Fall wegnehmen?«

Kiran lächelte und klopfte ihr beruhigend auf die Schulter. »Da kennen Sie unsere Chefin schlecht. Niemand, ich betone, absolut niemand nimmt Birte Halbach einen Fall weg. Ich bin mir sicher, das wird hier nicht anders laufen. Falls sie die obersten Stellen überhaupt komplett informiert. Ich habe den Verdacht, dass sie denen eher Pauls und Osmanows Theorie serviert, wonach wir Martin Lautenschläger im Visier haben.«

»Und, haben wir das? Ich meine, ist er die Lösung, auf die alle aus sind?«

»Schon möglich. Selbst wenn wir den wirklichen Täter ermitteln sollten, dürfte es in jedem Fall einfacher sein, den untalentierten und unsympathischen Sohn zu opfern, als den großen alten Mann der Industrie anzuklagen und mit ihm seine Freunde und Gönner in der Politik in den Abgrund zu stoßen.«

»Widerwärtig«, sagte Alenka und blickte ihn strahlend an. »Ich muss aber sagen, dass mir das in diesem Fall nicht besonders viel ausmacht. Der Typ ist ein Schwein.

Abgesehen davon finde ich diesen Fall schlicht und ergreifend faszinierend.«

Kiran nickte ihr lächelnd zu und ging zu seinem Schreibtisch, während Alenkas letzter Satz nachhallte. Faszinierend war ein verständliches Verdikt, wenn auch völlig unzureichend.

Raubtiere sahen ebenfalls faszinierend aus. Selbst dann noch, wenn sie zum Sprung ansetzten und ihre Beute rissen.

15

Der Abendhimmel über Berlin war von jeher Kirans beste Inspiration zum Entspannen. Wann immer er Gelegenheit dazu hatte, begab er sich auf die Zwischenebene seines Lofts und führte dort Meditationsübungen und sein eigens für ihn entwickeltes Einzeltraining durch. Es gab kaum einen erhebenderen Moment als den, wenn die Sonne unterging und er diese Energie auf seinem Gesicht und den geschlossenen Augen spüren konnte. Wie man ihn gelehrt hatte, reinigte er seinen Geist von allem, was den Tag über auf ihn eingestürmt war, ließ nur die wesentlichen Dinge übrig und meditierte darüber. Wenngleich wahre Erkenntnisse eher selten waren, so gelang es ihm jedoch mühelos, sich in einen Zustand entspannter Ruhe und Konzentration zu versetzen.

Nach der Besprechung am Abend hatte er nur kurz im Lloyd's Halt gemacht, um sich etwas zu essen zu bestellen. Während Nestor in der Küche werkelte, hatte er sich bei einem Glas Wein mit Deirdra unterhalten, wie er dies nach langen Tagen häufig zu tun pflegte. Heute jedoch hatte ihm der Sinn nicht danach gestanden, den restlichen Abend im Bistro zu verbringen. Er hatte sich das Essen daher zum Mitnehmen bestellt.

Jetzt saß Kiran auf seiner Matte, sog die letzte Wärme

des verschwindenden Sonnenlichts auf und begann seinen Kopf zu leeren.

Als Erstes versuchte er, alle Fakten und logischen Gedanken des heutigen Tages zu vergessen. In letzter Zeit war ihm dies leichtergefallen. Waren Fälle früher über die gesamte Bearbeitungszeit Tag und Nacht geradezu omnipräsent gewesen, konnte er nun sämtliche Details in wenigen Minuten in ein geistiges Lager abstellen und sich auf wesentliche Dinge konzentrieren. Während seines Klosteraufenthalts in Japan hatte man versucht, ihm seine ständige Fokussierung auf zu viele Details auszutreiben. Er hatte dort und in den Folgejahren daheim mühsam lernen müssen, seinem Geist zu vertrauen und nichts weiter zu tun, als diesem in der Meditation seinen Raum zu geben, sich entfalten und selbst ordnen zu können. Die Essenz dieser Übung, so hatte ihm sein Meister bedeutet, sei es, die innere Ordnung wiederzufinden, denn diese wäre in jedem Menschen bereits vorhanden. Sie würde nur durch rationalen Aktionismus in den Hintergrund gedrängt und zurückgebildet. Das zumindest war Kirans Interpretation. Die Metapher des Meisters war viel einfacher gewesen. Er erinnerte sich an den drahtigen Mann, der ihm gegenübergesessen und wie immer freundlich gelächelt hatte, während er ihm unbequeme Wahrheiten um die Ohren schlug.

»Betrachte deinen Geist wie einen tropischen Wald, in dem du lebst. Du brauchst ihn und seine Luft zum Atmen, er versorgt dich, reguliert deinen Körper und deine Lebensfunktionen. Statt dich aber auf ihn einzulassen und ihn als Basis deines Lebens zu verstehen, engst du ihn ein, rodest ihn, brennst und schlägst ihn nieder, und dies für lächerlich kurze Momente künstlicher Energie. Irgendwann weißt du nicht mehr, wozu der Wald eigentlich dient. Bald auch nicht mehr, wo er ist. Schließlich, während du noch suchst, stellst du fest, dass du keine Luft mehr zum Atmen hast.«

Er hatte erkannt, was ihm der Meister erklären wollte, und hatte sein Leben körperlich und geistig darauf einzustellen versucht. Die Essenz dieses Ratschlags wurde Kirans Lebenselixier, zugleich aber auch seine ständige Herausforderung. Sie bestand darin, dem Geist Spielraum zu überlassen und so etwas wie innere Spontaneität ins Leben einzulassen. Diese Idee kollidierte jedoch ständig mit seinem rationalen Wesen, das auf Ordnung, Balance und Kontrolle beruhte.

Im Grunde musste er einen Weg finden, seinem Geist bereitwillig die Entscheidung zu überlassen, je nachdem, ob eine Situation Pedanterie oder konfuzianische Gelassenheit erforderte. Beruflich war ihm dies nicht so schwergefallen, wie er seinerzeit vermutet hatte. Im Laufe der Jahre stellte sich heraus, dass es eher die emotionale und private Seite war, die ihm oft immense Schwierigkeiten bereitete.

Er öffnete die Augen und spürte die absolute Ruhe und Sicherheit, die ihm sein Refugium vermittelte. Alles war da, wo es sein sollte. Alles war in Ordnung.

Die alten Fabriketagen des Hauses waren wie in Berlin üblich in verschieden große Wohneinheiten unterteilt worden, und Kiran hatte damals im richtigen Moment zugegriffen. Seine Etage bestand aus einem weitläufigen, hohen Raum im obersten Geschoss, mit riesigen Fenstern, die nach Nordwesten gingen. An der Stirnseite des

Lofts hing ein großes Bronzerelief, das seine Mutter gefertigt hatte. Die Wand gegenüber hatte er zu großen Regalen umgebaut.

In dem knapp achtzig Quadratmeter großen Raum hatte Kiran nach reiflicher Überlegung zwei weitere Ebenen eingezogen. Unten gab es eine gemütliche Sitzgruppe und gegenüber der Fensterfront eine längliche Küchenzeile mit Anrichte. Hinter dieser befanden sich ein japanisch eingerichtetes Bad und die Ankleide. Darüber lag die Schlafebene. Diese erreichte man über eine Treppe, die über eine Zwischenebene führte. Auf dieser hatte Kiran seine Meditations- und Übungsmatte installiert.

Das Loft war ein Geschenk seiner Eltern gewesen, als er nach Berlin umgezogen war. Als sie erfuhren, dass er Wiesbaden verlassen und hierherkommen würde, hatten sie ihm ohne Umschweife bei einem gemeinsamen Abendessen eröffnet, ihm eine Wohnung bezahlen zu wollen. Kiran fühlte sich von dieser Geste zuerst sehr eigentümlich berührt, stellte dann aber zu seiner Überraschung fest, dass er gerührt war. Kiran war in den siebziger Jahren in einem äußerst ungewöhnlichen Umfeld aufgewachsen, da beide Eltern mit Leib und Seele Künstler waren. Anders als so viele Kollegen in der kreativen Frankfurter Szene waren Alina und Gereon Mendelsohn aber nicht nur talentiert, sondern auch erfolgreich. Besonders in den achtziger Jahren erzielten sie für ihre Gemälde und Skulpturen Spitzenpreise in der Bundesrepublik und waren dadurch finanziell unabhängig geworden.

Die Eltern brachten ihrem Sohn viel Liebe und Verständnis entgegen. Zu ihrem Leidwesen unterschied sich ihr Sohn jedoch beträchtlich von den anarchischen Bälgern ihrer Freunde und Kollegen. Weder malte er gern, noch hatte er Lust, ein Instrument zu lernen. Stattdessen las er viel und hörte dabei Schallplatten. Die einzige Disziplin, in der er Kreativität zeigte, war das Kochen. Er liebte es, beim Zubereiten der Speisen mitzuhelfen und aß auch die absurdesten Kreationen seiner eher nach visuellen Aspekten kochenden Mutter.

Ansonsten wollte der junge Kiran am liebsten eines: in Ruhe gelassen werden. Also überließen ihn seine Eltern seiner einzigen Liebe, den Büchern. Allein mit seinen Romanhelden verbrachte er seine Nachmittage in herrlicher Einsamkeit, versunken in Geschichten und beaufsichtigt von Freundinnen oder Nachbarn, da die Eltern häufig unterwegs waren.

Seine selbstgewählte Isolation wurde durch ein einschneidendes Erlebnis durchbrochen: Im Alter von elf Jahren bekam er einen neuen Aufpasser für die Nachmittage, einen fremdländisch aussehenden Mann. Dieser hatte gerade gegenüber der Mendelsohn'schen Wohnung damit begonnen, die andere Dachgeschosswohnung zu einem Aikido-Dojo auszubauen. Kirans Eltern hatten Saito Mifune zu einem von ihnen organisierten Gruppen-Meditationsabend eingeladen. Obwohl sich Mifune danach erschreckt von den meditativen Gehversuchen der Frankfurter Intellektuellenszene abgewandt hatte, entwickelte sich eine nachbarliche Freundschaft zu den Mendelsohns. Sie halfen ihm dabei, den Übungs- und Meditationsraum fertig zu renovieren. Als Gegenleistung bot er sich an, über die Nachmittage auf den Sohn aufzupassen.

Dies sollte Kirans Leben vollständig verändern. Vorbei war die Zeit, als er ganze Nachmittage seine Nase nur in Bücher steckte. Das Programm in Herrn Mifunes Dojo war umfassend: Arbeit in der Küche, Mittagessen, Hausaufgaben, Assistenz bei der Betreuung von Herrn Mifunes geliebten Pflanzen und Bäumchen. In kürzester Zeit lernte Kiran das ordentliche Schneiden von Gemüse, Fleisch und Fisch, und während er die kleinen Bonsaipflanzen betreute, schaute er fasziniert den nachmittäglichen Lektionen im Aikido zu.

Selbst häufig Opfer der steinzeitlichen Konfliktbewältigung in den befreiten Kindergärten der frühen siebziger Jahre, hatte er eine gesunde Abneigung gegen Gewalt entwickelt und war nun enorm beeindruckt von einer Kampftechnik, die allein auf Verteidigung basierte und deren durchgängiger Antrieb das war, was Kiran bereits als Kind auszeichnete: Ruhe und Kontrolle.

Kiran war sich sofort sicher gewesen, diese Fähigkeit wollte, nein, musste er sich aneignen. Sie erschien ihm als perfektes Mittel, dem Geschubse der stärkeren Kinder in Schule und Nachbarschaft ein für alle Mal zu entgehen und endlich in Ruhe gelassen zu werden. Anfangs belustigt, hatte Herr Mifune im Laufe seiner kulinarischen und botanischen Unterweisungen jedoch schnell erkannt, dass dieser Junge anders war als all die entsetzlich lärmenden Kinder, die er bislang in Deutschland kennengelernt hatte. Als Kiran ihn immer und immer wieder bestürmte, ihn in der Kunst des Aikido zu unterrichten, hatte er nach kurzem, pädagogisch abgewogenem Zögern schließlich eingewilligt.

Im Laufe der nächsten Jahre brachte er dem wissbegierigen Jungen alles bei, was dieser über das magische Dreieck Aikido, Bonsai und japanische Küche wissen musste. Diese harmonische und symbiotische Beziehung hatte Kiran bis zu seinem Abitur eine geistige Heimstatt finden lassen. Mifune begegnete ihm mit einer in sich ruhenden Autorität, die Kiran eine Sicherheit gab, die er bislang vermisst hatte. In der Schule ließ man ihn fortan in Ruhe, und daheim konnte er ungestört seinen Vorlieben nachgehen. Im Grunde verlief sein Leben perfekt. Zumindest, bis er ins reale Leben der Erwachsenen eintrat.

Entspannt von seiner Lockerungsübung, duschte Kiran, ging zu seiner Küchenzeile und stellte, nicht ohne seinem alten Lehrmeister stumm Abbitte zu leisten, das fertige Menü aus dem Lloyd's in die Mikrowelle. Während er kurz darauf mit höchstem Genuss aß, was Nestor und Deirdra ihm liebevoll zubereitet hatten, versuchte er sich auf die Arbeit zu konzentrieren, auf die Aufgaben, die vor ihm lagen. Er setzte größtes Vertrauen in das Team. Bislang lief die Zusammenarbeit bestens, von Paul Heinrich abgesehen. Aber auf die anderen war Verlass, und das war das Entscheidende für Kiran, vor allem wenn man bedachte, zu welchen Konflikten es noch kommen konnte. Dieses Mal aber würde er nicht vor seinen Dämonen fliehen. Die Zeit schien vielmehr reif dafür, ihnen endlich offen entgegenzutreten.

Mit diesen Gedanken ging er zu Bett und sank sofort in einen tiefen, traumlosen Schlaf.

Um Mitternacht klingelte das Telefon. Am anderen Ende war Birte Halbach. Kiran war sofort hellwach.

Es gab einen neuen Tatort.

16

Etwa eine halbe Stunde nachdem Halbach ihn angerufen hatte, traf Kiran am Gebäude der Osteuropäischen Handelsgesellschaft ein. Die Frankfurter Allee war weiträumig zu beiden Seiten des Eingangs abgesperrt. Kiran parkte gleich hinter dem Verkehrspolizisten, der die wütenden Autofahrer zurückschicken und zugleich die anarchisch parkenden Pressefahrzeuge koordinieren musste. Er nickte ihm zu und versprach, Hilfe zu holen.

Kiran duckte sich unter dem Absperrband weg und lief auf den Gebäudeeingang zu, der von Bereitschafts- und Notarztwagen zugestellt war. Im zuckenden Blaulicht sah er vermummte Beamte des SEK. Dazwischen liefen Polizeibeamte, Sanitäter und Beamte in Zivil umher. Es herrschten Hektik und Verunsicherung.

Hinter den Fahrzeugen und Trennwänden trat Kiran in den Schein aufgestellter Scheinwerfer. Dort sah er die ersten bekannten Gesichter: Enzo, Alenka, Eleonore und Birte Halbach standen am Fuß der Treppe. Eleonore war am Telefon. Sie wollte reden, kam aber offensichtlich nicht zu Wort. Birte Halbach hatte gerade ein Telefongespräch beendet und rief den Beamten lautstarke Kommandos zu. Kiran trat zu Enzo.

»Was ist passiert?«

Enzo sah ihn ernst an.

»Vor etwa einer Stunde hat ein Fußgänger Schüsse gemeldet. Er ist aber sofort geflohen und nicht mehr auffindbar. Die erste Streife hat den Tatort gesichert. Seit etwa einer Viertelstunde sind die Untersuchungen im Gange. Offensichtlich ein einzelner Täter.«

Alenka trat zu ihnen.

»Alle Kollegen erstatten mir Bericht. Ich halte Sie auf dem Laufenden, sobald sich etwas Neues ergibt.«

Kiran dankte ihr und ging dann auf den Eingang zu.

Bolko war über zwei am Boden liegende Körper gebeugt, die bereits mit Tüchern abgedeckt und von Tatortmarkierungen der Polizeifotografen umgeben waren. Kiran nickte den Kollegen zu und ging direkt zu Bolko, der ihm bedeutete, auf den Boden achtzugeben. Sie befanden sich am Rande einer riesigen Blutlache.

»Ich nehme nicht an, dass die beiden hier die Einzigen sind?«

Bolko schüttelte den Kopf.

»Machen Sie sich auf was gefasst. Ich bin von meinen Albanern in Hamburg ja einiges gewohnt, aber das hier ist eine ganze Nummer härter. Dies sind die Sicherheitsleute gewesen, obwohl ich mich frage, was die beiden nachts hier draußen zu suchen hatten, wo es doch zusätzlich noch einen Nachtportier gibt.«

»Hat er was sehen können?«, fragte Kiran dazwischen.

»Auf jeden Fall. Leider nichts Hilfreiches für uns, denn ihn hat man als Nächstes abgeknallt.«

Kiran ahnte, was kommen würde.

»Wir haben um kurz nach elf einen Notruf erhalten, wonach Passanten Schüsse gehört haben. Das müssen die Schüsse auf diese beiden hier gewesen sein. Vier

Einschüsse, jeweils in Stirn und Brust. Die beiden haben nicht geschossen, das heißt, sie sind komplett überrascht worden. Genauso wie der Nachtportier in der Pförtnerloge, der direkt durch das Sprechfenster getötet wurde. Der Täter hat die Chipkarte des Opfers links hier benutzt und ihn erledigt. Und das war erst der Anfang.«

Kiran schaute Bolko an. Er hatte gerade fragen wollen, warum sich jemand auf solch brutale Weise Zutritt zur OHG verschaffen sollte, als Bolko sich aufrichtete und ihn aufforderte, ihm zu folgen.

Sie kamen an der Pförtnerloge vorbei, in der ein Fotograf seine Aufnahmen machte. Durch die Blitzlichter wirkte der enge Raum mit der Leiche auf dem Boden wie eine erleuchtete Gruft. Dann betraten sie das Foyer.

Vor ihnen lagen drei weitere Leichen, eine davon erkannte Kiran. Iwan Kusnetsow blickte starr an die Decke, sein Gesicht drückte maßloses Erstaunen aus. Wahrscheinlich war dies seine erste Begegnung mit der Realität gewesen. Das ölige Lächeln war verschwunden.

Bolko setzte seinen Bericht fort. »Offensichtlich hat es sich bei den Jungs draußen um die persönliche Leibwache von Kusnetsow gehandelt. Warum die beiden draußen waren, weiß der Himmel. Nicht sehr professionell. Danach, wie gesagt, der Pförtner, und offensichtlich war der Täter bei alldem enorm schnell und lautlos. Anders lässt es sich nicht erklären, dass diese drei hier ebenfalls überrascht wurden, wie man an Kusnetsows Gesicht wunderbar erkennen kann. Ich nehme allerdings an, dass die beiden anderen hier eher so was wie Assistenten waren, denn keiner von ihnen war bewaffnet.«

Er trat näher zu den Leichen.

»Kusnetsow hat eine Kugel in den Kopf und zwei in die Brust bekommen. Das bekannte Muster. Der Pförtner hat nur eine Kugel zwischen den Augen. Insgesamt also genau zwölf Schuss, ein komplettes Magazin. Der Typ wusste haargenau, wen er auf welche Art erledigen wollte.«

Sie sahen sich um. Im Raum waren Beamte der Kriminaltechnik bei der Arbeit, ein Notarzt packte gerade die Instrumente zusammen und schickte sich an, nach draußen zu gehen. Offenbar war der gesamte Tatort bereits medizinisch betreut worden. Die Kollegen von der Technik würden noch eine Weile brauchen.

»Zu früh für irgendwelche Schlüsse, würde ich meinen«, sagte Kiran schließlich. »Warten wir ab, was die weiteren Spuren so bringen.«

Bolko deutete auf die Wand hinter Kiran. »Sie meinen, so etwas wie das da?«

Kiran drehte sich um und sah ein zersplittertes Bild am Boden. An der Stelle, wo es gehangen hatte, prangte ein ganz offensichtlich mit Blut gemaltes Zeichen. Vor dem Umriss einer russischen Kirchturmspitze stand ein auf dem Kopf stehendes Kreuz, um das sich eine Schlange wand.

»Sagt Ihnen das etwas?«, wollte Bolko wissen, als er sah, wie Kiran das Zeichen anstarrte.

»Allerdings. Das ist ein altes Zeichen der Gorkowskaja Bratwa, der Bruderschaft von Gorki. Es ist inzwischen nicht mehr in Gebrauch, aber es wurde damals hier in Berlin überall dort an die Wand gemalt, wo sie ihr Territorium beansprucht hatten.«

»Moment, Sie haben doch erzählt, das sei die Truppe von Osmanow. Meinen Sie, die haben hier ihre Visitenkarte hinterlassen?«

»Nein, das macht keinen Sinn. Osmanow ist schon längst kein kleiner Clanchef mehr. Und er beschäftigt echte Profis, die keine Spuren hinterlassen. Schon gar keine ganzen Wandgemälde. Das hier soll ihn wohl nur in die Sache reinziehen.«

»Sind Sie sicher? Ich meine, wir wissen nicht, was Osmanow in dieser Sache wirklich vorhat.«

»Mag sein. Aber er ist auf einem komplett anderen Gebiet tätig. Und selbst wenn er an so etwas beteiligt sein sollte, würde er niemals so dumm sein und seine über Jahre aufgebaute und gut getarnte Struktur riskieren, um eine im Rampenlicht stehende Person wie Kusnetsow öffentlich hinzurichten und an der Wand seine eigene Visitenkarte zu hinterlassen.«

»Nun, das zumindest erinnert an Lautenschläger. Der wurde auch nicht gerade dezent beseitigt.«

»Ganz genau. Hier war mit großer Wahrscheinlichkeit derselbe Täter am Werk gewesen. Die gleiche Präzision, die gleiche Kaltblütigkeit und vor allem wieder in aller Öffentlichkeit.«

»Aber warum diese Leute hier?«, fragte Bolko. »Sollen wir glauben, Osmanow entmachtet das Lautenschläger-Imperium und räumt dann unter seinen russischen Partnern auf?«

Kiran schwieg. Er wusste es nicht. Irgendetwas stimmte hier nicht. Wenn sie es tatsächlich mit ein und demselben Täter zu tun hatten, warum wuchs sich das Ganze zu einem Feldzug gegen Lautenschläger und die OHG aus? Das machte weder auf persönlicher noch auf wirtschaftlicher Ebene irgendeinen Sinn, und alles derart in der Öffentlichkeit. Es sei denn …

Kiran kam ein entsetzlicher Gedanke.

»Kommen Sie Blohm, wir müssen weg«, sagte er und war schon auf dem Weg nach draußen. Er drängelte sich durch den Eingang, der von Beamten blockiert wurde, die Geräte und Scheinwerfer hereintragen wollten.

»Was? Mendelsohn, wo wollen Sie hin?«, stieß Blohm hervor, der ihm eilig gefolgt war.

Draußen blieb Kiran kurz bei Birte Halbach stehen und erklärte ihr hastig, was er vorhatte. Sie nickte, und Kiran eilte weiter. Bolko, der auf einen Techniker samt dessen Koffer geprallt war, hatte gerade erst aufgeschlossen und konnte nur noch im Vorbeilaufen Birte Halbach anstarren und verständnislos die Arme ausbreiten, bevor er Kiran hinterherrannte.

Kiran hatte seinen Wagen erreicht und gestartet, während Bolko sich fluchend auf den Beifahrersitz quetschte.

»Wie sind Sie eigentlich hierhergekommen?«, fragte Kiran.

»Ich habe eine Streife zu meiner Stammkneipe gerufen, ging am schnellsten. Also, was in Gottes Namen haben Sie vor?«

Kiran fuhr mit quietschenden Reifen los und rammte dabei beinahe einen Einsatzwagen. Sie hörten noch die Flüche des wütend brüllenden Streifenbeamten, aber Kiran riss den Wagen zur Seite und beschleunigte im gleichen Moment.

»Ich kann es nicht erklären, aber ich bin mir sicher, dieses Attentat kam nicht von Osmanows Leuten. Jemand will uns Glauben machen, dass hier ein neuer Krieg zwischen den Russen im Gange ist.«

Bolko hatte sich inzwischen angeschnallt und schaute Kiran skeptisch an. »Aha, und wer sollte das wollen? Der Killer, den uns Osmanow liefern könnte?«

»Entweder der oder eine Partei, die verhindern will, dass wir herausfinden, wer wirklich hinter dieser ganzen Sache steckt. Denken Sie nach, Bolko. Wir haben heute die Nachricht bekommen, dass wir morgen mehr über diese KGB-Gruppe und ihren deutschstämmigen Agenten erfahren werden. Und postwendend beginnt jemand, die nächsten Beteiligten auszuschalten und unsere Quelle da mit reinzuziehen.«

»Also ein Maulwurf bei uns? Okay, mal angenommen, Sie haben recht, und jemand will Osmanow demontieren, und jemand im Haus arbeitet gegen uns. Warum rasen wir dann wie die Blöden durch die Gegend?«

»Ganz einfach. Weil das Ziel dieses Täters nicht ist, die Ermittlungen zu sabotieren. Er will sie beenden. Indem er mit Osmanow das Gleiche veranstaltet wie mit der OHG.«

»Moment, Sie meinen, der ist jetzt gerade dort und schießt fröhlich weiter?«

»Genau das meine ich. Wir haben aber vielleicht eine Chance, das zu verhindern.«

»Aha, und welche?«

»Er muss ins Haus gelangen und Osmanows Beweise finden. Das wird ihn auf alle Fälle Zeit kosten. Das Iswestija ist weitaus besser geschützt als die OHG.«

Sie waren inzwischen in Berlin-Mitte angelangt. Zum Glück für Kiran schien jeder verfügbare Streifenwagen am Tatort zu sein, denn sein Fahrstil hätte ihn sonst zum Freiwild für die Kollegen der Verkehrspolizei gemacht.

Schließlich erreichten sie die Seitenstraße, in der sich das Iswestija befand. Der Eingang und der Gehsteig waren selbst zu dieser Zeit noch immer mit wartenden Gästen überfüllt. Sie fuhren um den Block und auf den Parkplatz am Hintereingang. Sie hielten, stiegen aus und sahen sich um.

Es war niemand zu sehen. Nach der Hektik des Tatorts bei der OHG und der schnellen Fahrt hallte ihnen jetzt die Stille in den Ohren. Der Parkplatz war am Haus nur spärlich durch eine kleine Lampe an der Verladerampe beleuchtet. Daneben befand sich der verschlossene und stahlgesicherte Lieferanteneingang.

»Ich kann mir nicht vorstellen, wie hier jemand überraschend auftauchen und sich Zutritt verschaffen kann. Was meinen Sie, sollen wir mal klingeln?«, fragte Bolko.

In diesem Moment öffnete sich die Tür, und zwei bewaffnete Männer traten ins Freie. Dahinter zeichnete sich die Silhouette eines Mannes mit Hut ab. Die beiden Leibwächter griffen nach ihren Waffen, als sie Kiran und Bolko sahen.

Kiran und Bolko blieben stehen.

»Kriminalpolizei«, rief Kiran den Männern zu, die sich näherten. »Kommissare Mendelsohn und Blohm.«

Der Mann, nun erkenntlich als Osmanow, wies seine Wächter an, die Waffen wegzustecken.

In diesem Moment explodierte die Szenerie.

Kiran sah aus dem Augenwinkel eine Bewegung und Bolko nach links fallen. Er wich aus und bekam im gleichen Moment einen Schlag an die Schläfe, der ihn aber nur ungenau traf. Er hörte noch das pfeifende Geräusch des Schalldämpfers und sah wie die Köpfe der beiden Männer vor ihm nach hinten flogen. Ein Schatten schnellte an ihm vorüber und auf Osmanow zu. Kiran reagierte sofort und ließ sein linkes Knie vorschnellen, direkt in das Kniegelenk des anderen. Der drehte sich mitten in der Bewegung um und richtete die Waffe auf Kiran.

Kirans Sinne waren augenblicklich hellwach. Es war, als ob all die vergangenen Jahre der Schreibtischarbeit nicht mehr existierten. Kiran dachte nicht, er reagierte instinktiv mit dem Training des Nahkämpfers. Er drehte seinen Oberkörper weg, griff zu und verdrehte das Handgelenk des Angreifers im Moment des Schusses. In der Drehung rammte er ihm seinen Ellbogen unter die Achselhöhle. Der Kampf war vollkommen lautlos, das einzige Geräusch war das Zersplittern einer Autoscheibe, als der abgelenkte Schuss einen Wagen traf.

Kiran hatte das Handgelenk nicht losgelassen, sondern weitergedreht und den Ellbogen des anderen durchgebogen, sodass die Waffe zu Boden fiel und er sie wegkicken konnte.

Diese Sekunde nutzte sein Gegner dazu, seinen Körper in der Luft herumzuwerfen und so Kirans Griff um sein Handgelenk zu lösen. Er landete in perfekter Position und ging sofort zum Angriff über. Die Schläge und Attacken waren Kiran bekannt. Systema, angereichert mit ein paar Nahkampftechniken der Armee, mit denen man dem Gegner die Gelenke brach. Seine Gegengriffe kamen so fließend wie die Angriffe: Handgelenke, Ellbogen, Fußtritte. Schließlich setzte der andere eine Finte, auf die Kiran reagierte und im selben Moment einen

Handkantenschlag auf die linke Schulter bekam. Der Schmerz fuhr ihm durch den ganzen Körper. Der nächste Angriffsschlag kam als Vorstoß. Kiran drehte sich zur Seite, lenkte den Schlag ab und setzte einen direkten Schlag mit der Handwurzel seitlich auf die Brust, der dem anderen den Atem aus der Lunge drückte und ihn zu Boden gehen ließ. Im Fallen jedoch schnellte er nach vorne und sprintete los. Im nächsten Moment hatte ihn die Dunkelheit bereits verschluckt.

Kiran wollte schon starten, schaute aber zunächst auf Bolko. Der lag neben einem Müllcontainer am Boden. Neben seinen Kopf war eine kleine Blutlache. Kiran fluchte leise und lief zu ihm. Die Wunde war zum Glück nur eine Platzwunde, der Atem ging flach, aber stetig. Einfache Bewusstlosigkeit.

Im nächsten Augenblick kamen Männer mit gezogenen Waffen aus der Hintertür und umzingelten sie. Kiran hob die Hand und rief auf Russisch, dass sie unbewaffnet waren. Die Männer sicherten die Umgebung und schauten dann auf die beiden herunter. Der Anführer der Gruppe antwortete Kiran ebenfalls auf Russisch und bedeutete ihm mitzukommen.

Die beiden anderen hatten unterdessen Bolko hochgehoben und trugen ihn ins Innere.

17

Kiran betrat hinter den anderen Osmanows Büro.

Der Hausherr saß an seinem Schreibtisch und gab auf Russisch Anweisungen in seine Gegensprechanlage. Seine Stimme klang ruhig und gelassen. Als er Kiran hereinkommen sah, deutete er auf den Sessel vor sich und beendete das Gespräch. Bolko, der bereits auf dem Weg nach oben stöhnend wieder zu sich gekommen war, wurde von den Leibwächtern auf ein Sofa gelegt. Im selben Moment betrat ein Arzt den Raum und begann sich sofort um Bolkos Kopfwunde zu kümmern, der zusammenzuckte und etwas Unverständliches murmelte.

»Beruhigen Sie sich, Herr Blohm«, sagte Osmanow in väterlichem Ton. »Jegor hier ist ausgebildeter Militärarzt, und zwar ein sehr guter, also legen Sie sich zurück und entspannen Sie sich.«

Die Leibwächter hatten unterdessen den Raum verlassen, während ein Kellner Getränke brachte. Kiran hatte plötzlich einen doppelten Whisky in der Hand. Osmanow bedeutete ihm mit aufmunternder Geste zu trinken. Kiran leerte das Glas in einem Zug und begann sich etwas zu entspannen, obwohl seine Gedanken nach wie vor rasten. Zu seiner Linken konnte man durch das Panoramafenster die tanzenden und feiernden Gäste im Saal überblicken, wenngleich kein Ton durch das gepanzerte

Glas drang. Die Stille und ruhige Geschäftigkeit im Büro im Gegensatz dazu schuf eine seltsam unwirkliche Szenerie, wie in einer Art Vakuum.

Osmanow war aufgestanden und hatte begonnen, die Bilder der Überwachungskamera aufzurufen. Während er die Aufzeichnungen zurückspulte, begab Kiran sich zu Bolko ans Sofa. Der Arzt setzte gerade eine Betäubungsspritze neben der Wunde. Kiran sah ihn prüfend an, Bolko nickte nur knapp.

Kiran setzte sich wieder. Er holte sein Mobiltelefon hervor, um Halbach die Kurzmitteilung zu schicken, dass sie bei Osmanow im Büro säßen und alles unter Kontrolle hätten. Die Untertreibung des Jahrzehnts.

Ein zufriedener Laut von Osmanow bedeutete ihm, dass dieser die entscheidende Szene gefunden hatte.

»Na, dann wollen wir doch mal sehen, wer uns da heute besucht hat.«

Kiran betrachtete den Russen. Er spielte ihnen ganz offensichtlich nichts vor und war wirklich vollkommen entspannt, während Kiran nach wie vor das Gefühl hatte, am ganzen Leib zu zittern.

Er trat zu Osmanow und sah ebenfalls auf den Monitor.

Die Kamera überblickte den Bereich des Hintereingangs von der Tür aus. Daher gab es nur eine Einstellung, in der man die Hinterköpfe von Osmanow und seinen Leibwächtern sehen konnte. Im selben Moment traten Kiran und Bolko in den Blickwinkel. Kiran sah seinen Mund Worte formen, dann setzten sich beide wieder in Bewegung. Im selben Moment, als der Angriff kam, schaltete Osmanow auf Zeitlupe.

Aus dem Hintergrund wuchs ein Schatten, der im nächsten Moment die Form eines Oberkörpers annahm. Durch die Vermummung war der Angreifer auf den Überwachungsbildern nicht zu erkennen. Im nächsten Moment ging er auch schon zum Angriff über. Bolko fiel zu Boden, Kiran knickte etwas ein, und die beiden Köpfe der Leibwächter wurden nach hinten gerissen, als aus dem Arm des Mannes ein minimales Mündungsfeuer aufblitzte. Jetzt bewegte sich Kiran auf den Angreifer zu, und die Vorwärtsbewegung des Unbekannten endete in einer Art Pirouette.

Osmanow drückte auf den Pausenschalter und sah Kiran an. »Ich denke, Sie stimmen mit mir überein, dass dies ein von der Speznas ausgebildeter Profi ist.«

Kiran nickte. Der Schlag an Bolkos Schläfe aus dem Handgelenk, wobei der Arm in einer Art Peitschenbewegung Geschwindigkeit aufnahm und das Gelenk kurz vor dem Aufprall auf das Ziel einrasten und zusätzliche Wucht entwickeln ließ, war ein typisches Markenzeichen für diese Form des Nahkampfs. Osmanow ließ den Film weiterlaufen.

Kiran hatte sich zum letzten Mal während seiner Ausbildung in Quantico in einer Aufzeichnung kämpfen sehen. Damals waren seine Gegner Schüler der Abschlussklasse gewesen, dies hier jedoch war ein Kampf auf Leben und Tod. Die Bewegungen waren fließend, die Handgriffe von tödlicher Präzision. Kiran konnte kaum einen Unterschied zwischen sich und dem Angreifer ausmachen. Er sah sich selbst wie durch einen watteartigen Nebel, seine eigene Erinnerung kollidierte mit den unwirklichen Schwarzweißbildern auf dem Großbildschirm.

»Ich muss schon sagen, Herr Mendelsohn, Ihre Form der Beratung unterscheidet sich nicht sonderlich von der meinen«, sagte Osmanow mit einem feinen Lächeln und gab dem Kellner ein Zeichen, dass er noch einmal nachschenken solle.

Kiran lächelte gequält zurück. Auf Osmanows Komplimente konnte er sehr gut verzichten, aber er entgegnete nichts. Er setzte sich und nahm einen Schluck von seinem Whisky, während Osmanow die Aufzeichnung noch einmal zurückspulte, und Kirans Kampf begann von neuem.

»Das Ganze wirkt eigenartig, meinen Sie nicht? Irgendwie hat dieser Kampfstil etwas Nostalgisches.« Osmanow klang wie ein Trainer, der einen Spielzug seiner Mannschaft analysierte. Trotzdem verstand Kiran, was er meinte.

»Sie haben Recht, dieser Angriff hier ist klassische Systema aus den frühen Jahren. Inzwischen greift man genauso an wie die Kollegen in den USA oder China. Die Stile haben sich in den Konfrontationen der letzten Jahrzehnte stark vermischt. Das hier aber ist ganz die alte Schule. Einige Griffe stammen sogar von der russischen Armee.«

»Sehr richtig. Was wir hier vor uns sehen, ist ein Mann der ersten Stunde, ein Veteran. Hochinteressant, finden Sie nicht auch? Und ich würde sagen, er war äußerst überrascht von Ihnen, Herr Mendelsohn.«

»Glauben Sie? Ich meine, er muss doch beim Anschleichen bereits gesehen haben, wer wir sind. Trotzdem hat er uns alle angegriffen.«

»Wohl wahr. Aber er hat nicht damit gerechnet, dass Sie ein Experte im waffenlosen Nahkampf sind. Und eines ist ebenfalls klar: Er hat in Kauf genommen, uns alle zu liquidieren. Und Sie sind der Grund, warum wir drei noch leben.«

Kiran blickte zu Bolko, der mit offenem Mund auf den Bildschirm starrte. Der Arzt versicherte auf Russisch, dass er beinahe so weit sei, und drückte Bolko sanft zurück auf das Kissen.

Osmanow nahm an seinem Schreibtisch Platz und blickte Kiran an, hinter ihm war das Ende des Kampfes, mit Kirans entscheidendem Schlag, zum Standbild gefroren.

»Aber nun verraten Sie mir doch eins, Herr Mendelsohn. Was hat Sie zu mir geführt zu so später Stunde?«

Kiran holte tief Luft. Dann berichtete er Osmanow von dem Anschlag auf die Osteuropäische Handelsgesellschaft und auch von dem mit Blut an die Wand gezeichneten Symbol der Bruderschaft aus Gorki.

Osmanow hörte konzentriert zu und nickte, als Kiran geendet hatte. Er erhob sich, trat ans Panoramafenster und betrachtete für eine Weile schweigend die feiernde Gesellschaft.

Der Arzt hatte unterdessen Bolkos Wunde fertig genäht, noch einmal desinfiziert, mit einem Pflaster versorgt und sich dann mit einem freundlichen Gruß verabschiedet.

Bolko setzte sich auf und schien den Raum zum ersten Mal wahrzunehmen. Er blickte Kiran an, sagte aber immer noch nichts. Er winkte dem Kellner und bekam ebenfalls einen Whisky.

Osmanow wandte sich zu Kiran um, offensichtlich hatte er eine Entscheidung getroffen.

»Herr Mendelsohn, ich denke, wir können nicht wie geplant fortfahren. Es ist jetzt sicher sehr viel schwieriger als noch vor einigen Tagen, diese Angelegenheit ohne viel Aufsehen zu bereinigen. Damit meine ich nicht nur die Presse, die sich natürlich auf Kusnetsows Exekution stürzen wird.«

»Klar – ein neuer russischer Bandenkrieg. Das war ja wohl auch die Absicht dieses Ein-Mann-Kommandos«, ließ sich Bolko auf dem Sofa vernehmen. Er kam herüber und setzte sich erschöpft in den zweiten Sessel.

»Ah, Herr Blohm. Ich freue mich, dass es Ihnen wieder besser geht. Nun, wie gesagt, es ist sehr viel komplizierter geworden. Die Presse wird noch Ihr geringstes Problem sein. Mehr Sorgen mache ich mir wegen Ihres Nachrichtendienstes.«

»Dem BND? Warum sollten die uns jetzt dazwischenfunken, die machen sich doch mit organisiertem Verbrechen nicht die Hände schmutzig, wenn Sie mir den Ausdruck verzeihen«, sagte Blohm und erntete ein belustigtes Lachen von Osmanow.

»Ich muss sagen, Sie werden mir immer sympathischer, Herr Blohm. Trotzdem muss ich Ihnen widersprechen. Der Bundesnachrichtendienst ist durchaus an dieser Sache interessiert. Deswegen hat man auch einen Agenten in Kusnetsows direktem Umfeld platziert, genauer gesagt als einen seiner Sicherheitsleute.«

Kiran schloss die Augen. Wenn das stimmte und der Mann unter den Opfern war, dann würde morgen die Hölle losbrechen.

Osmanow fuhr fort: »Es ist sehr wahrscheinlich, dass der BND mit Macht darauf drängen wird, in dieser Angelegenheit tätig zu werden. Dies ist für uns alle sehr ärgerlich. Ich habe zwar nichts zu befürchten, weil es gegen mich oder meine Organisation keine Hinweise geben kann. Trotzdem kann ich diese Paviane vom Geheimdienst genauso wenig in meinem Umfeld brauchen wie Sie in Ihren Ermittlungen. Leider ist das jetzt wohl nicht mehr zu verhindern. Bis man Ihnen also die Ermittlungen entzieht oder sich zumindest massiv eingemischt hat, müssen Sie schon weiter sein.«

»Dazu brauchen wir aber mehr Informationen«, sagte Kiran. »Was wir bisher haben, reicht keinen Meter weit. Wir brauchen Hintergründe von Ihnen, Osmanow.«

»Das ist mir bewusst, Herr Mendelsohn, und Sie sollen sie bekommen.«

Osmanow öffnete eine Schreibtischschublade und holte eine Mappe heraus.

»Dies sind die Unterlagen, die ich Ihnen heute ohnehin aushändigen wollte. Es handelt sich um den kläglichen Rest einer Akte, die man bei Stigma in St. Petersburg angelegt hatte.«

Er legte zwei nachbearbeitete und vergrößerte Schwarzweißfotografien aus den vierziger oder fünfziger Jahren auf den Schreibtisch. Eine zeigte ein Gruppenbild, die andere drei Männer, die in die Kamera prosteten.

»Diese Bilder sind offensichtlich Teil einer Nachforschung, die jemand in den Archiven der russischen Sicherheitsorgane durchgeführt hat«, fuhr Osmanow fort. »Sie stammen aus dem Ostberliner Polizeiarchiv in den Jahren nach dem Krieg. Wie Sie sich vorstellen können, sind sämtliche Akten des damaligen Ostsektors von Berlin und natürlich auch alle Akten der Volkspolizei komplett für Moskau kopiert worden. In diesem Fall hat jemand nach den hier abgebildeten Männern geforscht, und das lange und ausgiebig. Keines der Bilder hat irgendeine Kennzeichnung. Wir wissen also nicht, wer auf dem Gruppenbild zu sehen ist. Trotzdem liegt der Schluss nahe, dass es sich bei zwei der drei Herren von der zweiten Fotografie offensichtlich um wichtige Personen in dieser Ermittlung handelt, denn es gibt zu diesen beiden auch Teile einer alten Polizeiakte.« Er zog die Kopie einer alten Personenerfassung hervor. Sie war datiert auf das Jahr 1953 und im alten zentralen Polizeihauptquartier Ostberlin ausgestellt worden. Zu sehen waren klassische Profilfotografien, Personalien und in einem Abschnitt für Texteinträge die Delikte, wegen derer man die beiden festgenommen hatte.

»Akten aus der guten alten Zeit, als alles noch schön einfach war. Aber die drei hier sehen komisch aus. Zwei fiese Jungs und ein durchgeknallter Zwerg. Und was ist daran so wichtig?«, fragte Bolko, bei dem Schmerzmittel und Alkohol offensichtlich eine unheilvolle Allianz eingegangen waren.

»Diese Frage stellen wir uns alle, Herr Blohm. Mein Informant sagte mir, dass die Akte aus einem bestimmten Grund angelegt wurde und dass sie in vollständigem Zustand weitaus umfangreicher gewesen war. Diese Ermittlung ist seinerzeit von Stigma in Auftrag gegeben worden, um unter anderem Material über Friedrich Lautenschlägers Unternehmen und seine Aktionen auf russischem Boden zu sammeln. Was Sie hier sehen ist alles, was noch übrig ist. Das Übrige wurde entweder entwendet oder vernichtet.«

»Und warum wurde die Akte geplündert?«, fragte Kiran.

»Genau das wüssten die Kollegen in St. Petersburg auch gerne«, antwortete Osmanow. »Die Akte wurde von einem Spezialisten angelegt und überprüft. Dann ist er mit der gesamten Akte nach Deutschland gereist, um weitere Nachforschungen vor Ort anzustellen. Zurück blieben wie gesagt nur diese alten Aktenkopien und die zwei Fotografien, von denen der Ermittlungsleiter wohl nichts wusste, weil sie im Auftrag eines Untergebenen noch im Labor nachbearbeitet und vergrößert worden sind. Seither hat man aber von diesem Spezialisten nichts mehr gehört.«

Bolko schüttelte den Kopf, nur um sogleich schmerzhaft das Gesicht zu verziehen. »Ein Ermittlungsleiter, der verschwindet. Eine professionelle Organisation, die nicht weiß, wo er ist. Und was haben diese beiden Jungkriminellen von damals mit einer Ermittlung über Lautenschläger heute zu tun?«

Osmanow zuckte die Schultern und hob die Hände.

Kiran dachte angestrengt nach. Dann sah er Osmanow eindringlich an.

»Keine Spielereien mehr, Jewgeni Andrejewitsch. Ich will wissen, was Ihr Motiv ist. Und ich muss wissen, wie Sie an diese Information herangekommen sind. Sie waren heute Ziel eines Anschlags, der entweder Ihnen persönlich galt, oder man hat Sie als Kollateralschaden in Kauf genommen. Angesichts der Bedeutung Ihres Unternehmens keine Entscheidung, die man einfach mal so eben trifft. Und jetzt liegen auch auf Ihrem Parkplatz Leichen. Ich finde es ist an der Zeit, offen mit uns zu sein.« Er lehnte sich zurück.

Osmanow nickte bedächtig. »Wohl gesprochen, Herr Mendelsohn. Obwohl ich Sie ein bisschen enttäuschen muss. Dies hier ist beileibe nicht das erste Mal, dass mich jemand angreift, auch wenn ich etwas beleidigt bin, hier nur eine Art Ablenkungsmanöver darzustellen. Und um unser Betriebsgelände sollten Sie sich nun wirklich keine Sorgen machen. Das Reinigungspersonal in meinem Hause ist hervorragend ausgebildet und hat bereits minutiös aufgeräumt. Sie können sicher sein, dass dieser Vorgang niemals stattgefunden hat.«

Er schenkte ihnen Whisky nach und fuhr fort: »Aber nun zu Ihrer Frage. Sie verlangen Sicherheiten, die ich Ihnen nicht liefern kann. Ich kann Ihnen nur so viel sagen, dass ich mich an meinen Kontakt bei der Stigma-Gruppe in St. Petersburg gewandt und Informationen angefordert habe. Die Antwort kam vor zwei Tagen. Laut meinem Kontakt war die Lautenschläger-Gruppe wie gesagt das Ziel von Nachforschungen, die man begonnen hat, um ihrem sich ausdehnenden Einfluss in Russland begegnen zu können. Dazu hat man einen Spezialisten auf Lautenschläger angesetzt, der aus zwei Gründen bestens geeignet erschien: Zum einen ist er ein KGB-Veteran, außerdem war er deutscher Staatsbürger, bevor er zum KGB stieß und einen russischen Pass erhielt. In den Jahren nach der Wende ist er dann wohl zusammen mit Kollegen zu Stigma übergewechselt. In diesem Fall hier hat man ihn mit der Beschaffung, Sichtung und Analyse des gesamten Materials beauftragt, das sich in den Archiven der ehemaligen DDR und in Moskau über Lautenschläger finden ließ. Er ist dann wie gesagt von einem auf den anderen Tag mitsamt den Akten nach Deutschland gereist. Er hätte wohl nichts zurückgelassen, wenn er von diesen Kopien gewusst und das Labor nicht derart langsam gearbeitet hätte. Wie mir mein Kontakt versichert, kann dort niemand nachvollziehen, warum sich der Mann seither nicht aus Deutschland gemeldet hat. Bisher jedenfalls war er ein zuverlässiger und angesehener Agent in dieser Gruppe, und das wohl seit ihrer Gründung.«

»Und um wen handelt es sich bei diesem Agenten?«

»Die gleiche Frage habe ich meinem Kontakt gestellt. Er konnte mir nur seinen Decknamen zu KGB-Zeiten geben – Aljoscha. Seinen Klarnamen dürften selbst in der Organisation nur wenige Mitarbeiter gekannt haben. Da man in diesen Kreisen jedoch unterschiedliche Identitäten besitzt, scheint mir das nicht wichtig zu sein. Sein Name, bevor er die DDR verließ und in den KGB eintrat, ist leider aus allen Akten der Staatssicherheit entfernt worden.«

Osmanow lächelte Kiran versöhnlich an. »Das ist alles, was ich weiß, Herr Mendelsohn«, fuhr er schließlich fort. »Ich hatte eigentlich nicht vor, Ihnen diese letzte Information zu geben. Nach den heutigen Vorkommnissen denke ich aber, dass ich Ihnen etwas schulde. Ich habe für Ihre Ermittlungen daher diese Abzüge machen lassen und Ihnen die Informationen zusammengestellt, die ich Ihnen bei unserem letzten Treffen versprochen habe.«

Kiran nickte. Das machte Sinn. Er stand auf und nahm die Mappe entgegen, die Osmanow ihm hinhielt.

»Vielen Dank. Ich hoffe, dass wir jetzt in der Lage sind, etwas Licht in diese ganze Angelegenheit zu bringen.«

»Ich habe zu danken, Herr Mendelsohn«, sagte Osmanow und ging voraus zur Tür.

Bolko hatte sich leicht schwankend erhoben. Kiran nahm ihn am Arm, und so traten sie hinaus auf den Gang, von dem aus man den Ballsaal überblickte. Osmanow schickte zwei Sicherheitsmänner mit ihnen zum Parkplatz.

Als sie im Wagen saßen, startete Kiran den Motor und fuhr los, ohne recht zu wissen, wohin. Kiran empfand eine sonderbare Leere, wie immer, wenn er einer Gefahrensituation entronnen war. Er fühlte Leben und Tod in seinem Inneren, Yin und Yang. Er spürte die Verantwortung, das Leben anderer in seinen Händen zu halten und zugleich eine methodische Eiseskälte sich selbst und der Gefahr gegenüber.

Er hatte nie verstanden, warum dies so war. Er hatte sich auch gefragt, ob er diese fehlende Emotion sich selbst gegenüber irgendwann einmal als etwas anderes empfinden würde als diese beängstigende Leere. Und welche Konsequenzen es hätte, wenn zwei so starke Kräfte miteinander kollidierten.

Genau das war das Problem: Bisher war er davon überzeugt, dass zwei so widersprüchliche Energien in seinem Kopf nur Unheil anrichten würden.

18

Birte Halbach hob den Blick von Alenkas vorläufigem Bericht der letzten Nacht und musterte Bolko und Kiran mit skeptischen Blicken.

Kiran war nach der Aktion bei Osmanow noch etwa eine Stunde ziellos durch die Stadt gefahren, neben sich den mit offenem Mund schlafenden Bolko. Schließlich war er zu Hause angekommen. Im Lloyd's brannte noch Licht. Auf sein Klopfen hatte ihm Nestor geöffnet, und zusammen trugen sie den fluchenden Bolko aus dem Wagen und legten ihn auf den Diwan, wo Dierdra ihn mit einer Decke versorgte. Danach hatte Kiran bis in die Morgenstunden mit Nestor in der Küche gestanden und war ihm dort zur Hand gegangen. Auch das war Deirdras Idee gewesen. Sie hatte sofort erkannt, dass etwas Schlimmes geschehen sein musste, und ihn direkt in die Küche geschickt. Es wurden keine Fragen gestellt, was Kiran ihnen wie immer hoch anrechnete. Irgendwann später, als der Morgen gedämmert hatte und Kiran gerade an der Bar ein Carpaccio von geschwärztem Thunfisch aß, hatte ihn auf einmal eine Stimme von rechts angesprochen.

»Kiran … ich denke nach vorhin kann ich wohl Kiran sagen … Ich wollte mich bei dir bedanken. Das da vorhin hat uns alle gerettet. Und es war verdammt noch mal unglaublich. Was macht ein Typ wie du am Schreibtisch?«

Kiran hatte sich umgedreht und nahm das Glas, das ihm Bolko hinhielt. Sie prosteten und tranken. Kiran aß eine Weile schweigend weiter. Schließlich sagte er: »Ich habe keine besonders guten Erinnerungen an den bewaffneten Kampf. Man kann damit nichts wirklich kontrollieren. Nur Schmerz erzeugen. Und Kälte.«

»Keine Ahnung, wovon du redest. Ich glaube, du musst das mal lassen mit dem Kontrollieren andauernd. Manchmal muss man einfach nur reagieren, so wie du vorhin. War doch gut. Wir sind noch hier.«

»Kann sein«, sagte Kiran leise, mehr zu sich selbst. »Ich habe eben gerne Klarheit über die Dinge. Ich will, dass alles da ist, wo es hingehört. Und ich weiß ehrlich gesagt nicht, wie ich Momenten wie diesem begegnen soll.«

Bolkos lautes Schnarchen hatte Kiran aus seinen Gedanken gerissen. Er war aufgestanden, hatte – mit Nestors und Deirdras Einverständnis – Bolko gelassen, wo er war, und war dann in seine Wohnung gegangen, wo er sich für ein paar Stunden ebenfalls aufs Ohr gehauen hatte. Anstatt zu frühstücken, hatten Bolko und er dann am frühen Morgen mehrere von Nestors speziellen Espressi getrunken und waren um kurz nach sechs schließlich ins Hauptquartier gefahren und sofort zur Chefin geschickt worden.

»Nun gut«, ließ sich Halbachs Stimme vernehmen. »Wir haben eine beschissene Nacht hinter uns und einen noch beschisseneren Tag vor uns. Ich habe in der vergangenen Stunde nacheinander mit dem Chef, dem Generalbundesanwalt, einem vor Wut schäumenden BND-Präsidenten und zu allem Überfluss auch noch mit dem Referenten des Innenministers telefoniert. Man erwartet um 10 Uhr einen persönlichen Lagebericht von mir und dazu eine Argumentation, warum dieser Fall angesichts der Ermordung eines BND-Mitarbeiters bei uns bleiben sollte. Der Präsident denkt darüber nach, Heinrich zurück zu seinem intriganten Chef Schallenberg zu schicken. Letzteres wurde mir in einem Tonfall gesagt, der nahelegt, dass wir den Fall bis zum Mittagessen los sind. Es ist sonst wirklich nicht meine Art, aber ich überlege sehr ernsthaft, ob das nicht vielleicht für alle das Beste ist. Zumal ich hier sitze und sehe, dass Sie beide heute Nacht noch ein bisschen Auslauf hatten. Also, meine Herren, sagen Sie mir, dass ich mich irre.«

»Sie irren sich«, sagte Bolko und rutschte tiefer in den Sessel.

Kiran schaltete sich ein, bevor sie etwas nach ihm werfen konnte. »Frau Halbach, es ist gestern Nacht bei Osmanow nicht so ruhig abgelaufen, wie ich Ihnen per SMS mitgeteilt hatte.«

»Ganz offensichtlich«, kommentierte sie mit einem Blick auf Bolko.

»Das geschah aus gutem Grund«, beeilte sich Kiran anzufügen. »Das Team hätte zu diesem Zeitpunkt ohnehin nichts mehr ausrichten können. Dafür haben wir jetzt eine offizielle Spur zum Täter.«

Das tat die erwartete Wirkung. In Halbachs Augen blitzte für einen kurzen Moment eine Art mütterlicher Stolz auf, während ihre Miene wie üblich unnachgiebig blieb. Kiran berichtete ihr ausführlich von den Vorkommnissen auf dem Parkplatz und der Unterredung in Osmanows Büro. Nachdem er geendet hatte, schaute sie eine Weile nachdenklich aus dem Fenster, bevor sie sprach.

»Wenn ich Sie richtig verstehe, dann ist der Mörder der gleiche Stasi-Auftragskiller, dessen DNA wir auf Lautenschlägers Brille gefunden haben. Dazu ist er inzwischen ein Russe und Teil einer russischen Ex-Speznas-Mafia-Gruppe, die aber auch nicht weiß, was er tut, wo er ist und warum er da ist, wo er jetzt ist. So in etwa?«

»Genau. Wir müssen also herausfinden, wer der Mann ist oder wer er war, um das Motiv zu erkennen.«

Birte Halbach sah Kiran eine Weile an. Schließlich sagte sie: »Ich habe gleich dieses Krisentreffen im Innenministerium. Verraten Sie mir, was ich denen sagen soll, damit die uns in Ruhe weitermachen lassen.«

»Warum reden Sie nicht offen und ehrlich mit denen?«, warf Bolko ein.

Halbach sah ihn an, als habe eine Stimme aus dem Jenseits gesprochen.

Bolko fuhr ungerührt fort: »Im Ernst, sagen Sie denen, was wir wissen. Wir haben unwiderlegbare, weil vom russischen Geheimdienst beschaffte Beweise, dass Lautenschläger in mehrere ziemlich hässliche Geschäfte verwickelt war. Gleichzeitig wissen wir, dass er von einem Ex-Stasi- und jetzt KGB-Killer umgebracht worden ist. Das können wir per DNA nachweisen und sie so auf ihre eigenen Ermittlungen aufmerksam machen. Was wir ihnen nicht sagen sollten, ist, dass wir nicht wissen, wer er ist oder dass er vielleicht desertiert ist und wir die wahren Hintergründe dafür noch nicht kennen. Das heißt für uns und die Beletage da oben, dass wir dranbleiben müssen, um Schlimmeres zu verhindern.«

»Und was glauben Sie, wäre das?«, fragte Halbach.

»Dass er weiter marodierend durch Berlin zieht, um

alle davon zu überzeugen, dass hier ein Bandenkrieg stattfindet. Wenn der BND übernimmt, und genau das will der Mörder, dann wird es ein Gemetzel geben. Die Kollegen vom Geheimdienst haben gewusst, welche Risiken sie eingehen. Warum hätten die sonst einen ihrer Leute in Kusnetsows Umgebung platziert? Nein, das hier soll uns gegeneinander aufhetzen. Außerdem hat man uns dazu eingesetzt, die Ermittlungen unter Kontrolle zu behalten. Wenn wir aufhören und die Wirtschaftsheinis vom SO3 und der BND übernehmen, verliert das Innenministerium diese Kontrolle und höchstwahrscheinlich wird Lautenschlägers gesamte Schmutzwäsche an die Oberfläche gespült.« Er sah Birte Halbach direkt an. »Sie dagegen können absolute Verschwiegenheit garantieren. Das kann sonst niemand. In der Besprechung gleich wird das keiner zugeben, aber unser Herr Präsident kann ja zur Abwechslung mal etwas für uns tun und das den Oberen vor oder nach dem Treffen stecken.«

Birte Halbach schaute ihn lange mit unergründlicher Miene an, bevor sie antwortete.

»Ist einen Versuch wert.« Dann sah sie Kiran an. »Die Fotos aus dem letzten Jahrhundert, werden die uns wirklich weiterbringen?«

»Das wird unser Trumpf-As werden«, antwortete Kiran.

Er legte die Fotografien auf ihrem Schreibtisch aus.

»Eine kleine Geschichtsstunde für Sie beide, erkennen Sie jemanden auf dem ersten Foto?«

Die Gruppenaufnahme war typisch für solche Fotos aus den dreißiger und vierziger Jahren. Mehrere junge Männer saßen in einem Raum gedrängt beisammen und schauten starr und ernst in die Kamera. Einige von ihnen sahen, ebenfalls zeittypisch, etwas unterernährt aus, ansonsten gab es jedoch keinerlei Hinweise auf Ort und Zeit. Das Bild hätte überall in Europa aufgenommen worden sein können, wenn Kiran am Vorabend nicht bei einem der Gesichter stutzig geworden wäre. Die wirren Locken und das koboldhafte Gesicht hatten Kiran sofort an eine seiner ersten Lektionen in Kriminalistik erinnert. Damals war ihm trotz der bemühten Ernsthaftigkeit auf dem Foto die schalkhafte und zugleich durchdringend mephistophelische Bösartigkeit des jungen Mannes ins Auge gesprungen.

»Der Mann hier vorne rechts, den Bolko gestern unwissentlich sehr zu Recht als durchgeknallten Zwerg bezeichnet hat, ist Werner Gladow.«

Birte Halbach schaute ihn verdutzt an. »Die Gladow-Bande? Das sagt mir was. Aber wenn ich mich richtig erinnere, ist Gladow irgendwann Ende der Vierziger hingerichtet worden.«

Bolko räusperte sich. »Ähm, ich bin nicht so beschlagen in Altertumsforschung. Kann mir mal jemand kurz erklären, wer dieser Gladow ist?«

Kiran richtete sich in einem Stuhl auf, er sah Bolko lächelnd an.

»Berühmter Mann. Werner Gladow war zwischen 1947 und 1949 Anführer einer Bande in Berlin, die brutale Raubüberfälle beging. Ihr Modus Operandi war, die Überfälle in einem Militärsektor der Stadt zu verüben und sich in den anderen zu flüchten, damit die jeweiligen Polizeikräfte sie nicht verfolgen konnten. Die Größe der Bande betrug zeitweise über zwanzig Mann, die Überfälle wurden mit jedem Mal riskanter und vor allem brutaler. Man vermutet, weil Gladow die mediale Beachtung zu Kopf gestiegen war. Schließlich wurde die Bande bei einem Überfall gestellt, Gladow selbst im Feuergefecht verletzt und verhaftet. Ein Jahr später ist er dann mit dem Fallbeil hingerichtet worden. Seine Bande ist aber zum Großteil entwischt.«

»Und was genau hilft uns das?«, fragte Halbach irritiert.

»Ganz einfach. Wir haben noch ein zweites Foto, das Gladow mit zwei jungen Männern zeigt. Es gab bisher so gut wie gar keine Fotografien der Bande. Hier aber wurde neben einem Gruppenbild noch ein weiteres Foto vom Chef mit zwei deutlich jüngeren Bandenmitgliedern offensichtlich gezielt ausgegraben. Da das Ganze Teil einer aktuellen Ermittlung ist, können wir davon ausgehen, dass Gladow selbst offensichtlich nicht Gegenstand der Nachforschung war. Ich nehme an, dass die zweite Fotografie hier den Fortbestand von Teilen der Bande durch zwei Protagonisten belegt.«

»Und du meinst, einer oder beide könnten etwas mit dem heutigen Fall zu tun haben?«, fragte Bolko.

»Nur eine Idee. Man hatte belastendes Material über Lautenschläger gesucht und hiermit vielleicht gefunden. Erinnern wir uns daran, was Osmanow gestern gesagt hat, es ging um Erpressung. Vielleicht ein alter Weggefährte von Lautenschläger. Keine Ahnung, was der Mörder da ausgegraben hat. Auf jeden Fall aber scheint er wegen dieser Fotos abgetaucht zu sein. Wie auch immer, um das herauszufinden, haben wir ja noch die Polizeiakten der beiden, die wir in unseren Archiven abgleichen können. Außerdem sollten wir Alenka mal ein bisschen an den Bildern arbeiten lassen. Und dann müssen wir den bürgerlichen Namen unseres KGB-Spezialisten herausfinden.«

Birte Halbach sah Kiran an. »Es kann sein, dass ich unsere Informationen über diesen Agenten an den BND weitergeben muss, obwohl ich das wirklich ungern täte.«

»Tun Sie's lieber nicht«, sagte Bolko. »Immerhin geben wir denen die DNA-Spur, das könnte schon reichen. Wir sollten keine Hinweise geben, bevor sie nicht vielleicht selbst darauf kommen. Ich meine, wenn man uns den Fall wirklich wegnehmen sollte, können die ruhig erst mal im Dunkeln tappen, während wir dem Killer bereits auf der Spur sind. Vielleicht sagen Sie denen, dass wir auch noch die BND-Akten dazu brauchen. Das werden sie ablehnen und darüber vergessen, mehr von uns zu fordern.«

»Ich werde sehen, was ich tun kann, Bolko. Jetzt gehen Sie sich erst mal ausgiebig duschen, dann können Sie mit Kiran an die Arbeit gehen. Ich melde mich bei Ihnen zwischen Besprechung und Pressekonferenz.«

Damit waren beide entlassen und verließen das Büro. Bolko rempelte Kiran an, während er über die Schulter zurückschaute.

»Sag mir, ob ich mich täusche oder Osmanows Painkiller noch wirkt, aber ich könnte schwören, Mutter Courage hat mich angelächelt.«

Kiran grinste. »Sie hat. Du bist jetzt offiziell einer ihrer Söhne. Mit allem was dazugehört.«

»Und dafür muss man nur eins über die Rübe bekommen? Das war leicht.«

Sie gingen ins Büro, wo Bolko seine Tasche schnappte

und sich zur Körperpflege empfahl. Kiran ging zu Alenka und Enzo, die ihm schon wie ungeduldige Kinder an Heiligabend entgegensahen. Er lud die beiden auf einen Kaffee ein und erzählte von der letzten Nacht.

Die drei hatten eine Weile so gesessen, als Paul zu ihnen stieß. Da Heinrich nicht zum Kernteam gehörte, war er in der vergangenen Nacht auch nicht alarmiert worden. Von den Neuigkeiten hatte er im Frühstücksfernsehen erfahren. Alenka brachte ihn auf den neusten Stand, indem sie ihm die Details der Tatortbegehung schilderte. Paul lächelte Alenka dankbar an. Aber er machte große Augen, als ihn Alenka einlud, sie zur Gerichtsmedizin zu begleiten, da sie von Kiran dorthin beordert worden war. Auf Kirans erstaunten Blick hin erklärte sie, dass der Kollege Heinrich schon mehrfach den Wunsch geäußert hatte, bei Gelegenheit auch Einblick in solche Bereiche der Ermittlung zu erhalten.

Paul sah sie mit einem unergründlichen Ausdruck an, ging dann aber seinen Mantel holen und folgte ihr zum Lift.

»Seltsamer Typ«, meinte Enzo, als er den beiden nachblickte. »Gut, wenn Alenka ihn ein bisschen bei der Hand nimmt. Ich bin mir aber nicht sicher, was ein Erbsenzähler in der Leichenhalle will. Könnte aber lustig werden.«

Er blickte Kiran an und grinste.

Dann standen sie auf und machten sich an die Arbeit. Bis zur Pressekonferenz gab es noch genug zu tun.

19

Kurz vor 14 Uhr versammelte sich das Team im Besprechungsraum, um die Pressekonferenz live im Fernsehen zu verfolgen. Enzo hatte zuvor reichlich Pasta, Pizze und diverse Salate aus dem Ristorante seines Onkels kommen lassen. Geliefert hatte dieser dann genug, um sie über ein gesamtes Osterwochenende zu ernähren. Die Ereignisse der vergangenen Nacht hatte jedoch allen bewusst gemacht, dass anstrengende Zeiten bevorstanden. Körper und Geist jedenfalls schienen sich darauf einrichten zu wollen, denn es blieb nichts übrig.

Unterdessen lief der Fernseher. Fast alle wichtigen Sender hatten ihr Programm unterbrochen und berichteten in Sondersendungen über die Ereignisse in der Nacht. Es gab die üblichen Studiorunden mit eilig herbeigerufenen Experten, Liveberichte vom immer noch abgesperrten Tatort und die unvermeidlichen Interviews mit zweit- und drittrangigen Politikern aus Regierung und Opposition. Letztere konnte sich natürlich nicht verkneifen, den Innenminister persönlich für das Geschehene verantwortlich zu machen und lautstark dessen Rücktritt zu fordern. In einer Hinsicht aber stimmten alle Beiträge überein: Man war sich sicher, dass der Mord an Lautenschläger und die gestrige Schießerei in einer Verbindung standen. Über mögliche Täter gab es jedoch nach wie vor nur Mutmaßungen und dementsprechend vage Theorien. Insgesamt, so hatte Enzo treffend formuliert, wusste niemand gar nichts und diskutierte das ausgiebig.

Kiran hatte Enzo am Morgen damit beauftragt, eine erste Sichtung von Osmanows Datenmaterial durchzuführen, das ihnen am Morgen von einem Boten übermittelt worden war. Nach rund zwei Stunden war er damit durch gewesen und hatte bereits erste Ergebnisse zusammengestellt. Offensichtlich hatte Osmanow nicht nur Wort gehalten, sondern auch Material über Friedrich Lautenschläger und die Omniacorp hinzugefügt. Das Dossier bestand aus drei Teilen. Der erste beschäftigte sich mit Lautenschlägers Rolle in einem Finanzabkommen, das während der späten achtziger Jahre abgeschlossen worden war. Dabei handelte es sich um genau den Vorgang, den Paul ihnen bereits geschildert hatte: Durch einen Mittelsmann bei einer namhaften deutschen Großbank hatte Lautenschläger den Zuschlag zum Aufbau einer Handelsfirma bekommen, die große Teile des industriellen Güterverkehrs zwischen der Sowjetunion und Deutschland regeln sollte. Laut den vorliegenden Informationen gab es jedoch eine größere Differenz zwischen den Preisen in Moskau und jenen, die die deutsche Industrie am Ende zahlte. Lautenschläger und seine Partner mussten einen unglaublichen Profit gemacht haben. Zusätzlich dazu gab ihnen dies die Gelegenheit, jenes dichte Logistiknetzwerk aufzubauen, mit dem die Sewernaja ihre Schwarzmarktgüter, Waffen, Drogen und im Laufe der nächsten Jahre auch Menschen nach Deutschland transportieren sollte. Eine nicht unwesentliche Pikanterie bestand darin, dass das Abkommen durch das damalige Wirtschaftsministerium abgesichert worden war. Lautenschläger hatte gewissermaßen eine komplette Handelspipeline vom Staat geschenkt bekommen. An diesem Deal mussten einige einflussreiche Leute beteiligt gewesen sein. Anders war die Sabotage der Ermittlungen des BKA durch den BND kaum zu erklären.

Der zweite Teil der Akten beschäftigte sich mit Lautenschlägers offiziellen russischen Partnern, zu denen er durch den Aufbau dieser Handelsfirma Kontakt bekommen hatte. In dieser illustren Gruppe fanden sich hochrangige KGB-Granden, Funktionäre der KPdSU und die gesamte Leitung der Westgruppe des in der damaligen DDR stationierten sowjetischen Militärs. Mit diesen neuen Freunden hatte Lautenschläger ein einfaches Geschäft aufgezogen: Nach der Wiedervereinigung gründete er eine Gesellschaft ähnlich der OHG, die im Auftrag des russischen Militärs den Einkauf aller benötigten Rohstoffe, Waren und Dienstleistungen für das Militär abwickelte. Der Einstieg in dieses Geschäft wurde mit einer humanitären Spende von rund einer Million D-Mark an die Organisatoren angekurbelt, wodurch sich Lautenschlägers Gruppe auf einen Schlag mehr als die Hälfte aller Aufträge sicherte. Diese bediente er jedoch nicht mit deutschen, sondern mit russischen Waren, die er über sein Netzwerk nach Deutschland importierte. Durch diesen genialen Schachzug hatte er den Großteil seiner innerdeutschen Konkurrenz ausgeschaltet und konnte die Armee mit Hilfe seiner befreundeten Generäle innerhalb Deutschlands exklusiv mit russischer Ware beliefern, dies natürlich zu Westpreisen. Das Militär musste in den wenigen verbleibenden Jahren bis zu seinem Abzug über dreißig Millionen D-Mark verloren haben.

Diese beiden ersten Teile wurden mit einem kurzen Dossier zusammengefasst, das alle wichtigen Transportwege, Warenlieferungen und Daten über die verantwortlichen Mittelsmänner aufzeigte. In diesem geschickt platzierten Sammeldokument wurde Osmanows eigentliche Absicht deutlich, denn das Fotomaterial und einige Dokumente legten nahe, dass es vor allem der Sohn war, Martin Lautenschläger, der für die logistischen Aktionen verantwortlich war. Fotografien zeigten ihn mit einigen hochstehenden Akteuren der osteuropäischen Mafia. Selbst ein offenbar mit einem Mobiltelefon aufgezeichnetes Video war auf der Daten-DVD mitgeliefert worden, das ihn bei der Begrüßung eines der gefürchtetsten Menschenjäger Polens zeigte, während im Hintergrund Mädchen wie Vieh verladen wurden. Sein Name war nun nachweislich mit allen kriminellen Handlungen hinter der Fassade, speziell mit Drogentransport, Menschenhandel und Prostitution in Verbindung gebracht worden. Zweifellos besiegelte dieses Material seinen Untergang. Es bedeutete mit Sicherheit aber auch den Untergang von einigen von Osmanows Konkurrenten, und Kiran war sich absolut im Klaren darüber, dass er und sein Team innerhalb dieses Machtkampfs instrumentalisiert wurden. Aber um den Mordfall an Lautenschläger senior zu lösen, war er bereit, diesen Preis zu zahlen. Er vertraute vollkommen darauf, dass die Fotografien aus dem Rest der St. Petersburger Ermittlungsakte weiterhelfen würden.

Kiran hatte die ersten beiden Dossiers und deren Zusammenfassung Paul auf den Schreibtisch gelegt, der nun seine Ermittlungen mit beweiskräftigen Dokumenten und Aussagen untermauern konnte. Was dann damit geschehen würde, lag allein in Birte Halbachs Hand. In jedem Fall würde man versuchen, den mafiösen Teil der Lautenschläger'schen Kundschaft zumindest auf deutscher Seite zu zerschlagen. Und auch hier würde Lautenschläger junior sofort in die Schusslinie der Justiz geraten. Wie man die Situation auch betrachtete, es sah gar nicht gut aus für Martin Lautenschläger. Blieb nur die Frage, wer sich zuerst seiner annehmen würde: die deutsche Justiz oder seine kriminellen Partner.

Gegen ein Uhr mittags war Alenka aus der Gerichtsmedizin zurückgekehrt – allein. Offensichtlich war es keine gute Idee gewesen, Paul mitzunehmen, denn der war beim Anblick der ersten Leichen bleich geworden, hatte sich an Alenkas Arm geklammert und war dann zu Boden gegangen.

»Ich habe ihn im Taxi nach Hause geschickt. Mit dem war nichts mehr anzufangen«, hatte Alenka verkündet und dabei entschuldigend zu Kiran gesehen.

Kiran zuckte mit den Schultern. Ihm wäre es lieb gewesen, wenn Paul sich sofort an die Auswertung von Osmanows Material gemacht hätte, aber morgen war auch noch ein Tag.

Sie saßen daher zu viert am Konferenztisch, als die Pressekonferenz begann. Das Medieninteresse war wie erwartet groß. Aus diesem Grunde hatte man die Veranstaltung in die Bundespressekonferenz verlegt. Neben Birte Halbach und Eleonore saßen der Innenminister und der Präsident des BKA.

Von Beginn an wurde deutlich, dass die Schonzeit nun

endgültig vorbei war. Während der Eröffnung durch den Sprecher und der offiziellen Verlautbarung des Tathergangs durch Birte Halbach tobte ein schier endloses Blitzlichtgewitter. Dann sprach der Innenminister. Er leierte die üblichen Worthülsen herunter, während die Meute vor ihm vor Ungeduld mit den Hufen scharrte. Noch während seines monotonen Beitrags waren erste laut gerufene Zwischenfragen zu hören.

Dann begannen die offiziellen Fragen. Ein Reporter der Abendzeitung war aufgestanden und fragte, ob die Sonderermittlungsgruppe hinsichtlich des Mordes an Lautenschläger tatsächlich in den Kreisen des organisierten russischen Verbrechens ermittle und die Familie wie jetzt auch ihre Partner mit diesen Kreisen zu tun gehabt hätten, worauf es ja auch starke Hinweise am gestrigen Tatort geben solle.

Vor dem Fernseher sahen sich alle betreten an. Was zu Anfang der Ermittlungen vielleicht ein Lapsus der Kollegen von der Wirtschaftskriminalität gewesen sein mochte, war jetzt nur noch mit einem ausgewachsenen Leck in ihrer Gruppe oder sonstwo beim BKA zu erklären.

»Die Chefin wird toben«, kommentierte Enzo und starrte missmutig auf den Bildschirm.

Birte Halbach bemühte sich unterdessen um Schadensbegrenzung und tat ihr Bestes, alle derartigen Spekulationen von sich zu weisen. Das Raunen unter den Pressevertretern machte jedoch klar, was man von ihrer Antwort hielt. Überraschend sprang ihr der Präsident des BKA bei. Er betonte, dass die Ermittlung in beiden Fällen noch liefen, dass man dem oder den Tätern aber bereits entscheidend näher gekommen sei.

Bolko schaute in die Runde und sagte grinsend: »Ladies and Gentlemen, wir sind noch im Spiel.«

Er lehnte sich weit zurück und fiel daher beinahe vom Stuhl, als die nächste Frage das gesamte Geschehen über den Haufen warf.

»Frau Halbach, laut unseren Informationen verdächtigt Ihre Abteilung unter anderem auch Angehörige des russischen Geheimdiensts. Heißt das, in Berlin tobt ein Krieg zwischen russischen Agenten und Mafiosi, und sind Friedrich Lautenschlägers Machenschaften und die der Omniacorp nun endgültig zu weit gegangen?«

Das folgende Stimmengewirr klang wie ein gereizter Hornissenschwarm, alle stellten gleichzeitig ihre Fragen. Birte Halbachs Antworten gingen darin unter. Erst als der Innenminister wieder das Wort ergriff, hatte sich die Menge etwas beruhigt.

»Ich kann Ihnen versichern, dass dieser Vorfall nichts mit irgendwelchen Nachrichtendiensten zu tun hat. Wir stehen seit gestern Nacht mit unseren Kollegen in Moskau in direktem Kontakt, und beide Regierungen stimmen darin überein, dass es nicht den geringsten Anlass für derartige Vermutungen gibt. Wie wir Ihnen soeben bereits erklärt haben, befinden sich die Ermittlungen im fortgeschrittenen Stadium und liegen beim Bundeskriminalamt in den besten Händen.«

Mit diesen Worten schloss er die Konferenz, ohne auf die wütenden Fragen nach Ergebnissen einzugehen.

Bolko schaltete den Fernseher aus und schaute die anderen nachdenklich an.

»Also ich weiß nicht, wie es euch geht, aber wir sollten uns ganz schnell mal überlegen, was wir wegen dieses Maulwurfs tun wollen. Die Chefin wird spätestens in einer halben Stunde hier sein und komplett ausflippen. Ich gehe mal davon aus, dass ihr beide sauber seid«, sagte er zu Alenka und Enzo gewandt, worauf ihn diese erstaunt anblickten.

»Wir sind durch ein Screening gegangen, bevor wir in dieses Team beordert wurden. Außerdem würden wir beide gerne noch etwas Karriere machen, bevor man uns rauswirft«, antwortete Alenka leicht indigniert.

»Keine Bange, war nicht ernst gemeint«, antwortete Bolko mit seinem gewinnendsten Lächeln. »Aber wir sollten vielleicht darüber nachdenken, ob der Abteilungsleiter des Kollegen Heinrich hier versucht, ein bisschen Druck über die Medien zu machen und den Fall wieder zurückzubekommen. Immerhin sind sie diejenigen, die am meisten davon profitieren, wenn Lautenschlägers Ruf vernichtet wird.«

Alenka schüttelte den Kopf. »Profitieren in welcher Form? Ich kann nicht glauben, das jemand auf derart idiotische Weise die eigenen Ermittlungen sabotiert. Niemand würde einen Intriganten befördern.«

»Da wäre ich mir nicht so sicher. Ein politischer Profiteur könnte ihnen dafür etwas schuldig sein. Nicht die schlechteste Karriereabsicherung«, antwortete Kiran.

Bolko stand auf. »Okay, Alenka sollte all unsere Computer und ganz besonders den des Kollegen Heinrich unter die Lupe nehmen. Danach alle Maschinen seines Teams. Ich wage zwar nicht zu hoffen, dass ein Maulwurf so blöde ist und den Dienstcomputer benutzt hat, aber wer weiß. Immerhin kann man eine E-Mail ja problemlos verschwinden lassen.«

Alenka nickte und begab sich an den Medienterminal, von der sie Zugriff auf alle PCs des Teams hatte. Kiran und Bolko folgten ihr und sahen zu, wie sie blitzschnell ein Suchprogramm zusammenstellte, das den gesamten E-Mail- und Datenverkehr des Teams durchkämmen sollte.

»Wonach genau suchen wir?«, fragte sie.

»Zuerst alle nichtamtlichen Empfänger, das Ganze mit den Suchbegriffen Geheimdienst, KGB, GRU und allen grammatischen Formen des Begriffs ›russisch‹ filtern, E-Mails mit Anhang priorisieren und auch reinen Datentransfer in die Suche mit einbeziehen«, antwortete Kiran.

»Wie lange wird das dauern?«, fragte Bolko.

»Nicht lange. Höchstens zwanzig Minuten. Mein Suchprogramm arbeitet auf mehreren Ebenen gleichzeitig. Außerdem sind alle Daten auf unserem Server abgelegt, auch alle E-Mails und Transferprotokolle«, antwortete sie.

Sie gingen einen Kaffee trinken, während das Suchprogramm lief. Als sie wieder an Alenkas Terminal zurückkehrten, betrat Birte Halbach den Raum. Sie kam auf sie zu, nickte grüßend in die Runde und sah dann fragend auf den Monitor.

»Und was haben wir da?«, fragte sie.

Sie wirkte erstaunlich ruhig, und Kiran war sich nicht sicher, ob das ein gutes Zeichen war.

Bolko erklärte sein Vorhaben: »Wir durchkämmen das gesamte Netzwerk des Teams nach diesem verdammten Leck. Obwohl wir nicht glauben, dass jemand so dumm sein kann und …«

Ein Signalton ließ sie alle auf dem Monitor blicken, wo

ein Fenster aufgegangen war und in roten Buchstaben eine Datei auswies. Alenka klickte auf das Symbol, betrachtete den Code und drehte sich zu den anderen um.

»Da ist eine E-Mail mit Anhang zu einer öffentlichen Adresse rausgegangen. Die Mail fehlt auf dem Server und im Ordner, wo ich Kopien der Mails speichere, und es fehlt natürlich ebenso der Anhang. Nicht schlecht gemacht, sieht aus wie ein weiterer Dateianhang, der die E-Mail und alle Kopien löscht. Was ich aber in meinem Suchprogramm gespeichert habe, sind Dateinamen, Datenumfang, Zieladresse und die IP-Nummer des Senders.« In ihrer Stimme schwang Stolz mit.

»Ja, ganz toll«, sagte Bolko. »Und wer hat was an wen geschickt?«

»Der Text ist natürlich nicht mehr reproduzierbar. Aber die Dateien habe ich. Es sind anscheinend zwei Bilder, die Enzo in Lautenschlägers Club gemacht hat.«

Sie ließ die Originaldateien suchen, dann sahen sie Martin Lautenschläger. Auf dem einen schien er sich mit einem seiner dubiosen Partner zu streiten, auf dem anderen stieß er gerade mit zwei bekannten russischen Größen des Berliner Rotlichtmillieus an.

Bolko fluchte. Es kam noch schlimmer. Der Empfänger war ein bekannter Name im Boulevardjournalismus und zu allem Überfluss ein freischaffender Journalist. Wahrscheinlich hatte er diese Bilder nicht nur einer Zeitung angeboten. Der Absender jedoch überraschte alle: Es war ein junger Ermittler aus Pauls Team mit Namen Mersburg.

»Herholen, jetzt gleich«, zischte Birte Halbach.

Eine halbe Stunde später betrat ein bleicher Frank

Mersburg ihr Büro, in dem sich auch Kiran und Bolko eingefunden hatten.

Die Bereichsleiterin Birte Halbach verlor keine Zeit. Sie legte die Situation dar, präsentierte dem eingeschüchterten jungen Mann Alenkas Suchprotokolle, woraufhin er sie verständnislos anstarrte, einige unzusammenhängende Sätze stammelte und schließlich ganz verstummte.

Halbach seufzte. »Schön. Der Kollege draußen wird Sie zur Abteilung für innere Angelegenheiten begleiten. Ich will Ihre Aussage heute bei Dienstschluss auf meinem Schreibtisch haben, Mersburg, verstanden? Vielleicht finden Sie bis dahin ja auch Ihre Sprache wieder.«

Mersburg schien den Tränen nah, als er sich erhob und hinausging. Halbach blickte Kiran an.

»Sagen Sie nichts. Mir ist auch klar, dass er es nicht war. So blöd ist niemand, so gut schauspielert niemand, und überhaupt, der Bengel, der mich leimt, muss erst noch geboren werden.«

»Aber wer greift zu solchen Methoden, wer hat die Möglichkeit dazu?«, fragte Kiran.

»Grundsätzlich kann jeder, der die Passwörter kennt und Weisungsbefugnis hat, in unser System. Das wäre auf meiner Ebene also der leitende Kollege der Wirtschaftsabteilung. Seit gestern Nacht aber ist dieser Fall ein Politikum, mich würde nicht wundern, wenn da jemand von oben seine Finger im Spiel hat.«

»Und wie wollen wir jetzt vorgehen?«, fragte Bolko.

»Ich sehe nur eine Möglichkeit. Ab sofort werden alle wichtigen Fragen nur noch im Kernteam besprochen. Vielleicht bin ich Heinrich gegenüber ungerecht, aber momentan will ich von seiner Truppe nur noch die Beweisführung gegen die Umtriebe beider Lautenschlägers haben, und danach kann er von mir aus irgendwo Karriere machen, Hauptsache nicht hier.«

»Und, wie ist es denn sonst noch so gelaufen heute?«, fragte Bolko.

»Besser, als wir es alle verdient haben. Wir sind im Fall Lautenschläger noch am Ruder, ich betone: noch. Der BND hat wegen der Ermordung eines ihrer Agenten aber ebenfalls begonnen, wegen der DNA parallel zu uns nach dem KGB-Killer zu fahnden. Man hat uns dazu aufgefordert, sämtliche Informationen weiterzugeben, und nein, ich habe denen keinen Namen gegeben. Ich habe vielmehr mit großer Entrüstung meine Verwunderung darüber bekundet, dass man uns nichts von dem BND-Mann in Kusnetsows Umfeld gesagt hat. Die Antwort war der übliche arrogante Mist, über den sie vergessen haben nach dem Rest der Information zu fragen. Die suchen jetzt in Archiven der Stasi und stellen Anfragen bei ihren russischen Kollegen. Wir haben also noch einen kleinen Vorsprung. Oder jedenfalls hatten wir einen Vorsprung. Ich weiß nicht, was die Presse morgen mit uns anstellt, aber wappnen Sie sich. Es würde mich nicht wundern, wenn man uns morgen offiziell auf Lautenschläger junior ansetzt. Genau das, was wir nicht wollen.«

Bolko nickte nachdenklich. »Vielleicht wäre das sogar ganz gut so. Das würde unsere eigentliche Zielperson in Sicherheit wiegen. Um Lautenschläger junior tut es mir keine Sekunde leid. Wichtig ist nur, dass Alenka und Enzo mit Hochdruck das Material von Osmanow auswerten, damit wir endlich wissen, wer unser eigentlicher Gegner ist und wen er womöglich als Nächstes im Visier hat.«

Genau das sollten wir schnellstens herausfinden, dachte Kiran, als sie sich kurz darauf erhoben und wieder zurück in ihr eigenes Büro gingen. Doch die Frage war, wie sie an weitere Informationen über den großen Unbekannten gelangen konnten. Halbachs Verbindungen zum BND mochten gut sein, aber es war kaum davon auszugehen, dass man ihr irgendwelche Informationen über eine derart brisante und für den Dienst unrühmliche Ermittlung geben würde. Und seine eigenen Kontakte waren mehr als dürftig. Seit sie bei Osmanow gewesen waren, kreisten Kirans Gedanken daher um den einzigen Mann, der ihm in dieser Situation weiterhelfen konnte.

Daher war er kaum überrascht, als am Ende des Tages sein Telefon klingelte und er die Nummer erkannte, die er Tag und Nacht in jedem Zustand, ohne nachzudenken, wählen konnte. Erleichterung verspürte er jedoch ebenso wenig. Eher eine Mischung aus Anspannung und Resignation, wie sie sich einstellte, wenn eine langerwartete Prüfung endlich begann.

20

»Du siehst erstaunlich gut aus. Kaum zu glauben nach allem, was man so hört.«

Horst Roellinghoff saß im Sessel am Fenster, ließ den Blick über das abendliche Berlin schweifen und stieß eine Wolke dicken, schweren Pfeifenrauchs in die Luft.

Kiran sog den Geruch mit einer Mischung aus Wohlbehagen und Unsicherheit ein. Auch wenn sein Loft ein Hort der Frische und klaren Energie war, hätte er es niemals gewagt, seinem Mentor die geliebte Pfeife zu verbieten. Außerdem gehörte dieser Geruch zu Erinnerungen an Sicherheit und Geborgenheit, wie man sie in der Gegenwart eines väterlichen Freundes verspürt.

Nach der Konfrontation bei Osmanow hatte sich Kiran am Morgen ein Herz gefasst und Eleonore gebeten, ihren Vater nach Berlin einzuladen. Es war ihm schmerzhaft bewusst, dass er selbst nicht den Mut für dieses Telefonat hatte aufbringen können und dass er sie als bequemen Ausweg gewählt hatte. Wenn sie auch so dachte, hatte sie es zumindest mit keinem Wort erwähnt, sondern ihren Vater angerufen und ihm bei dessen Ankunft die Schlüssel für Kirans Loft überreicht.

Schließlich war Kiran mit einem Gefühl nach Hause gefahren, als ginge es zum Offenbarungseid.

Die Begrüßung war erstaunlich herzlich und doch

unwirklich. Der wichtigste Mensch in seinem Leben, dem er sich jahrelang entzogen hatte, kam ihm in seinem eigenen Heim entgegen und umarmte ihn, wenn auch kurz und ohne Worte. Dann hatten sie sich hingesetzt und Tee getrunken, wie in alten Zeiten nach einer Übung.

Trotzdem war es heute anders. Er konnte in Roellinghoffs Gesicht wie immer wenig lesen. Er glaubte Wiedersehensfreude zu sehen, aber auch eine gewisse Distanz. Jetzt, da er ihm gegenübersaß, wurde ihm bewusst, wie lange sie keinen Kontakt mehr gehabt hatten.

»Horst, ich …«

Roellinghoff sah ihn an. Ein Blick von ihm reichte, um den nach Worten suchenden Kiran verstummen zu lassen. Er paffte eine Weile an der Pfeife.

»Lass mich raten, du hast ein schlechtes Gewissen. Mir gegenüber, dir selbst gegenüber. Und du hast immer noch Schiss vor der alles entscheidenden Frage.«

Er blickte wieder durchs Fenster. Die untergehende Sonne tauchte alles in dunkeloranges Licht.

»Ich nehme an, deine Meditationen haben dich deinem Ziel ein paar Zentimeter näher gebracht.«

Kiran wusste immer noch keine Antwort. Roellinghoff hatte Recht, auch wenn sich seine scharfen Schlüsse wie immer hinter wohldosiertem, freundlichem Spott verbargen.

»Ja, ich habe die letzte Antwort nicht gefunden. Ich weiß auch nicht, ob ich sie jemals finden werde. Aber ich glaube, dass die Zeit gekommen ist, es zumindest zu versuchen.«

»Wurde auch Zeit. Was Gefühle betrifft, hast du ja

schon immer auf der Leitung gestanden. Könnte aber auch ein Vorteil gewesen sein, wenn man bedenkt, was dir passiert ist.«

Kiran blickte auf. Das war das erste Mal, das Roellinghoff aussprach, was seit Jahren zwischen ihnen gestanden hatte.

»Ich habe eine Weile gebraucht um zu verstehen, warum du weggegangen bist, Kiran. Eleonore hat mir dabei sehr geholfen. Sie hat dich offensichtlich sofort verstanden, und sie hat auch verstanden, dass du irgendwann darüber reden musst. Nicht mit mir, aber …«

»Doch«, unterbrach ihn Kiran, »mit dir. Du hast alles initiiert, was mir wichtig ist. Du bist nicht schuld an dem, was passiert ist. Aber du bist derjenige, mit dem alles angefangen hat. Ich hätte dir als Erstem erklären müssen, warum ich ausgestiegen bin.«

»Bist du das? Momentan machst du einen höchst aktiven Eindruck auf mich«, antwortete sein Gegenüber schmunzelnd.

Auch Kiran musste lächeln. »Ja, sicher. Jetzt ist es anders. Ich bin draußen, weil Eleonore Hilfe braucht.«

»Ich will dir da nicht unbedingt widersprechen, aber dir ist schon klar, dass vielleicht du es bist, der Hilfe braucht?«

Das brachte Kirans ganzes Dilemma wie immer schnell und erbarmungslos auf den Punkt. Roellinghoff war jedoch noch nicht fertig.

»Ich bin nicht hier, um mit dir den ganzen Schlamassel durchzuleiern. Das kannst du da oben auf deiner Matte machen. Ich bin nur hier, um dir zu sagen, dass das, was jetzt passiert, vielleicht die einzige Möglichkeit ist, mit diesem Aspekt deines Berufs und deiner Eignung dafür ins Reine zu kommen.«

So weit war Kiran auch schon. Einzig die Konsequenz war ihm nicht geheuer. Erkenntnisse mochten eine Sache sein, Schlussfolgerungen ziehen und danach handeln eine andere.

»Ich habe geglaubt, das alles vergraben zu können und mich da zu verbarrikadieren, wo ich mich wohlfühle …«

»… in der Analyse von Sachverhalten, abstrakten Konstellationen, Problemen anderer Leute bis hin zur letzten Froschscheiße, schon klar«, beendete Roellinghoff den Satz. »Kiran, niemand bestreitet, dass du gerade wegen deines Intellekts und deines Ordnungswahns der perfekte Analytiker bist. Was du bis heute nicht begriffen hast, ist die Tatsache, dass deine Analyse bereits Handeln darstellt. Und dass du damit Situationen schaffst, die weiteres, anderes Handeln deines Umfelds auslösen. Das kann Gewalt sein, das kann eine mentale Krise bei jemandem sein. Es wird dich vielleicht überraschen, aber das ist nicht dein Problem.«

»Was ist nicht mein Problem?«

»Dass deine Schlüsse, deine Entscheidungen und Handlungen zu unangenehmen Konsequenzen führen können. Das muss selbst einem Hirnforscher wie dir klar sein. Dein Problem ist, dafür die Verantwortung zu übernehmen.«

Kiran wünschte sich, dass es so einfach wäre. Dann brach es aus ihm heraus.

»Ich kann es nicht fühlen, Horst. Ich konnte es in Quantico nicht und kann es heute auch nicht. Ich kann Menschen psychologisch und pragmatisch analysieren.

Ich kann verstehen, was alle um mich herum emotional antreibt, aber ich selbst kann in diesen Grenzsituationen da draußen nichts fühlen. Keine Angst, keine Schuld, keinen Kick, nichts.«

Sie schwiegen eine Weile. Roellinghoff paffte kleine Wölkchen whiskyschweren Tabakrauchs in die Luft.

»Und du meinst, das ginge nur dir so?«

Kiran blickte ihn verwirrt an.

»Ist dir schon mal aufgegangen, dass wir alle mit dieser Leere leben müssen? Dass Töten furchtbar schnell und leicht geht? Dass die Erkenntnis erst dann und nur langsam folgt? Und dass es danach nur zwei Alternativen gibt?«

Er beantwortete seine Frage selbst: »Entweder emotionale Einsicht oder totale Abschottung. Dazwischen gibt es nichts. Und ich kenne für beide Lösungen wenig Beispiele, die wirklich funktioniert haben. Dafür viele, die absolut in die Hose gegangen sind.«

»Was willst du damit sagen? Dass ich überhaupt kein Problem habe oder dass ich das gleiche Problem habe wie alle?«

»Nein. Ich will dir sagen, dass du nicht so abnormal bist, wie du glaubst. Du hast eine eigene Art damit umzugehen. Keine besonders effektive, wenn du mich fragst.«

»Aber wie kannst du dann weitermachen, wie kann das überhaupt jemand? Und wer soll mir helfen, ich habe ja nicht auf irgendeinen Straftäter geschossen.«

»Und jetzt glaubst du, du hast deine Fähigkeiten nicht unter Kontrolle?«

»Nein. Ich habe sie total unter Kontrolle. Das ist ja das Problem. Ich kontrolliere sie so komplett und vollständig, dass ich sie abrufen kann, wann immer sie nötig sind. Egal, wer vor mir steht.«

»Nichts Schlechtes, würde ich meinen. Du tust das, was man eigentlich tun sollte. Situationen bewerten, dann erst die Beteiligten. Damals hat das einigen das Leben gerettet, hast du das in deinen Selbstmitleidsmeditationen vergessen?«

Wieder war es lange still. Dann sprach Roellinghoff, und sein Ton war wieder der des Ausbilders.

»Ich kann dir nicht helfen, wenn du dir nicht selbst helfen willst. Die Frage ist, ob du aus dem, was du jetzt erlebst, endlich lernst oder dich weiterhin in deiner Höhle hier verkriechst.«

Kiran hatte keine Antwort darauf, Roellinghoff hatte wie immer Recht. Und ihm war ebenso klar, dass seine bisherigen Versuche nicht geholfen hatten. Er nickte und sah seinen Mentor an. Es gab nichts mehr zu sagen. Beide wussten, dass die Botschaft übermittelt und verstanden worden war.

»Gut«, sagte Roellinghoff schließlich. »Zur Sache also. Eleonore hat mich vorhin auf den letzten Stand gebracht. Ihr jagt einen Profi, der einen Auftragsmord mit weiteren Morden und Desinformation kaschiert, einen klassischen Agent Provocateur. Er hat euch isoliert, und ihr wisst nicht, wer und wo er ist.«

Kiran nickte.

»Ich habe mir mal meine alten Unterlagen über diese Stasi-Sache in den Achtzigern angesehen. Zuerst einmal herrschte damals ein ziemliches Chaos. Die Straftaten dieser Gruppe und dieses Operateurs waren anfangs zuerst unsere Angelegenheit, bis irgendwann der BND mit einer Vollmacht antanzte und uns die Ermittlungen entzog. Das passierte regelmäßig, seitdem bei einem Anschlag diese DNA-Probe ins Spiel gekommen war und man eine komplette Akte über diesen Killer angelegt hatte. Aber dadurch habt ihr ja wenigstens auch Wind von der Sache bekommen, wenn auch erst jetzt. Und dann waren die Opfer damals fast immer Personen, an denen geheimdienstliches Interesse bestand, wir hatten also keine Chance, auch wenn danach bei keiner Tat irgendeine weitere DNA-Spur auftauchte. Trotzdem hat sich mit der Zeit einiges Material angesammelt.«

»Ich nehme an, du hast dein eigenes Dossier angelegt«, sagte Kiran.

»Genau. Was die einzelnen Fälle angeht, wirst du jedoch nicht viel daraus entnehmen können. Perfekte Ausführung, zumeist als Unfall getarnt. Wenn Waffen im Spiel waren, sind die nie aufgetaucht. Unterschiedliche Kaliber, unterschiedliche Körperziele. Teilweise wurden Fälle erst später damit in Zusammenhang gebracht, wenn mehr Hinweise über die Verflechtungen der Zielpersonen auftauchten, obwohl er nur diese eine Spur zurückgelassen hat. Das aber hat auch dem BND nicht weitergeholfen. Die waren immer in der Defensive, nahmen uns trotzdem Fälle ab, die sie mit ihm in Verbindung bringen konnten oder wollten. Hat aber wie gesagt nichts genützt, der war ihnen immer um Längen voraus. Und dann ist der Mann ja nach der Wende nach Moskau gegangen. Zumindest nahmen das alle an. Durch deinen Fall wissen wir darüber jetzt wohl Genaueres.«

»Angesichts der Spur am Tatort und Osmanows Informationen über ihn – keine Frage. Aber wir haben keine Ahnung, warum der Mann nach Deutschland zurückgekommen ist. Und warum er ausgerechnet eine Person wie Lautenschläger exekutiert – und vorher noch zusammenschlägt.«

»Hm, vergiss nicht, der Mann ist ein Profi, ausgebildet für Spezialaufträge und seit Jahrzehnten nicht nur für Geheimdienste unterwegs. Er hat zwei Fehler gemacht. Einen vor dreißig Jahren, einen als er seine DNA auf Lautenschlägers Brille hinterließ. Dieser letzte Fehler führt uns zu ihm.«

»Einer meiner Ermittler meint, dass es sich hier um persönliche Gründe handelt. Vielleicht beauftragt, auf jeden Fall aber sehr persönlich.«

»Schlaues Kerlchen. Den solltest du nah bei dir behalten. Die Gründe sind ganz offensichtlich persönlich. Für eine wie auch immer geartete Exekution könnte man jeden schicken. In diesem Fall ist einer der meistgesuchten Spione aus der guten alten Zeit selbst auf den Plan getreten. Er ist also sicher nicht mehr der Jüngste. Das hier war ein persönlicher Racheakt.«

Kiran war aufs Neue verblüfft, wie offenkundig und logisch dieser Schluss klang, wenn er von Roellinghoff ausgesprochen wurde.

»Leider wissen wir aber nicht, was dieser Mann mit Lautenschläger zu tun hat.«

»Nach allem, was uns die Akten sagen, hat er das vielleicht auch nur indirekt. Ich habe ein paar Freunde angerufen, die sich mit diesem neuen Verschlagwortungssystem auskennen. Lautenschläger hat seine Finger in einigen Deals gehabt, aber es existiert keine einzige

Verbindung zu irgendeinem der Auftragsmorde dieses Stasi-Trupps. Und dann hast du ja herausgefunden, dass er mit den Russen per du war. Er kann also zumindest damals nicht das Ziel gewesen sein. Heute aber war er es, daher muss in der Zwischenzeit etwas passiert sein, oder man ist erst heute an Informationen gekommen, die man damals nicht besaß. Das Problem ist die Verknüpfung der Information, dazu brauchen wir seine Identität, und zwar die wahre.«

»Und wie stehen unsere Chancen?«

»Alte Freunde, Kiran. Ich habe damals trotz meiner Aversion gegen diesen Laden einige gute Kontakte zu den wenigen normalen Menschen beim BND gepflegt. Es gab dort lange eine Theorie, die sich auf ein paar unbestätigte Hinweise gründete und daher nie in irgendeiner Akte aufgetaucht ist. Da ist ein Name, der von irgendeinem halbseidenen Informanten ausgeplaudert wurde. Da aber, wie du weißt, alle ostdeutschen Meldelisten von der Stasi gesäubert wurden, gab es keine Möglichkeit zur weiteren Ermittlung. Der Name, der damals fiel und mir von einem amerikanischen Kontakt bestätigt wurde, ist Georg Reithard.«

Kiran schwieg und betrachtete die blutrot untergehende Sonne. Vielleicht war er das, der letzte Baustein. Nun musste man ihn nur noch ins Gesamtgefüge einsetzen.

»Wie willst du nach ihm suchen?«, fragte Roellinghoff. »Ist ja nicht so, dass er irgendwo in einem alten Telefonbuch steht. Der Mann existiert selbst in Russland in keiner offiziellen Akte oder Liste mehr.«

»Das nicht. Aber du hast doch eben von alten Freunden gesprochen. Demnach existiert er noch immer in Erinnerungen. Wir müssen versuchen, ihn über seine Herkunft zu finden.«

»Wie soll das gehen? Kiran, der ist spätestens mit sechzehn in der Kaderschmiede verschwunden.«

»Wir werden woanders suchen, privat. Mal sehen, aber ich habe da so eine Idee, wo wir ihn finden könnten.«

Roellinghoff betrachtete seinen Schützling mit gelassenem Wohlwollen. Kiran lächelte zurück. Es schien, als habe sich etwas gelöst zwischen ihnen beiden.

Zuerst war es ihm unmöglich vorgekommen, seinen alten Mentor nach all den Jahren mit einem Hilferuf nach Berlin zu beordern. Aber es war ihm ganz offensichtlich nicht nur um den Fall gegangen, das wurde ihm jetzt deutlich. Er hatte seinen Mentor wiedersehen und zurück in sein Leben holen wollen.

Schließlich stand Kiran auf, um das Abendessen zu bereiten, während sich Roellinghoff zur Musikanlage begab und nach seiner Lieblingsplatte forschte.

Kurze Zeit später füllten die sanften Harmonien von Gerry Mulligans La Menace das Loft. Vereint mit den Düften nach kurzgebratenem Steak und Linsengemüse öffneten sie Zeit und Raum.

Kiran fühlte sich wie damals geborgen und zugleich erstarkt für das Heute.

21

Am nächsten Morgen saß Kiran an seinem Schreibtisch bei einer Tasse Jasmintee und überflog die Schlagzeilen der regionalen und überregionalen Presse. Der Tenor war einhellig: Man war geschockt, dass sich derartige Szenen in Deutschland abspielen konnten, und zeigte sich alarmiert, dass sich die organisierte Kriminalität in der Hauptstadt ganz offenbar einen rechtsfreien Raum geschaffen hatte.

Im Kreuzfeuer der Kritik stand vor allem Birte Halbach als verantwortliche Leiterin der Ermittlungen, aber auch das BKA insgesamt. Besonders die Nachrichtenmagazine hatten wohl schon seit einer Weile Misserfolge und Pannen bei früheren Ermittlungen zusammengetragen und nutzten die jüngsten Ereignisse, um gnadenlos die vermeintliche Ahnungslosigkeit und Inkompetenz der Behörde anzuprangern.

Außerdem im Mittelpunkt der Berichterstattung stand Martin Lautenschläger. Diverse Tageszeitungen und eines der bunten Lifestyle-Magazine hatten die Fotos aus seinem Nachtclub groß auf den Titeln, dazu die Schlagzeilen, die in einer absurden Mischung aus Sensationslust und geheuchelter Sympathie die Geschichte des verwöhnten Sohns im Gangstermilieu erzählten. Die Artikel selbst waren aufgrund mangelnden Hintergrundwissens eher nichtssagend. Der Kontext jedoch platzierte den Verdächtigen als schwarzes Schaf, das die bösen Wölfe durch die Hintertür in das ehrenwerte Haus des großen Konzernchefs eingelassen hatte.

Kiran war klar, was hier vor sich ging. Was immer einige seriöse Kommentatoren schreiben mochten, die eigentliche Meinungsbildung hatte längst stattgefunden, denn im Land dominierte der Boulevard. Die organisierte Kriminalität wurde als gesellschaftlicher Unfall dargestellt, eine Drogensucht, die es zu bekämpfen galt, indem man die bösen Dealer von der Straße vertrieb. Arbeit für die gemeine Polizei und die ermittelnden Beamten, überwacht von ernst und gewichtig nickenden Vorgesetzten und Politikern, die über die Medien in den populistischen Ruf einstimmten, hier müsse endlich einmal hart durchgegriffen werden.

Es war der gleiche hinterhältige Trick, dem die Gesellschaft immer wieder auf den Leim ging: Während die Medien sich mit Diskussionen und Forderungen zum Sprachrohr der Bevölkerung zu machen glaubten, standen die Wölfe bereits mitten unter ihnen und skandierten die gleichen Parolen. In der Folge erstarb die Diskussion, bevor sie wirklich begonnen hatte. So wurde nicht nach Ursachen und schon gar nicht nach Lösungen gefragt, sondern nur danach, wer den Symptomen dieser Bedrohung am überzeugendsten begegnen würde. Wobei das Wort Überzeugung von zentraler Bedeutung war, denn in einer Thematik wie dieser konnten es natürlich nur die Vertreter altmodischer und konservativer Sicherheitspolitik sein, die sich diese Krise zunutze machten und für ihre jeweilige Parteien auf Stimmenfang gingen.

Die allgemeine Erregung beschränkte sich jedoch keineswegs auf Schlagzeilen und Sondersendungen. Selbst seriöse Nachrichtenmagazine sprachen sich für »schnelle« und »drastische« Maßnahmen aus. Dies war um so erstaunlicher, da gerade sie es gewesen waren, die in der Vergangenheit über das unangreifbare Geflecht der organisierten osteuropäischen Kriminalität berichtet hatten. Wie im investigativen Journalismus üblich, hatte man sich dabei als einsamer Rufer in der Wüste positioniert. Diese Haltung war nicht ganz unberechtigt gewesen, immerhin war dieser Problematik in der Politik und selbst im BKA lange nicht genügend Aufmerksamkeit geschenkt worden. Das hatte aber weniger an Desinteresse, als vielmehr an echter Unkenntnis gelegen.

Kiran wusste nicht erst, seit er Osmanow kennengelernt hatte, dass es in der Welt nicht nur Schwarz und Weiß gab. Die Farbe, die alles und alle blind machte, war ein stumpfes und erdrückendes Grau, von einigen bewusst als Tarnfarbe angerührt und regelmäßig neu aufgetragen. Und das bestätigte seine bisherigen Erfahrungen nur allzu gut. In den Regionen der Macht ging es nicht um vorausschauendes Handeln, sondern einzig und allein um die Erhaltung des Status quo. Kaum jemand machte sich die Mühe, Situationen zu analysieren und eine zukünftige Strategie auszugeben. Von den wenigen, die das zu tun schienen, waren einige selbst in diverse Seilschaften verstrickt und trachteten danach, den Erleuchteten Steine in den Weg zu legen. Dies geschah wahrscheinlich noch nicht mal aus Böswilligkeit, es war eher Selbstschutz. Ein Verschließen der Augen vor der Realität mit der Annahme, dass ein weiteres kleines

Vergehen angesichts all der Untaten in dieser Welt keinen nennenswerten Unterschied machen würde. So addierten sich täglich Millionen solcher Kleinigkeiten und wuchsen in der Folge unterschwellig zu einem Konglomerat heran, das das gesellschaftliche Klima nachhaltig vergiftete. Bis dann unweigerlich die Katastrophe eintrat.

Dazu kamen die Fragen einer aufgeschreckten Bevölkerung, die bislang in bequemer Ahnungslosigkeit gelebt hatte und nun feststellen musste, dass sich dunkle Mächte direkt vor ihrer Haustür Feuergefechte lieferten. Hierzu wurden in den Medien im Minutentakt reißerische Fakten aus der kriminellen Halbwelt serviert, garniert mit unheilverkündenden Kommentaren und dunklen Andeutungen, dass all dies nur die Spitze des Eisbergs sei.

Das Ganze war ein uraltes Spiel, das sich niemals ändern würde. Alles, was Kiran und seine Kollegen tun konnten, war, kosmetische Reparaturarbeiten an einer Fassade vorzunehmen, die nicht nur bröckelte, sondern aus der zunehmend ganze Teile wegbrachen. Die Entsorgung des jungen Lautenschläger war eine solche Aktion. Sie würde vielleicht einigen angesehenen Herren den Ruf kosten, doch sie würde das Elend der verschleppten Menschen aus Osteuropa nicht stoppen. Aber irgendetwas musste getan werden. Die Frage war nur, aus welcher Motivation heraus das geschah. Idealismus konnte es nicht sein, an eine Verbesserung der Zustände glaubte ja noch nicht einmal mehr die Verkehrspolizei.

Während er diesen düsteren Gedanken nachhing, sah er Eleonore in der Tür zum Büro. Sie war auf dem Weg zu Birte Halbach. Sie winkte ihn zu sich, und er folgte ihr zum Büro seiner Chefin.

»Mein Vater lässt grüßen. Er sagt, ihr habt euch sehr angenehm unterhalten«, sagte Eleonore und lächelte vielsagend.

Kiran nickte unbestimmt.

»Er sagte auch, dass du weitaus besser aussiehst, als er erwartet hätte. Und dass wir vorsichtig sein sollen. Dabei hat er gelacht.«

Das war ganz der alte Roellinghoff. Ein liebender Familienvater, ein umsichtiger Lehrer und völlig entspannt, während seine Kinder auf dem Baukran herumkletterten. Vielleicht war das der Grund, warum sie beide in ihrem Beruf immer wieder an Grenzen stießen, nur um sogleich darüber hinauszugehen. Es gab einfach kein Angstempfinden, keine Scheu vor Risiko.

»Gibt es was Neues?«, fragte er.

»Könnte man sagen.« Sie klopfte, als sie das Büro von Halbach erreicht hatten, und öffnete, ohne auf ein »Herein« zu waren. »Wir haben einen Haftbefehl für Martin Lautenschläger. Finde raus, wo er sich zur Zeit aufhält. Und dann solltest du mit Bolko gleich losfahren. Und nehmt Motte und Moretti mit. Nach gestern hat er wahrscheinlich die gesamte Presse im Schlepptau.«

»Ihr wollt also Ernst machen?«, fragte Kiran und sah seine beiden Vorgesetzten an.

Birte Halbach ergriff das Wort. »Ich bin der Meinung, dass wir auf diese Weise Zeit gewinnen. Wir beruhigen sowohl die oberen Etagen als auch die Medien und können in Ruhe weiterermitteln. Und es erwischt bestimmt nicht den Falschen. Er ist halt nur nicht der, den wir eigentlich suchen. Nachdem wir ihn mit Osmanows Material konfrontiert haben, können wir die Kollegen von der Organisierten Kriminalität weitermachen lassen.« Sie machte eine Pause, dann fuhr sie fort: »Frau Roellinghoff hat mir von Ihrem Gespräch gestern Abend erzählt. Wir haben also einen Namen, nach dem wir suchen können?«

Kiran nickte. »Ich will das Team heute auf Georg Reithard ansetzen. Angesichts der Datenlöschung seinerzeit haben wir zwar wenig Möglichkeiten, ich habe da aber eine Idee, wo wir suchen können.«

»Gut, aber überstürzen Sie nichts«, sagte Halbach. »Ich habe heute Morgen mit dem Chef gesprochen, der meinen Bericht von Ihren bisherigen Ermittlungen durchgelesen hat und erstaunlicherweise sehr zufrieden ist, wenngleich er mir wegen des Informationslecks die Hölle heißgemacht hat. Wie es aussieht, will er, dass wir diesen Fall abschließen und Lautenschläger junior festnageln.«

»Solange wir nebenbei die eigentliche Ermittlung nicht vernachlässigen, ist das kein Problem«, sagte Kiran. »Außer seiner Mitwirkung an zahllosen Schiebereien und wahrscheinlich einer besonders perfiden Form der Zwangsprostitution in seinem Club hat er mit dem Mord an seinem Vater ohnehin nichts zu tun.«

Halbach nickte. »Sehe ich auch so. Finden Sie ihn, und bringen Sie ihn her. Und wenn das vor Kameras geschieht, von mir aus gerne. Ich habe keine Lust mehr auf Pressekonferenzen.«

»Nun, eine müssen wir schon noch geben – wenn wir ihn anklagen«, sagte Eleonore lächelnd. Man merkte, dass ihr mit der bevorstehenden Verhaftung eine enorme Last abgenommen worden war.

Kiran nickte beiden zu und ging hinaus. Er fand Bolko an der Küchenzeile, wo er mit Alenka herumalberte. Als Kiran zu ihnen trat, erzählte Bolko gerade von einer Razzia in einer Hamburger Transvestiten-Bar und der damit verbundenen, eher kaum verdeckten Ermittlung einiger bedauernswerter Kollegen.

»Haftbefehl für Lautenschläger junior«, unterbrach ihn Kiran. »Wir müssen ihn ausfindig machen und verhaften. Alenka, können Sie ein Team von der Schutzpolizei anfordern? Sagen Sie denen, dass wir mit ziemlichem Medienaufkommen rechnen müssen.«

Alenka bemühte sich wieder ernst zu werden, was ihr aber nicht ganz gelang. »Sehr schön. Können wir der Meute also endlich was zum Fraß vorwerfen. Ich gehe mal Enzo holen.« Sie verließ die Küche mit federndem Gang.

»Nettes Mädel. Ich war wohl am Anfang ein bisschen zu autoritär mit ihr«, sagte Bolko nachdenklich, als sie ihr ins Büro folgten.

Kiran schüttelte den Kopf. »Alenka ist knallhart, mach dir da mal keine Sorgen. An ihr hat sich ein gesamter Jahrgang der Akademie inklusive der Lehrenden die Zähne ausgebissen.«

»Dachte ich mir«, sagte Bolko grinsend und schnallte sich das Schulterholster mit der Waffe um.

Alenka kam mit Enzo zurück. Kiran bat alle, sich kurz zu setzen. Dann erzählte er seinen erstaunten Kollegen von Georg Reithard und setzte ihnen genau auseinander, wie sie den Mann nach ihrem Einsatz heute aufspüren würden.

Eine Stunde später erreichten sie die Omniacorp im Grunewald. Wie sie erfahren hatten, war Martin Lautenschläger dort den gesamten Vormittag über für verschiedene Besprechungen gebucht. Bolko hatte angesichts dieser Aussicht darum gebeten, die Verhaftung vornehmen zu dürfen. Eine höfliche Geste gegenüber Kiran, denn als offizieller Leiter der Gruppe war dies ohnehin sein Privileg.

Die Pförtner ließen das Team und die vier Schutzpolizisten ohne Weiteres durch. Die restlichen Beamten blieben vor der Tür, wo man einige auf dem gegenüberliegenden Bürgersteig postierte Journalisten bereits hektisch in ihre Handys sprechen sah.

Bolko hatte unterdessen dem Pförtner entlockt, wo sich der Sitzungsraum befand, in dem Martin Lautenschläger sich aufhielt, und war quer durch die Lobby in Richtung Liftanlage vorangestürmt. Die ganze Sache macht ihm offensichtlich Spaß, dachte Kiran schmunzelnd.

Beim Sitzungsraum hielt Bolko inne, und Kiran sah, warum: Während sie mit Alenka und Enzo im ersten Lift angekommen waren, wurde ihre Ankunft durch die Glasscheiben des Raums bereits mit großen Augen verfolgt. Als dann der zweite Lift vier uniformierte Beamte ausspie, war es um die Konzentration der Sitzungsteilnehmer vollends geschehen. Es wurde getuschelt und gestikuliert.

Kiran hatte erwartet, dass Bolko nun mit der gesamten Truppe in den Raum platzen würde, doch er hatte sich getäuscht. Bolko ging ans Ende der Glasfront, bis er auf Höhe von Martin Lautenschläger war, dann klopfte er sachte gegen die Scheibe und bedeutete dem erstaunten Juniorchef mit einem Wink, zu ihm herauszukommen.

Man konnte Martin Lautenschläger die Bestürzung ansehen. Trotzdem erhob er sich betont würdevoll und ging um den Konferenztisch herum zur Tür, gefolgt von Assistent Fischer, dessen Miene keinesfalls entspannter aussah.

Bolko trat auf die beiden zu und blicke sie an, während Alenka von hinten an Lautenschläger herantrat und ihm Handschellen anlegte. »Martin Lautenschläger, ich verhafte Sie wegen Verdachts auf Beihilfe zu Menschenhandel, Prostitution und der Einfuhr illegaler Substanzen sowie des Verdachts auf Handel mit Waffen.«

»Machen Sie sich nicht lächerlich«, fuhr Fischer dazwischen und funkelte Bolko wütend an. »Sie armer Irrer, wissen Sie, was ich mit Ihrer Karriere machen werde? Sie werden in einer Stunde von unseren Anwälten an der nächsten Wand festgenagelt, ich …«

»Der Haftbefehl wurde persönlich vom Generalbundesanwalt beglaubigt. Das muss er nicht machen, hat er hier aber gerne getan, und zwar, weil wir gut vorbereitet sind. Also beruhigen Sie sich, Herr Fischer, sonst könnte mein Kollege Moretti Ihre Aggression als Widerstand auffassen, und wir nehmen Sie mit zum Spießrutenlauf an den Fotografen vorbei.«

Lautenschlägers Blick war auf Enzo Moretti gefallen. Es dauerte eine Weile, dann kam ihm die Erkenntnis. »Sie …«

Enzo verzog keine Miene und setzte sich mit Alenka und den flankierenden Beamten in Bewegung.

Kiran wandte sich ebenfalls zum Gehen, aber Fischer trat ihm in den Weg.

»Das hier ist noch nicht vorbei. Wir werden alles in die Waagschale werfen. Sie können nicht einfach hier hereinplatzen und einen unbescholtenen, angesehenen Unternehmer öffentlich erniedrigen. Wir leben immer noch in einem Rechtsstaat!«

Kiran schob Fischer sanft beiseite. Dann sagte er: »Ich weiß nicht, inwieweit Sie in die Machenschaften Ihres neuen Chefs involviert sind. Daher weiß ich auch nicht, ob ich Sie korrigieren oder ernsthaft warnen muss, Herr Fischer. In jedem Fall sollten Sie und Ihre Anwälte gut zuhören, wenn wir die Anklage formulieren. Und ich rate Ihnen, sich die Beweislage sehr genau anzusehen, bevor Sie sich weiter echauffieren.«

Damit ließ Kiran ihn stehen. Er nahm die Treppe, da beide Aufzüge inzwischen auf dem Weg nach unten waren.

Unten angekommen, empfing ihn das Blitzlichtgewitter der Pressefotografen und das Chaos von mehreren Filmteams, die sich um die besten Perspektiven balgten. An den Glaswänden drängelten sich die Mitarbeiter, um mitzuverfolgen, wie ihr neuer Chef abgeführt wurde. Einige Angestellte hantierten mit ihren Handys, die Szene würde also in wenigen Minuten im Netz sein. Das war jedoch nichts im Vergleich zur Hektik vor dem Gebäude. Sie brauchten lange, bis sie die wenigen Meter zum Einsatzwagen geschafft hatten. Lautenschläger ließ alles mit stoischer Miene über sich ergehen. Kurz vor dem Einsteigen drehte er sich nur noch einmal um und lächelte in die Kameras. Offensichtlich wollte er signalisieren, dass all dies eine Farce sei und man ihn nicht lange festhalten würde.

Im Hauptquartier angekommen, wurde Lautenschläger sofort in den Vernehmungsraum gebracht, wo man ihn erst mal ein Weilchen schmoren lassen wollte. Außerdem war nicht davon auszugehen, dass er ohne seinen Anwalt auch nur ein Wort aussagen würde.

Der traf bereits ein, als Kiran und Bolko sich noch bei Halbach befanden und die Verhaftung schilderten. Enzo führte ihn ins Büro, wo er sich als Klaus Timmermann von der Kanzlei Timmermann, Wenzel und Schmitt vorstellte und gleich zur Sache kam.

Laut ihren Informationen, so erklärte er den Anwesenden, gebe es keinerlei Handhabe gegen seinen Mandanten, weshalb seine Kanzlei Strafanzeige gegen das gesamte Ermittlerteam stellen würde. Die Leitung des Teams würde in Kürze vom Präsidenten des Bundeskriminalamts hören und solle daher diese Verhaftung rückgängig machen, solange sie noch in der Lage dazu sei.

Es trat Stille ein, während Halbach ihr Gegenüber mit dem interessierten Blick einer Katze betrachtete, die sich zum Sprung auf einen Vogel vorbereitet.

»Sie meinen, um meine Karriere zu retten, sollte ich eingestehen, dass das mit der Verhaftung eine dumme Idee war, mich öffentlich bei Lautenschläger entschuldigen, die Untersuchung abblasen und darauf hoffen, dass keiner meiner Vorgesetzten heute ferngesehen hat?«, fragte sie dann mit entspannter Miene.

Timmermann öffnete den Mund, aber Halbach kam ihm zuvor. »Nein, warten Sie, wir machen das anders. Sie werden von Kriminaloberkommissar Moretti zu Ihrem Mandanten begleitet, wo Sie ihm erklären können, wie das juristische Prozedere sein wird. Nehmen Sie den

Haftbefehl mit. Was den Präsidenten angeht, den hatte ich gerade erst in der Leitung, und er hat mir gratuliert. Meine beiden Ermittlungsleiter werden in einer Stunde vorbeikommen und Ihren Mandanten vernehmen. Und richten Sie ihm aus, es ist in seinem ureigensten Interesse, mit uns zu kooperieren. Und jetzt seien Sie so nett und verlassen Sie mein Büro.«

Enzo öffnete die Tür, und Timmermann stürmte erbost hinaus.

Kiran konnte sich ein Grinsen nicht verkneifen, aber Birte Halbach war offensichtlich nicht nach Scherzen zumute.

»Wo waren wir stehen geblieben?«, frage sie, Kiran führte seine Schilderung von der Verhaftung zu Ende. Dann sprachen sie über das Verhör, dass sicher nicht besonders lange dauern würde. Man konnte sicher sein, dass Timmermann seinen Mandanten komplett abschirmen und bis zur Verhandlung zum Schweigen verdonnern würde. Selbst die Anklage würde daran nichts ändern. Es sei denn, dass Lautenschläger sich zur Kooperation entschied, worauf die Kollegen des Bereichs Organisierte Kriminalität hofften, denn das würde ihnen den Fang des Jahrzehnts bescheren.

Im Vernehmungsraum hatte Martin Lautenschläger bereits einen Teil seiner Selbstsicherheit verloren. Offenbar hatte ihm sein Anwalt klargemacht, dass er doch nicht so ohne Weiteres wieder gehen konnte. Anrufe bei Kontakten im BKA und dem Innenministerium hatten bislang zu seiner offensichtlichen Irritation zu keinerlei Hilfe oder Intervention von oben geführt.

Bolko begann das Verhör, in dem er Lautenschläger

junior ohne große Umschweife damit konfrontierte, was ihnen an Informationen über die wahren Aktivitäten vorlag, denen er in der Firma seines Vaters nachgegangen war. Lautenschläger selbst kommentierte kein Detail, warf nur mehrmals ein, dass all diese Behauptungen in keiner Weise der Wahrheit entsprächen. Kiran hatte unterdessen eine Akte hervorgeholt und vor sich aufgeschlagen. Er blätterte durch einige Dokumente, sortierte ein paar Fotos und gab Lautenschläger Gelegenheit, etwas nervös zu werden.

Als schließlich der Anwalt die Geduld verlor und in der üblichen Standardrede Beweise für diese ungeheuerlichen Unterstellungen forderte, blickte Kiran auf und sah in Lautenschlägers Augen. Dann holte er Luft und begann.

Osmanows Dokumentation war nicht sehr umfangreich, aber mehr als ausreichend. Listen über Transportwege und Ladung, Fotografien und zum Schluss das kurze, mit dem Mobiltelefon aufgenommene Video.

Nach wie vor war es Kiran schleierhaft, was den Sohn eines Industriemagnaten dazu angetrieben hatte, sich an solchen Geschäften persönlich zu beteiligen und derart angreifbar zu machen. Das hatte nichts mit Langeweile zu tun oder mit dem Zeitvertreib eines verwöhnten und versnobten Einzelkinds. Der Nervenkitzel hier nährte sich vom Elend gedemütigter und misshandelter Menschen.

Kiran ließ sich bei seiner Schilderung Zeit und setzte seinen Zuhörern jedes Detail beweisbarer Delikte auseinander.

Martin Lautenschlägers Fassade brach innerhalb von

Sekunden zusammen. Er war bleich geworden, und ein Zittern erfasste ihn, als er erkannte, dass er ganz offensichtlich ans Messer geliefert worden war. Sein Anwalt saß wie versteinert neben ihm.

Kiran schloss seinen Vortrag mit der Empfehlung, sich durch umfassende Kooperation bei der Ergreifung der Hintermänner das Wohlwollen der Richter zu sichern. Auf jeden Fall würde dieses Beweismaterial ausreichen, um Anklage zu erheben und ihn bis dahin in Untersuchungshaft festzuhalten. Damit stand Kiran auf und rief drei wartende Polizeibeamte zu sich, die Lautenschläger ins Haftgebäude überführen sollten.

Als schließlich alle gegangen waren, saßen Kiran und Bolko noch eine Weile da.

»Und?«, fragte Bolko und lächelte. »Tut gut, oder?«

Kiran lächelte ebenfalls. »Ja, schon. Aber jetzt geht die eigentliche Arbeit erst los. Wir sollten sehen, ob Alenka schon was über unsere Nachkriegsgangster herausgefunden hat.«

Sie hatten kaum bei Alenka am Medienterminal Platz genommen, als eine Person das Großraumbüro betrat, die Kiran erst auf den zweiten Blick erkannte – Marianne Lautenschläger.

Kiran ging auf sie zu. Sie blickte ihn mit finsterer Miene an und kam gleich zur Sache. »Gibt es hier einen Ort, wo wir uns ungestört unterhalten können?«

Kiran nickte und führte sie in den Besprechungsraum, wo er hinter ihr die Tür schloss. Sie setzte sich, und auch Kiran nahm Platz.

»Sie haben meinen Sohn verhaftet«, begann sie. »Ich kann es nicht glauben, denn ich halte Sie für intelligent genug, um eine derart dumme und karrierevernichtende Handlung zu vermeiden. Man hat mir gesagt, dass Sie ein studierter Mann sind. Ich möchte Sie daher bitten, mir zu sagen, was Sie gegen meinen Sohn vorzubringen haben.« Sie blickte ihn an. Trotz der eben ausgesprochenen Drohung las er in ihren Augen ehrliche Besorgnis.

Sie fuhr fort, bevor er antworten konnte. »Sie werden wahrscheinlich denken, dass ich nichts von den Gerüchten über meinen Sohn weiß. Aber da täuschen Sie sich.« Sie sah Kiran herausfordernd an. »Also, was liegt gegen meinen Sohn vor?«

»Frau Lautenschläger, ich darf Ihnen diese Frage nicht beantworten, und ich bin mir meinerseits ebenfalls sicher, dass Sie das sehr genau wissen. Warum also suchen Sie mich auf?«

Sie schwieg eine Weile, dann schien sie sich einen innerlichen Ruck zu geben. »Was immer Sie von meiner Familie halten mögen, Herr Mendelsohn, sie ist trotzdem oder gerade deshalb immer noch genau das: meine Familie. Ich habe meinen Mann geliebt, und ich liebe meinen Sohn, deshalb bin ich hier. Ich möchte von Ihnen wissen, ob es irgendetwas gibt, das ich tun kann.«

Kiran konnte sie nur allzu gut verstehen. Auch die Frage, die sie nicht gestellt hatte. Er beschloss, ihr auf diese Frage eine ehrliche Antwort zu geben.

»Wie gesagt, zu den Ermittlungen kann ich mich nicht äußern, Frau Lautenschläger. Was ich aber mit Sicherheit weiß, ist, dass Sie sich wappnen müssen. Gegen das, was wir über Ihren Mann in Erfahrung gebracht haben und vor allem gegen das, was man Ihrem Sohn vorwerfen wird. Sie werden eine innere Haltung dazu finden müssen, genau wie Sie das offenbar schon zu Lebzeiten Ihres Mannes getan haben.«

Sie blickte ihn immer noch an. Eine erste Andeutung von Weichheit in ihren Augen. »Ich weiß nicht, ob ich das noch kann. Ich habe viel Kraft verloren in den vergangenen Jahren.«

Kiran nickte. »Sie sind eine starke und selbständige Frau. Sie haben sich gegen etwas emotional verhärtet, das Sie längst erkannt haben, und haben reale Tatsachen ignoriert. Jetzt müssen Sie sich endgültig von den Machenschaften der beiden befreien. Niemand erwartet von Ihnen, dass Sie Verantwortung für die Taten anderer übernehmen. Auch wenn es Ihnen nicht gefällt, aber Sie sind jetzt auf sich gestellt. Aber eben auch frei. Denken Sie immer daran, das wird Ihnen helfen.«

Sie erhob sich, blieb aber stehen. Schließlich sagte sie: »Danke, Herr Mendelsohn. Ich bin mir nicht sicher, ob es geholfen hat hierherzukommen, aber ich fühle mich ein wenig besser. Vielleicht ist das auch etwas.«

Kiran nickte stumm, stand ebenfalls auf und begleitete sie nach draußen.

Er war kaum wieder im Büro, als am Medienterminal ein Alarmsignal ertönte.

Alenka holte die Mitteilung auf den Bildschirm, und gemeinsam lasen sie die Nachricht. Kiran wollte es zunächst nicht glauben, aber die Meldung prangte vor ihnen wie ein finales Urteil.

Der Transport von Martin Lautenschläger war kurz vor seinem Ziel angegriffen und gestoppt worden. Offenbar war auf Zeugen keinerlei Rücksicht genommen worden, denn Alenka konnte nach einer blitzschnellen Suche sogar das Amateurvideo aufrufen, das schon während des Filmens hochgeladen worden und vom Betreiber des Internetkanals noch nicht vom Netz genommen war.

Bolko fluchte. Zu Kiran gewandt, sagte er: »Bleib du hier und informier Halbach. Ich fahre mit Enzo hin. Alenka, ich ruf an, wenn wir irgendwas haben.« Bei den letzten Worten hatte er sich schon die Jacke angezogen, im Gehen nach Enzo gerufen und stürmte mit ihm zum Lift.

Die Sache begann aus den Fugen zu geraten.

22

Die Bilder vom Tatort waren den ganzen Tag auf allen Kanälen zu sehen. Die Teamzentrale hatte sich mit Kollegen aus den Nachbarbüros gefüllt, da der Fernsehraum bereits aus allen Nähten platzte. Alenka hatte den Großbildschirm gesplittet, sodass man die öffentlich-rechtliche Berichterstattung auf dem Großbild sah, während die wichtigsten anderen Sender etwas verkleinert und senkrecht übereinander auf der rechten Seite angeordnet waren. Doch die Bilder glichen sich: der umgestürzte Mannschaftswagen mit verkohlter Seite und Einschusslöchern, die Sicherheitsabsperrung, Beamte in Uniform und Zivil, Reporter. Kiran entdeckte Bolko in der Einstellung eines Nachrichtensenders, als er mehrere Beamte in Richtung einiger zu nahe kommender Pressefotografen beorderte.

Bolko hatte angerufen, sobald er sich ein Bild von der Lage verschaffen konnte. Dabei kamen ihm die Sicherheitskameras zu Hilfe, deren Bilder Enzo umgehend zu ihm und zu Alenka schicken ließ, um sie sich mit dem Team zeitgleich anzusehen. Offenbar hatte ein stahlummantelter Geländewagen mit drei Bewaffneten unmittelbar vor dem Haftgebäude auf den Transportwagen mit Lautenschläger darin gewartet. Es erschien absurd, dass sie diesen eigentlich gesicherten Ort gewählt hatten. Sie hatten den eintreffenden Transport mit hoher Geschwindigkeit seitlich gerammt und zugleich einen magnetischen Minisprengsatz geworfen. Noch während der Explosion waren die Angreifer feuernd vorgerückt. Obwohl die Beamten im Wagen das Feuer erwiderten und einen Angreifer töten konnten, starben zwei von ihnen im Kugelhagel. Martin Lautenschläger hatte eine Schussverletzung am Hals und mehrere Treffer in den Oberkörper abbekommen. Die Attentäter hatten sofort kehrtgemacht, als sie ihn zusammenbrechen sahen. Dabei wurde einer tödlich getroffen, ein zweiter war offenbar am Bein verletzt. Er konnte seinem Kameraden nicht mehr schnell genug folgen und wurde überwältigt, während dem anderen die Flucht mit Hilfe eines wartenden Motorradfahrers gelang.

Die Journalisten und Experten waren einhellig der Meinung, dass die Täter in den Kreisen der Russenmafia zu suchen waren. Man sprach von einer Kriegserklärung eines besonders radikalen Umfelds und fragte sich bereits, welche Gruppierung es wohl war, die es da auf eine von Deutschlands mächtigsten Familien abgesehen hatte. Kiran, der die Antwort kannte, interessierte dies weniger.

Bolko und er hatten sich kurz über Telefon abgesprochen: Enzo wurde ins Krankenhaus beordert, Bolko ging in die Sicherungsverwahrung des Haftgebäudes, wohin man den verhafteten Attentäter verfrachtet hatte und würde versuchen, Informationen aus dem Mann herauszuholen.

Birte Halbach kam zu Kiran und Alenka an den Medienterminal. Sie nahm Kiran beiseite.

»Sagen Sie nicht, dass wir schon wieder ein Leck haben«, zischte sie, »noch mal verzeihen die mir das nicht.«

Kiran schüttelte den Kopf. »Nein, dazu brauchte es keinen Informanten. Die Bilder von Lautenschlägers Verhaftung waren im Netz, noch bevor wir das Firmengebäude verlassen hatten. Wer immer ihn angegriffen hat, konnte in Ruhe vor unserem Haus und der Haftanstalt warten. Angesichts dieser Planung war man offensichtlich darauf vorbereitet und hat nur darauf gewartet, dass wir ihn verhaften.«

»Und warum? Ich meine, wenn die ihn abknallen wollen, warum tun die das nicht einfach in seinem schmierigen Club? Warum müssen wir eigentlich ständig diesen ganzen Dreck wegräumen?«, fragte Halbach. Aus ihrer Stimme klang mehr Ärger als Frustration.

»Ich glaube, es sollte eine Botschaft sein. Du bist sicher, solange das Gesetz dich in Ruhe lässt. Wirst du verhaftet, zieht man dich aus dem Verkehr. Und zwar vor aller Augen. Deutlicher kann man nicht kommunizieren, dass niemand mehr sicher ist, sobald er auf der Abschussliste steht.«

»Da man mich das ohnehin fragen wird: Denken Sie, es gibt Verbindungen zu den anderen Morden?«, fragte Halbach.

»Schwer zu sagen«, antwortete Kiran. »Gerade vorhin erst sind die sind ballistischen Ergebnisse des Anschlags auf die OHG gekommen. Dieselbe Waffe wie bei Lautenschläger. Das macht auch Sinn. Aber das hier? Der Sohn ist ein perfekter Sündenbock für den Täter, aber dazu müsste er ihn am Leben lassen. Ich würde sagen, dieser Anschlag sieht eher nach der Arbeit eines Reinigungsteams seiner Geschäftspartner aus.«

Halbach nickte. »Also gut. Uns kann man eigentlich

keinen Vorwurf machen, diese Verhaftung war ja nun wirklich nicht unsere Idee. Insofern hatten wir wohl Glück – wenn man bei dieser Tragödie von Glück sprechen kann. Aber unserem Fall hätte der Sohnemann wohl wenig geholfen, wie es aussieht. Wie geht es ihm?«

»Er wird gerade operiert. Sieht aber nicht gut aus. Es waren wohl zu viele Treffer dabei.«

»Der überlebende Beamte ist wohlauf? Und was ist mit dem Attentäter?«

»Kollege Baumeister ist unversehrt, steht aber unter Schock. Die beiden anderen sind am Tatort verblutet, wie auch einer der Attentäter. Der zweite hat eine Verletzung am Knie. Er schweigt. Er hatte aber die Karte seines Anwalts dabei.«

»So, hatte er das? Gut vorbereitet. Und natürlich keinen Pass, wie ich annehme.«

Kiran schüttelte den Kopf. »Sein Anwalt ist unterwegs. Alenka schaltet das Team dazu, wenn Bolko und ich die Vernehmung beginnen. Ich denke aber nicht, dass wir irgendetwas erfahren werden.«

Halbach nickte zustimmend. »Ich überlasse Sie dann mal Ihrer Arbeit. Sagen Sie Bescheid, wenn die Übertragung aus dem Verhörraum beginnt.«

Etwa eine Stunde später hatte sich das Team wieder am Bildschirm versammelt, auf dem man Bolko und Kiran zwei recht gelassen wirkenden Herren gegenübersitzen sah. Der eine trug nach wie vor einen schwarzen Militäroverall, der andere Anzug und Krawatte. Die Gesichter glichen sich jedoch in ihrer Ausdruckslosigkeit.

Der Anwalt eröffnete den Reigen, indem er kundtat, dass sein Mandant keine Aussage zu machen habe. Er werde auf Beweisführung und Anklage warten und generell nur durch ihn, seinen Anwalt, kommunizieren, da er des Deutschen nicht mächtig sei.

Bolko fragte den jungen Mann nach seinem Namen und Alter. Dieser blickte zu seinem Anwalt. Nach einem kurzen Wortwechsel auf Russisch erklärte dieser, sein Mandant heiße Alexej Iwanow, sei sechsundzwanzig Jahre alt und stamme aus der Ukraine. Seine Papiere würden nachgereicht. Weitere Fragen Bolkos beantwortete Iwanow durchgängig mit steinerner Miene. Offenbar war die Nennung seines Namens bereits das äußerste Zugeständnis.

Kiran wandte sich an Bolko und sagte leise, aber hörbar, dass man die Sache fürs Erste auf sich beruhen lassen könne. An Iwanow gewandt, fuhr er dann auf Russisch fort: »Ihre Aussageverweigerung wird zur Kenntnis genommen, obwohl ich Sie davor warnen möchte, die Zusammenarbeit mit uns zu verweigern. Wir sind uns absolut darüber im Klaren, was hier abläuft und welche Kreise ein Interesse am Ableben von Martin Lautenschläger haben. Insofern würde ich Ihnen sehr dringend empfehlen, darüber nachzudenken, ob Sie uns nicht lieber mitteilen wollen, wer Sie geschickt hat. Bevor wir das selbst herausfinden, und den Mann und sein Team kassieren. Wir können Sie vielleicht schützen. Denken Sie darüber nach.«

Iwanow, der erst erstaunt und dann konzentriert gelauscht hatte, konnte sich schließlich ein spöttisch bewunderndes Grinsen nicht verkneifen, ansonsten aber blieb er still und saß weiterhin mit gefalteten Händen am Tisch.

Bolko brach das Verhör ab, sprach Zeit und Ort ins Mikrofon, dann verließen Kiran und er die Zelle.

»Na, das lief ja richtig prächtig«, sagte Halbach gereizt, als Kiran sich wieder beim Terminal einfand. »Der sieht aus, als wäre er auf dem Weg in den Urlaub. Was haben die ihm versprochen?«

Kiran sah sie an. »Standard ist, dass er jetzt sehr viel besser bezahlt werden wird als draußen in Freiheit. Er bekommt Privilegien, Schutz und gute Belieferung in der Haftanstalt. Seine Familie wird ab jetzt komplett von seiner Gruppe ernährt und versorgt, inklusive Ausbildung für die Kinder, wenn er welche hat. Für ihn ist das Thema durch, er hat sich für seine Gruppe geopfert und wird dementsprechend fürstlich entlohnt. Wenn man ihn ausliefern sollte, ist er sogar schneller draußen als nach einem Wirtschaftsdelikt hierzulande.«

Halbach schüttelte den Kopf. »Ich mag gar nicht daran denken. Aber egal, gehen wir an die Arbeit. Lassen Sie mich wissen, wenn Sie neue Ergebnisse haben.«

Kiran und Alenka nickten und setzten sich an den Computer.

Alenka hatte bereits während des Verhörs am Vormittag ihre Hausaufgaben gemacht: Sie hatte die von Osmanow gelieferten Akten aus den fünfziger Jahren eingescannt, Aktenzeichen und andere Informationen per E-Mail an das Team verschickt, die Profilfotos der beiden verhafteten Mitglieder der Gladow-Bande digitalisiert und dann begonnen, das Porträt mit einem neuartigen Programm zur biometrischen Gesichtserkennung in ein dreidimensionales Bild zu verwandeln. Da sie den Tag über mit dem Anschlag beschäftigt gewesen waren, war dieser datenintensive Vorgang bereits gut fortgeschritten, jedoch längst nicht abgeschlossen.

Darüber hinaus hatte sie die Personalien der beiden durch den Computer überprüft. Dabei hatte sie festgestellt, dass der eine, ein gewisser Fritz Kahlow, 1971 gestorben war. Der andere, ein Werner Eisenhauer, war Mitte der fünfziger Jahre verschwunden und tauchte in keiner weiteren Meldeliste mehr auf.

Kiran klopfte Alenka anerkennend auf die Schulter und sagte: »Gut gemacht. Dann sollten wir mal schauen, wie der verschwundene Herr Eisenhauer heute aussieht.«

Alenka schaute ihn fragend an. »Heute? Sie meinen ein Verbrecher aus den fünfziger Jahren ist heute noch aktiv?«

»Das vielleicht weniger. Ich denke aber, dass es einen sehr guten Grund geben muss, warum diese Bilder in einer Ermittlung im Zusammenhang mit der Omniacorp ausgewählt worden sind. Auf jeden Fall sind diese Bilder in einem Speziallabor bearbeitet worden. Wahrscheinlich, um genau das zu tun, was wir jetzt vorhaben.«

Alenka runzelte die Stirn. »Aber warum ist Reithard dann verschwunden, bevor er diese Überprüfung durchführen konnte?«

»Gute Frage. Ich denke, er hatte inzwischen vielleicht auf anderem Wege herausgefunden, um wen es sich auf dem Bild handelt. Wie auch immer, wir haben diese Information leider nicht, also müssen wir es auf anderem Wege herausfinden.«

Er wollte aufstehen, aber Alenka hielt ihn am Arm zurück. »Bolko hat mich gefragt, ob ich während der Bildbearbeitung noch einen kleinen Auftrag erledigen kann. Er meinte, es sei nicht wichtig für die Ermittlungen, aber er sagte, ich soll es auch Ihnen sagen. Er will den PC des gefeuerten Mitarbeiters Mersburg auseinandernehmen, weil er wissen will, wer ihm dieses Ei ins Nest gelegt hat. So hat er sich jedenfalls ausgedrückt.«

Kiran lachte. »Klar, auf jeden Fall«, sagte er dann. »Das stand ohnehin an. Wenn Sie das nebenher hinbekommen, um so besser.«

Sie blickte ihn mit hochgezogenen Brauen an.

»Na ja, ich meine ja nur«, sagte er entschuldigend und ging an seinen Schreibtisch.

Zusammen mit Bolko versuchte er ein Dossier zu Georg Reithard zu erstellen. Zunächst skizzierten sie einen wahrscheinlichen schulischen Werdegang. Beginnend bei der damals neu gegründeten Polytechnischen Schule, der erweiterten Oberschule, den Pionier- und Wehrgruppen, dann Einberufung in die Volksarmee und schließlich die Überstellung zum Ministerium für Staatssicherheit. Akten und Meldelisten schieden wie gesagt aus. Vielleicht aber würde es ihnen gelingen, mit den identifizierten Schul- und Klassennamen ein altes Schulfoto von Georg Reithard ausfindig zu machen. Auch wenn Reithards Name im gesamten Meldesystem der DDR fehlte, so hatten die Kollegen damals im Geheimdienst mit einer Sache so wenig gerechnet wie die Staatssicherheit auch: der Macht der frei verfügbaren Informationen im Internet.

Nachdem sie sich eine Pizza von Enzos Onkel hatten liefern lassen, begannen sie alle bekannten sozialen Netzwerke und private Internetseiten nach Treffen und Listen alter Schuljahrgänge zu durchforsten. Bolkos Einwand, dass die Kameraden aus Reithards Jahrgang nicht gerade die aktivste Gruppe der Internetnutzer darstellte, widersprach Kiran mit dem Argument, dass gerade die schulische Bildung in der ehemaligen DDR eine ganz andere war. Wenn überhaupt, so glaubte er Fotos aus der alten DDR hier zu finden, gesammelt von einem eifrigen und nostalgischen Rentner mit viel Zeit und guter Ausbildung.

Es brauchte fast drei Stunden Recherche, bis Bolko schließlich fündig wurde. Auf seinem Monitor prangte ein gestochen scharfes Schwarzweißfoto der zehnten Klasse der Polytechnischen Schule Köpenick aus dem Jahre 1966, daneben viele überraschend gut erhaltene Fotos der Schulsportgruppen mit den Namen der Schüler. Eines zeigte vier Jungen in Badehosen, die lachend einen Pokal in die Luft reckten. Ein Junge in der Gruppe hielt den Arm ebenfalls an den Pokal, starrte aber ernst und ausdruckslos in die Kamera. Zweiter von rechts, Georg Reithard.

»Bingo«, sagte Bolko und grinste Kiran an. »Geht sofort an Alenka. Die soll uns das durch den Altersbeschleuniger leiern.«

Er schickte die Datei ab. Dann gingen sie in die Küche, machten sich einen Kaffee und begaben sich schließlich zu Alenka an den Terminal. Sie hatten gehofft, bereits ein erstes Ergebnis sehen zu können, doch da wurden sie enttäuscht.

»Was glauben Sie, wie schnell so was geht?«, fragte Alenka aufrichtig empört. Sie verwendete eine im BKA gebräuchliche 3D-Anwendung zur Gesichtserkennung sowie eine Software zum digitalen Altern eines Fotos, die vom FBI und dem ihm unterstellten nationalen Suchdienst für vermisste und entführte Kinder in den USA entwickelt worden war. »Da sind sehr hohe Rechenleistungen nötig. Sie werden sich bis morgen gedulden müssen.«

Bolko zuckte die Schultern, und Kiran gab Alenka noch einige Hinweise darauf, welche individuellen Altersmerkmale und körperlichen Besonderheiten sie dem Straftäter Eisenhauer und Georg Reithard mitgeben sollte. Dann empfahlen sie sich und überließen sie ihrem Hightech-Spielzeug.

Am nächsten Morgen trafen sie sich zur Besprechung in Halbachs Büro. Alenka nahm nicht an der Sitzung teil, weil sie an den Porträts arbeiten wollte, um sie später am Vormittag präsentieren zu können. Auch Paul Heinrich hatte mitgeteilt, dass seine Ermittlungsgruppe noch den ganzen Tag brauchen würde, um Material über die Partner von Martin Lautenschläger zusammenzustellen.

Birte Halbach eröffnete die Sitzung mit einer schlechten Nachricht.

»Ich bin gerade benachrichtigt worden, dass Martin Lautenschläger seinen Verletzungen erlegen ist«, sagte sie und sah wenig glücklich aus. Sie holte tief Luft. »Die Verantwortung dafür wird man natürlich uns zuschieben. Wir sind angehalten, so bald wie möglich die Partner des Verstorbenen auszumachen und zu verhaften. Wie weit sind wir da, Bolko?«

»Heinrich ist fast so weit. Er vergleicht und ergänzt heute Osmanows Material über Treffpunkte und Routen mit den Daten aus den Ermittlungen seiner eigenen

Abteilung. Wir können den ganzen Krempel also spätestens morgen an die Abteilung Organisierte und Allgemeine Kriminalität übergeben. Dann können die sich austoben.«

»Gut. Ich bekomme sehr viele Anrufe deswegen, also können wir zumindest das bitte schnell lösen. Ich sage es Ihnen gleich, man ist geneigt, die ganze Sache damit abzuschließen.«

Kiran blickte auf. »Wir werden abgezogen?«

Auch Bolkos Blick wurde finster.

»Es sieht ganz danach aus. Es obliegt aber offiziell mir und Oberstaatsanwältin Roellinghoff, inwieweit wir die vorhandenen Spuren weiterverfolgen. Wir müssen nur höllisch aufpassen. Wie ich höre, sind wir auf einem guten Weg?«

»Sind wir«, sagte Kiran. »Wir haben Reithards schulischen Werdegang nachgezeichnet und ein gutes Foto von ihm als Schüler, das wir gerade auf sein aktuelles Alter bringen. Dann ist da die Aktenspur von 1953, die wir heute gerne überprüfen würden.«

»Gut, machen Sie so weiter. Aber diesmal bitte Informationen vorab. Wenn Reithard identifiziert werden kann, müssen wir erwägen, bundesweit nach ihm zu fahnden.«

Kiran hob abwehrend die Hände. »Genau das hatte ich eigentlich gehofft zu vermeiden. Können wir wenigstens achtundvierzig Stunden selbst suchen, bevor die Fahndung rausgeht?«

»Genau«, fiel Bolko ein. »Er wird sonst bei dem ganzen Rummel einfach verschwinden. Für so einen Speznas-Spezi sollte das kein Problem sein, den fassen wir nie mit

Grenzkontrollen. Und außerdem sagten Sie doch gerade, man will die Sache im Schrank verschließen.«

»Ihren Eifer in allen Ehren, aber wir können uns nach dem Debakel mit dem Gefangenentransport keine Pannen mehr erlauben«, antwortete Halbach trocken.

Bolko sah die Chance und legte nach. »Wir können den realen Mörder von Friedrich Lautenschläger nicht einfach laufen lassen. Auch wenn wir den Ruf des alten Helden intakt lassen sollen. Uns bietet sich hier die Gelegenheit, den Mörder zu fassen. Davon sollte uns niemand abhalten können.«

Halbach sah, wie ihre beiden Teamleiter sie treuherzig und zugleich möglichst indifferent anzuschauen versuchten.

»Haut ab. Ich werde sehen, was ich tun kann.«

Als Kiran und Bolko sich wenig später mit einem frischen Cappuccino für ihre Kollegin ausgerüstet zu Alenka an den Terminal begaben, war diese gerade damit beschäftigt, aus den Druckern ratternde Listen zusammenzuheften und nebenher den einen oder anderen Befehl in die Tastatur einzugeben. Auf dem Großbildschirm waren zig Fenster gleichzeitig geöffnet, über die endlose Datenströme flossen. Im Hintergrund rotierten die dreidimensionalen Raster des in den fünfziger Jahren straffällig gewordenen Werner Eisenhauer und des jungen Georg Reithard. Eine Uhr mit integrierter Prozentzahl zeigte bei Eisenhauer »5 Minuten« und »95%« an.

Alenka wandte sich ihnen zu. »Gut, dass Sie da sind. Ich wäre gleich so weit. Setzen Sie sich doch. Fangen wir mit dem Sicherheitsleck an?« Sie wartete die Antwort nicht ab, drückte diverse Tastenkombinationen und erklärte in bester Dozentenmanier: »Der Absender der E-Mails war auch nach mehrfacher Überprüfung aller Netzwerkdaten der Kollege Mersburg. Ich habe auf seinem Computer in keiner einzigen Anwendung auch nur den kleinsten Hinweis auf Fremdeinwirkung gefunden.«

»Nicht gut«, sagte Bolko. »Wir werden wohl kaum nachweisen können, dass sich einfach irgendjemand per Hand an seinem PC zu schaffen gemacht hat.«

»Doch«, antwortete sie. »Das könnten wir sogar, es sei denn, jemand kannte sein Passwort und hat sich eingeloggt und die E-Mail verschickt. Aber genau das ist nicht passiert. Die E-Mail wurde verschickt, als sein Computer abgeschlossen und im Ruhezustand war. Zur Mittagszeit, als er sich mit seiner Kantinenkarte eine Gulaschsuppe gekauft hat. Über das Netzwerk ist aber auch niemand eingedrungen.«

»Okay, ich bin offiziell verwirrt. Was genau ist passiert?«, fragte Bolko.

»Jemand hat, wie ich schon beim ersten Check vorgestern festgestellt habe, ein Programm installiert, das eine E-Mail verschickt und diese samt Dateianhängen nach der Versendung löscht. Von dem Programm fehlt jede Spur. Und inzwischen weiß ich auch, wieso.« Sie machte eine Pause und sah die beiden bedeutsam an.

Bolko entfuhr ein: »Und?«

»Weil so ein kleines Script-Programm, das eine derartige Handlung ausführt, sich auch als etwas anderes tarnen kann, zum Beispiel als Virus.« Alenka fuhr fort, als sie die verständnislosen Gesichter der beiden sah: »Viren verhalten sich oft genau auf diese Weise. Sie speichern Programme im Betriebssystem, sie gehen in Datenbanken und dort zum Beispiel zu Listen der Kontaktadressen des Opfers, leiten dieses Programm oder andere kleine Fisimatenten per Mail an bestimmte oder sämtliche Kontakte weiter. Sie können sich nach angerichtetem Schaden dann selbst löschen oder werden, wie in diesem Fall hier, von einem regelmäßigen Virenscan entdeckt und beseitigt. Als mir erst mal klar war, was sich hier abgespielt haben könnte, war es leicht. Ich bin in unser Virensuchprogramm gegangen und habe mir die Logbücher vergangener Scans angeschaut, und da war der kleine Racker.«

Sie zeigte auf eine Ansammlung von Daten und wies mit dem Cursor auf eine Zeile. »Das hier ist ein als Virus getarntes Programm, das per E-Mail auf Mersburgs Rechner gespielt wurde. Der Absender hat sich zwar verschiedener sehr guter Verschleierungstaktiken bedient, aber seine IP-Adresse habe ich über viele Umwege dennoch gefunden. Bitte schön.«

Sie zeigte auf die Kolumne der E-Mail-Absender, wo ein Name stand: Paul Heinrich.

Bolko stand auf. »Na, dann gehen wir doch mal unseren lieben Kollegen suchen.«

Kiran hielt ihn zurück. »Warte, Heinrich soll erst seine Arbeit fertig machen, auf die alle warten. Er fühlt sich sicher, also wird es heute keine Probleme geben. Zu gegebener Zeit soll sich die Innere darum kümmern. Schauen wir uns lieber mal die anderen Ergebnisse an.«

Bolko nickte und setzte sich wieder. Alenka hatte unterdessen alle unnötigen Fenster auf der Desktopoberfläche geschlossen, sodass nur noch die beiden Köpfe vor ihnen rotierten. Vor diesem surrealen Szenario hielt sie ihren Einführungsvortrag.

»Ich muss wie gesagt zwei lange Rechenprozesse durchführen: die Umwandlung der Fotografien in 3D-Bilder, damit wir bessere und vor allem genauere Details des Alterns anwenden können, dann den Alterungsprozess selbst. Beides dauert, anders als bei amerikanischen TV-Serien, ziemlich lange. Daher ist der junge Georg Reithard auch gerade erst fertig mit der dreidimensionalen Darstellung seines Kopfes. Den alten Reithard können wir also erst am Abend betrachten.«

Sie klickte das rechte Bild weg.

»Werner Eisenhauers Bearbeitung dagegen ist abgeschlossen. Ich habe zwei Versionen erstellt: zuerst ein ganz normales klassisches Altern mit den üblichen Rückbildungen und Falten.«

Sie öffnete das erste Bild, das einen Mann Anfang achtzig zeigte, mit dünnem weißem Haar, Altersflecken und leicht verbitterten Gesichtszügen.

»Sieht nicht gut aus. Obwohl ich irgendwie glaube, dass mir der bekannt vorkommt«, sagte Bolko und legte den Kopf schief.

»Geht mir auch so«, sagte Kiran. »Schauen wir uns die Alternative an, acht Jahre jünger.«

»Warum acht Jahre?«, fragte Bolko.

Kiran lächelte und wies auf den Bildschirm.

Alenka öffnete das zweite Bild, und sie starrten in Friedrich Lautenschlägers Gesicht.

Bolko fiel fast die Kaffeetasse aus der Hand. Selbst Kiran, der Alenka mit der Programmierung von Lautenschlägers Merkmalen und den Details von dessen kosmetischer Operation beauftragt hatte, war überrascht, wie einfach und zugleich effizient sich ein Mensch verändern konnte.

»Mein lieber Herr Gemeinderat, das wird uns niemand glauben«, sagte Bolko, der die Sprache wiedergefunden hatte. »Wie um Gottes willen sollen wir das der Chefin klarmachen?«

»Keine Ahnung«, sagten Kiran und Alenka gleichzeitig.

Sie schwiegen eine Weile. Jetzt erst bemerkte Bolko, dass er seinen halben Kaffee verschüttet hatte. Er stand auf, um einen Lappen zu holen, und sagte im Gehen zu Alenka: »Verdammt gute Arbeit, Alenka. Absolut spitze.«

Alenka sah Kiran an, der Bolko hinterherblickte. »Was ist denn in den gefahren? Der wird immer netter. Sie meinen doch nicht, dass …«

»Nein«, sagte Kiran kopfschüttelnd. »Nicht sein Stil. Er lebt sich ein, würde ich sagen.«

»Was mache ich damit?«, fragte sie dann und deutete auf den Monitor.

»Ganz einfach. Einen kurzen Bericht schreiben. Zugriff nur Enzo und Sie, Bolko, ich und natürlich Halbach, an die Sie das bitte gleich schicken. Wir sagen es ihr vorher, keine Sorge. Und Bolko hat recht: Das war brillante Arbeit.«

Kiran erhob sich. Er ging zu Enzo und kündigte ihm an, dass man sich umgehend zum zentralen Polizeiarchiv nach Berlin-Mitte begeben würde.

»Um was zu suchen?«, fragte Alenka.

»Alte Polizeiakten. Wenn Reithard Friedrich Lautenschläger wiedererkannt hat, dann hat er als Nächstes nach belastendem Material gesucht. Und zwar wahrscheinlich zunächst in Moskau, wo man offensichtlich auch eine komplette Sammlung hat. Wir dagegen versuchen unser Glück eben im Originalarchiv.«

Bolko, der inzwischen mit einem Lappen zurückgekehrt war und den letzten Satz mitbekommen hatte, nickte traurig. »Ein wundervoller Tag in staubigen Ost-Akten. Aber irgendwie spannend. Mal sehen, was der Herr Lautenschläger so alles angestellt hat in seiner Jugend.«

Während er die Kaffeepfütze aufwischte, sagte Bolko zu Alenka: »Was den Kollegen Heinrich betrifft, behalten Sie ihn im Auge. Keine Mails oder Telefonate nach draußen, von denen wir nichts wissen. Falls er sich absetzen will oder sonst irgendwas unternimmt, ketten Sie ihn an den Schreibtisch. Ich unterrichte Halbach.«

Alenka nickte ernst. Kiran holte noch ein paar Gerätschaften aus seinem Schreibtisch. Er wollte sich gerade zum Gehen fertig machen, als Birte Halbach ins Büro gestürmt kam. Bolko kam kaum hinterher. Am Medienterminal angekommen, blickte sie fassungslos auf das Porträt und dann zu Kiran.

»Dass mir das niemand auch nur mit einem Sterbenswort erwähnt. Zu keinem!«

Kiran nickte und begab sich mit Bolko Richtung Tür. Halbach war jedoch noch nicht fertig.

»Schafft mir diesen Irren her, es reicht jetzt! Ich will, dass dieser Schwachsinn verdammt noch mal endet. Und wenn wir unseren Bericht schreiben, will ich knallharte Fakten und sonst gar nichts, habt ihr mich verstanden?«

Bolko salutierte und folgte Kiran zum Lift. Die Jagd war eröffnet.

23

Im Zentralarchiv des Berliner Landeskriminalamts reagierte man nicht unbedingt begeistert auf den Besuch einer Sonderermittlungsgruppe des BKA, selbst wenn diese ein Formular mit allen notwendigen Vollmachten vorweisen konnte.

Doch Bolko machte die Sache dringend, sprach von Gefahr im Verzug und signalisierte auch sonst mehr als deutlich, dass er sich nicht würde abwimmeln lassen. Tatsächlich öffneten sich die Türen zum Allerheiligsten weitaus schneller als sonst beim Zentralarchiv üblich. Binnen einer Stunde saßen er, Kiran und Enzo an einem Arbeitsplatz im alten Archiv, inmitten endloser und meterhoher Aktenschrankwände.

Die Suche erwies sich als nicht so einfach wie gedacht, da sie ihre Recherche zunächst auf die Jahre 1950 bis 1953 beschränkten. Zudem suchten sie ausnahmslos nach Vorfällen, die mit dem erfassten Straftäter Werner Eisenhauer alias Friedrich Lautenschläger zu tun hatten. Obwohl sie nach Stunden der Stichwortsuche im gesamten Aktenbestand aus dieser Zeit einige Anzeigen und Verhöre mit Eisenhauer gefunden hatten, war jedoch nichts darunter, was auch nur ansatzweise das Interesse eines KGB-Ermittlers hätte wecken können.

Inzwischen war es bereits später Nachmittag, und sie

machten eine Pause. Sie besorgten sich Kaffee aus einem Automaten im Foyer und gingen mit ihren dampfenden Bechern nach draußen vors Hauptportal.

Bolko wirkte frustriert, Kiran war in Gedanken, nur Enzo schien voller Energie wie immer. Er schüttelte den Kopf.

»Ich fasse es immer noch nicht«, sagte er und grinste seine Vorgesetzten an. »Ich dachte immer, so etwas gibt es nur in Sizilien. Ist doch unglaublich, wie aus einem kleinkriminellen Werner Eisenhauer einer von Deutschlands mächtigsten Industriemagnaten werden konnte, oder?«

Kiran nickte. »Allerdings«, begann er. »Aber das entscheidende Verbindungstück fehlt uns noch. Irgendetwas muss nach seinem Verschwinden vorgefallen sein, irgendjemand muss ihn unter seine Fittiche genommen haben. Anders ist das nicht zu erklären. Seine Karriere im Berliner Unterweltmilieu war sprunghaft gewesen, er scheint zu Gewaltausbrüchen geneigt zu haben. In dieser Hinsicht hat seine Mitgliedschaft in der Gladow-Bande offenbar einen Dammbruch ausgelöst.«

Wie sie herausgefunden hatten, war die Zahl der Anzeigen wegen Körperverletzung, Raub und Sachbeschädigung nach Gladows Hinrichtung stetig nach oben gegangen. Bis zu jenem Tag, an dem offenbar das Verhör durchgeführt und in der Folge die Polizeiakte angelegt worden war, deren Durchschlag ihnen Osmanow geliefert hatte. Zusammen mit den in verschiedensten Berliner Bezirken aufgenommenen Anzeigen ergab sich ein relativ komplettes Bild eines jungen Gewaltverbrechers, der intelligent und skrupellos zugleich war. Und doch wirkte der kriminelle Lebenslauf Eisenhauers in seinen polizeilichen Details nicht ungewöhnlich. Außer seiner Karriere in der Gladow-Bande, von der die Polizei damals wegen fehlender Informationen jedoch nichts ahnen konnte, schien er an keinerlei größeren oder geplanten Aktionen teilgenommen zu haben.

Wie Alenka bereits angedeutet hatte, war nach dem Jahr 1953 nichts mehr über ihn zu finden. Werner Eisenhauer war komplett von der Bildfläche verschwunden. In dieser Zeit musste er entweder untergetaucht sein oder bereits seinen Identitätswandel vollzogen haben. Angesichts dieser Tatsache war Kiran eine neuer Gedanke gekommen.

Er sah seine Kollegen an. »Vielleicht suchen wir nach dem falschen Namen. Wenn wir nichts über Eisenhauer nach '53 finden, dann vielleicht, weil der Mann, den wir suchen, diesen Namen nicht verwendet hat.«

Bolko nickte. »Okay, dann sollten wir jetzt wohl lieber mal nach seinem Komplizen Fritz Kahlow suchen.«

Eine erste Suche im Stichwortregister förderte mehrere Delikte zutage, in denen der Name Kahlow auftauchte. Keiner dieser Anzeigen half ihnen jedoch weiter. Es war Enzo, der schließlich auf den entscheidenden Polizeibericht stieß.

Kiran und Bolko kamen nach Enzos triumphierendem Ausruf angelaufen und setzten sich zu ihm vor den kleinen Lesetisch, an dem er saß.

»Das hier ist ein Bericht der Polizei der Länder vom 5. Februar 1954, aufgenommen im Bezirk Pankow. Der zuständige ermittelnde Beamte war ein Polizeioberwachtmeister Volkmann, Abschnittsbevollmächtigter war der Kollege Franz Arnold. Ich lese mal den Text der Beweisaufnahme vor: ›Am 4. Februar wurde zu mitternächtlicher Stunde der Polizeiwache Pankow angezeigt, dass es im zweiten Stockwerk im vierten Hinterhof einer Mietskaserne in der Granitzstraße 23d zu einem Überfall gekommen sei. Der Vorfall ist von der benachbarten Grethe Weißhaupt gemeldet worden. Die diensthabenden Wachtmeister Vogt, Unterwachtmeister Böhme und Wachtmeister Steller von der Nachtbereitschaft wurden umgehend zum Ort des Übergriffs beordert. Vor Ort fand man Spuren gewaltsamen Eindringens. Bei den Opfern handelt es sich um Franz Reithard, 1948 heimgekehrter Kriegsversehrter, seine Ehefrau und deren gemeinsamen Sohn. Anhand der Spuren und der Aussagen der Nachbarn soll es sich um mehrere Täter gehandelt haben. Direkt anliegende Nachbarn waren laut eigener Aussage mit dem Tode bedroht und unter Schlägen in ihre Wohnung zurückgedrängt worden. Es konnten weiterhin keine Aussagen aufgenommen werden, da sich kein Familienmitglied in vernehmungsfähigem Zustand befand. Das Familienoberhaupt wurde mehrfach niedergeschlagen und befand sich zum Zeitpunkt des Eintreffens der Kollegen im Zustand der Bewusstlosigkeit. Die Ehefrau Margarethe ist ebenfalls von mehreren Personen angegriffen und schwer misshandelt worden. Sie verstarb auf dem Weg ins Spital. Dem Sohn Georg wurden Schläge in Gesicht und Magengegend beigebracht. Er wurde zusammen mit dem Vater ebenfalls in das Spital verbracht. Eine Begehung des Tatorts ergab, dass sämtliche Wertgegenstände entwendet wurden. Die Einrichtung wurde vollständig zerstört.‹«

Es folgten noch einige Details zum Ausmaß der Verwüstung, die über die Familie Reithard hereingebrochen war. Am Ende des Texts befanden sich Stempel und Unterschriften des leitenden Ermittlers Arnold und der Beamten vor Ort. Eine weitere Aktennotiz am Fuße des Dokuments war drei Tage später vorgenommen worden:

Verdächtigt wird der Gewalttäter Fritz Kahlow, wiedererkannt von Zeugen. Weitere Täter unerkannt und wie Kahlow nicht auffindbar. Georg Reithard nicht vernehmungsfähig, da in ärztlicher Behandlung. Franz Reithard konnte nicht mehr vernommen werden, er war am heutigen Morgen des 7. Februar erhängt in der Wohnung aufgefunden worden.

Verweis auf die Akte 1954/2-581 zur Ermordung der Margarethe Reithard, Anzeige erfolgt gegen Kahlow und unbekannt.

Mit dieser lapidaren Notiz endete das Dokument. Ein zweites angeheftetes Formblatt bezeichnete die Einstellung der Ermittlungen.

Sie sahen sich betroffen an, schließlich fand Bolko als Erster die Sprache wieder.

»Kahlow, Eisenhauers Komplize. Und wie der Rest der Bande danach abgetaucht. Ich denke, man muss kein Prophet sein, um vorherzusehen, dass der liebe Herr Eisenhauer alias Lautenschläger bei dieser Aktion dabei war. Aber wie kann das sein, dass Reithard erst heute auf ihn gestoßen ist?«

»Gute Frage«, meinte Kiran. »Ich würde annehmen, er hatte bis dahin eine Karriere bei zwei Geheimdiensten absolviert und wohl einfach keine Zeit gehabt, nach ihm zu fahnden, falls er überhaupt jemals daran gedacht hat. Außerdem haben wir gesehen, wie gut Lautenschläger abgesichert war – er hatte seine alte Identität ebenso abgestreift wie seinen bisherigen Lebenswandel. Ich frage mich nur, wie Reithard ihn nach all den Jahren wiedererkannt hat.«

Enzo nickte und fügte hinzu: »Wenn wir ihn zu fassen bekommen, werden wir ihn das fragen. Was ich nicht begreife ist dieser sinnlose Überfall und diese Brutalität. Diese Familie ist einfach ausgelöscht worden. Und den Jungen Reithard hat das zum idealen Material für die Staatsausbildung werden lassen.«

Sie schwiegen eine Weile. Dann gab Bolko das Zeichen zum Aufbruch. Sie hatten ein ziemlich komplettes Bild. Jetzt mussten sie nur noch Georg Reithard finden, bevor dieser verschwand oder erneut zuschlug.

Als sie in die Teamzentrale zurückkehrten, war es spät am Abend. Alenka hatte ihre Arbeit beinahe abgeschlossen: Das Porträt des heutigen Georg Reithard würde in einer halben Stunde fertig sein. Genug Zeit, um Birte Halbach die Früchte ihrer heutigen Recherche zu präsentieren.

Es traf sich gut, dass auch Eleonore gerade anwesend war. Kiran berichtete ihren beiden Chefs, was sie über Georg Reithard herausgefunden hatten. Doch wenn Bolko, Enzo und er geglaubt hatten, mit Lob überschüttet zu werden, dann hatten sie sich getäuscht. Birte Halbach starrte ihre Ermittler fassungslos an.

»Friedrich Lautenschläger ist also nicht nur Mitglied der ersten organisierten Bande der Nachkriegszeit gewesen, sondern hat auch noch einen privaten Schlägertrupp in Ostberlin angeführt? Und eines seiner Opfer wurde später Agent, dann KGB-Killer und schließlich Spezialist für deutsche Angelegenheiten in einer Russenmafiatruppe? Und der stolpert jetzt über ihn und richtet auf seinem Rachefeldzug dieses Chaos hier an?«

Die drei Ermittler nickten wie kleine Schuljungen.

»Ist Ihnen eigentlich klar, was ich zu hören kriege, wenn ich damit ankomme?«, fragte sie.

Bolko nickte. »Absolut. Wir haben nur eine Chance. Wir müssen den Mann finden. Falls er noch in Berlin ist. Ich kapiere ohnehin nicht, wieso der nicht längst abgehauen ist.«

»Ganz einfach«, antwortete Enzo. »Er ist wahrscheinlich noch nicht fertig. Ich bin mir sicher, dass er die Partner auf den jungen Lautenschläger gehetzt hat, nachdem er den generellen Verdacht zum ersten Mord auf Osmanow lenken wollte. Außerdem weiß er nicht, dass wir seinen richtigen Namen kennen.«

»Das sehe ich auch so«, pflichtete ihm Kiran bei. »Ich nehme auch an, dass der Überfall auf Osmanow dazugehört und vielleicht noch ein Versuch folgt. Vielleicht als Ablenkung, vielleicht auch ein Gefallen für Osmanows Gegner. Wir müssen zusehen, dass wir ihn fassen und befragen können, bevor wir den BND alarmieren.«

»Darüber denken wir nach, wenn wir ihn haben. Falls wir ihn finden. Wie weit ist Alenka?«, fragte Eleonore.

»Die müsste gerade fertig sein«, antwortete Bolko.

»Ich rufe sie an«, sagte Halbach. Sie griff zum Hörer, wechselte ein paar Worte mit Alenka und beorderte sie schließlich in ihr Büro.

Als sie eintrat, erwartete sie eine überaus gespannte Runde. Sie lächelte, ging zu Halbachs Computer und gab einige Befehle in die Tastatur ein. Auf dem Wandmonitor erschien das E-Mail-Programm. Dort öffnete sie eine Bilddatei. Zu sehen waren drei Versionen eines Mannes Anfang sechzig, die mittlere mit schütteren angegrauten blonden Haaren und mit durchdringendem, hartem Blick.

»Das können wir zur Fahndung rausgeben, obwohl ich nicht weiß, ob wir ihn damit nicht eher verscheuchen«, sagte Alenka. Enzo und Halbach blickten skeptisch auf den Monitor. Eleonore sah, wie Kiran und Bolko verwunderte Blicke tauschten.

»Was ist? Kennt Ihr den Mann?«

»Kennen wäre übertrieben«, sagte Bolko. »Aber wir haben ihn vor zehn Tagen draußen auf dem Parkplatz getroffen.«

In das verblüffte Schweigen fügte Kiran hinzu: »Er hat seinen Dackel spazieren geführt und seinen Sohn hier besucht.«

»Seinen Sohn?«, fragte Halbach mit einem Ausdruck entsetzter Resignation.

Bolko nickte. »Jepp. Und jetzt ist es wirklich an der Zeit, dass wir uns mal mit dem Kollegen Heinrich unterhalten.«

Paul saß nervös im Vernehmungsraum im Keller des BKA-Gebäudes. Er war von zwei Beamten direkt von seinem Schreibtisch weggeführt worden, als er gerade seinen Bericht mit der kompletten Beweislage für die Verfolgung und Verhaftung von Martin Lautenschlägers Partnern fertiggestellt, an Birte Halbach geschickt und dann begonnen hatte, seinen Schreibtisch aufzuräumen.

Hinter der verspiegelten Glasscheibe stand das gesamte Team und blickte schweigend auf den nervösen jungen

Mann. Schließlich nickte Bolko Kiran zu, und sie gingen zu ihm in den Verhörraum.

Paul musterte sie unsicher. Er schien erleichtert, als sich nur Kiran zu ihm an den Tisch setzte, während Bolko sich abwartend an die Wand lehnte.

»Sie wissen, warum Sie hier sind?«, fragte Kiran ohne Umschweife.

»Nein, ich habe keine Ahnung«, antwortete Paul und schüttelte den Kopf.

»Keine Vermutung?« Kiran bemühte sich um einen freundlich entspannten Ton, klappte seine Akte auf und sortierte einige Papiere darin.

Paul versuchte einen unauffälligen Blick auf die Dokumente zu werfen, sah aber nur endlose Zahlenkolonnen. Ein weiteres Papier zeigte allerdings eine ganze Reihe von Netzwerkkennungen verschiedenster Computer. Pauls Ausdruck veränderte sich nur minimal, aber man konnte für einen Moment eine gewisse Erleichterung aufblitzen sehen. Er wies mit der Hand auf das Dokument.

»Ich kann das erklären.«

Kiran sah ihn fragend an.

»Also, ich habe da einen Fehler gemacht. Ich war nicht ganz ehrlich zu Ihnen.«

»Was Sie nicht sagen«, sagte Bolko.

Paul ignorierte ihn und sah Kiran an. »Ich habe Informationen nach draußen gegeben. An die Presse. Aber ich hatte keine Wahl gehabt.«

Bolko hob die Augen gen Himmel, sagte aber nichts.

»Wieso?«, fragte Kiran. »Hat man Sie unter Druck gesetzt?«

»Ich, ich weiß nicht. Wenn ich Ihnen das sage, muss ich wissen, dass ich geschützt werde.«

»Klar, machen wir doch gerne«, warf Bolko ein. »Wer ist denn hinter Ihnen her?«

Paul bemühte sich weiterhin, ausschließlich Kiran anzusehen. »Ich wurde gezwungen. Man hat mich in meiner Abteilung dazu gedrängt ...«

»Und wer hatte dazu die Mittel?«, fragte Kiran. »Ihr Chef von der SO3, Schallenberg?«

Paul schluckte. Dann nickte er. Er sah lange auf den Tisch. Schließlich blickte er wieder auf. »Ich bin gegen seinen Willen in das Team geholt worden, auf Order eines Vorgesetzten von ihm. Er mag mich nicht. Ich habe mich krummgeschuftet, und er wartet nur auf eine Gelegenheit, mich zu irgendeiner Schieberei zu zwingen und dann zu schassen. Jetzt hat er sie. Ich musste unsere Ermittlungen sabotieren, damit er das Material über Lautenschläger wieder auf den Tisch bekommt. Sonst Versetzung in irgendein Kellerloch oder sogar Entlassung.«

Kiran nickte bedächtig. »Wie konnte er zu der Annahme gelangen, dass ihm der Fall übertragen wird? Unsere Konkurrenz sitzt beim BND, nicht im eigenen Haus.«

»Doch gerade deswegen«, fiel Paul ihm ins Wort. »Er hat Verbindungen zum Präsidenten. Er will die gesamte Ermittlung über Wirtschaftskriminalität zurückhaben, indem wir die Fahndung nach dem KGB-Auftragsmörder an den BND verlieren. Und die restlichen Ermittlungen gehen an ihn, nachdem ich dem Präsidenten nachgewiesen habe, dass hier das Gleiche ermittelt wird wie bei uns in der SO3 – nur schlechter.« Er warf einen wütenden Blick auf Bolko, der entspannt zurückgrinste.

»Interessant, dass Sie das sagen. Was bringt Sie darauf? Vielleicht sind wir schon weiter, als Sie ahnen«, fragte Kiran.

»Woher soll ich das wissen?«, entgegnete Paul mit beleidigter Miene. »Mir sagt man ja nichts.«

»Und das ist auch gut so«, ließ sich Bolko vernehmen. »Alles, was Sie in die Finger bekommen, steht ja zehn Minuten später im Netz.«

Paul sah ihn wutentbrannt an. »Sie verkörpern alles, was ich an diesem Haus und diesem System nicht leiden kann. Man arbeitet sich den Arsch ab, und dann kommt jemand wie Sie an, bricht alle Regeln und ist sofort vorne mit dabei. So was wie den normalen Dienstweg kennen Sie wohl nicht?«

»Doch, aber ich verwechsle das nicht mit Katzbuckeln«, antwortete Bolko vergnügt. »Das war ja vierzig Jahre lang eure Spezialität. Komisch, dass trotzdem irgendwann die Mauer gefallen ist.«

»Sie sind keinen Deut besser als diese widerwärtige Lautenschlägerbande. Die haben nur mehr Geld gemacht als Sie.«

»Und jetzt sind beide tot. Dumm gelaufen, würde ich sagen«

»Ich habe damit nichts zu tun«, gab Paul hitzig zurück, jetzt wieder an Kiran gewandt.

»Sind Sie sicher?«, fragte Kiran. »So wie ich das sehe, stecken Sie ganz tief mit drin in dieser Sache.«

»Was? Ich habe Informationen an die Presse gegeben, gut. Das ist ein Dienstvergehen, weiter nichts. Ich …«

Bolko trat zu ihnen, stemmte die Hände auf den Tisch: »Wir sprechen nicht von irgendwelchen Presseheinis,

Heinrich. Wir reden davon, dass Sie diese Anschläge mit vorbereitet haben.«

Paul lachte hysterisch auf. »Was? Sind Sie völlig verrückt? Wie soll ich denn jemandem Informationen geben, von dem ich gar nichts weiß? Das ist schwachsinnig! Ist das alles, was Sie haben?«

»Nein«, sagte Kiran. »Das ist nicht alles. Wir haben den Namen und die Vita des Mörders – ein gewisser Georg Reithard. Sagt Ihnen der Name etwas?«

Paul schaute ihn verständnislos an.

»Nicht? Erstaunlich. Bei all dem, was Sie ihm erzählt haben müssen, hat er Ihnen noch nicht einmal Ihre eigene Herkunft verraten?«

Paul schaute ihn misstrauisch an. »Was sind das für miese Tricks?«, fauchte er dann. »Ich sage es noch einmal: Ich weiß nicht, was Sie von mir wollen.«

Kiran ignorierte diesen Einwand und fuhr unbeeindruckt fort: »Sehen Sie, wir wissen inzwischen nicht nur seinen Namen, sondern auch, wie er heute aussieht und haben von Alenka ein paar computergestützte Zeichnungen anfertigen lassen.« Mit diesen Worten zog er einen Farbausdruck aus dem Aktenhefter und legte die Fotografie vor Paul auf den Tisch.

Die Verwandlung in Pauls Gesicht hätte nicht vollständiger sein können. Der gesamte Ausdruck verrutschte für den Bruchteil einer Sekunde, ein Moment fassungsloser und schuldbewusster Überraschung. Er begann Kiran ehrlich leidzutun.

»Den dürften Sie kennen, oder?«, fragte Bolko.

Paul presste die Lippen zusammen und starrte wieder auf das Foto.

Bolko beugte sich zu Paul herab.

»Jetzt hör mir mal genau zu, Kumpel. Dein alter Herr wird wegen mehrfachen Mordes und jahrzehntelanger Spionage für die andere Seite gesucht. Es gibt zwei Möglichkeiten: Du schweigst, und unser Gespräch endet hier. Weniger Arbeit für uns. Aber wenn die Fahndung losgeht und der BND mitmacht und ihn vor uns erwischen sollte, wird es ein Feuergefecht geben, wie immer wenn die mitmischen. Die Toten und Verletzten gehen dann auf dein Konto, und ich werde persönlich dafür sorgen, dass diese Information bis zum letzten Vollzugsbeamten weitergereicht wird.«

Er ließ den Satz wirken. Dann fuhr er fort: »Oder du erzählst uns, wo wir ihn finden, und er überlebt das Ganze. Wir vernehmen ihn, und danach kann er mit den Kollegen von den Nachrichten einen Deal aushandeln. Wie du übrigens auch mit uns.«

Es trat eine lange Pause ein, während der Paul offensichtlich zwischen Loyalität und purer Selbsterhaltung abwägen musste. Schließlich fand er die Sprache wieder.

»Das ist Wahnsinn. Sie können das nicht ernst meinen. Und beweisen können Sie auch nichts.«

»Blödsinn, natürlich können wir das«, gab Bolko zurück. »Wir haben die DNA von Reithard, und wenn ich nicht gleich ein positives Wort höre, dann hole ich mir deine auf die traditionelle Weise. Ich sage es jetzt zum letzten Mal: Entweder du kooperierst, oder wir gehen mit allem raus, was wir haben. Dann ist der Herr Reithard erledigt oder tot, und du wirst bis zum Pensionsalter im Bau vermöbelt und von hinten genommen. Also?«

Paul stierte auf den Tisch vor sich.

Schließlich stand Kiran auf und legte ihm die Hand auf die Schulter. »Paul, ich weiß nicht, wie er Sie nach all den Jahren wiedergefunden hat und wie er Sie derart benutzen konnte, aber das hier muss aufhören. Sie können nicht wegen des Rachefeldzugs Ihres Vaters Ihr eigenes Leben wegwerfen. Wollen Sie wirklich für ihn ins Gefängnis gehen?«

Diese einfache verständnisvolle Geste und der ruhige Tonfall waren zu viel für Paul. Sein Kopf sackte auf die Brust und seine Schultern bebten, als er hemmungslos zu schluchzen begann.

Kiran wartete geduldig, dann hielt er ihm einen Stift hin. Zitternd rang Paul um Fassung. Schließlich nahm er den Stift und schrieb etwas auf.

Kiran nahm den Zettel, reichte sie Bolko. Eine Adresse im Südosten von Berlin.

»Da ist seine Datsche. Er wohnt dort.«

Halbach blickte in die Runde, als sich alle in ihrem Büro versammelt hatten. »Ich besorge uns ein kleines Einsatzteam. Bolko, Sie werden den Zugriff planen. Abschließende Besprechung in einer Stunde. Zugriff in drei Stunden. Heute Nacht wird dieser Albtraum ein Ende haben.«

Sie nickten und gingen aus dem Verhörstrakt zurück in den Besprechungsraum. Enzos Gang war federnd, wie bei einem Fußballer vor Spielanpfiff. Er ließ die Finger knacken. Offensichtlich konnte er es gar nicht mehr erwarten.

24

Kiran zuckte zusammen, als Bolko hinter ihm nur mit Mühe ein Niesen unterdrückte.

Die Datsche lag still in der nächtlichen Dunkelheit. Sie waren vor etwa einer halben Stunde in dem geradezu ländlich wirkenden Außenbezirk angekommen. Enzo hatte bereits zwei Stunden vorher Stellung bezogen und mit einer Spezialkamera erste Bilder übertragen, als das Team noch dabei war, in der Zentrale den Einsatz zu planen. Jetzt saßen sie gemeinsam gut verborgen durch dichtes Blätterwerk eines nahen Gebüschs und beobachteten das kleine Wochenendhaus, aus dem ein warmes Licht drang. In der Einfahrt stand ein dunkelfarbener Mittelklassewagen, unauffällig wie alles an dem Haus und dessen Bewohner. Wie jedes Mal, wenn er einen Täter überführte, war Kiran aufs Neue erstaunt darüber, wie sich hinter einem unscheinbaren Äußeren ein derartiger Abgrund auftun konnte. Georg Reithard war sicherlich ein Paradebeispiel dafür, was das Leben in dieser Welt mit einem Menschen anrichten und wozu es ihn treiben konnte.

Nachdem Paul in seine Zelle gebracht worden war, waren Kiran und Bolko schnell übereingekommen, dass man mit einer kleinen Gruppe und so lautlos wie möglich agieren sollte. Birte Halbach hatte daher ihre Beziehungen spielen lassen und Hilfe von inoffizieller Seite angefordert. Sie trafen wenig später ein – zwei Männer und eine Frau. Einer der Männer wurde dem Team lediglich als Röber vorgestellt, Experte für Sprengstoffe und Verdrahtungen aller Art. Er begab sich sogleich an den Wandplan des Hauses, um den Grundriss der Datsche zu studieren. Der zweite Mann nannte sich Dreher, war von der SEK-Einsatzleitung, heute eigentlich nicht im Dienst und deshalb der ideale Mann zur Koordinierung des kleinen Einsatzkommandos, dessen Gruppenleiter lieber aktiv am Zugriff teilnehmen wollte.

Birte Halbach legte Wert darauf, zwei entscheidende Punkte noch einmal unmissverständlich zum Ausdruck zu bringen. Zum einen betonte sie, dass dies ein Einsatz des BKA sei, der Abschluss einer Ermittlung zur Ergreifung einer hochgefährlichen Zielperson. Zum anderen gebe es den politischen Aspekt – aus Gründen, die sie den anwesenden Ermittlern nicht näher erläutern müsse, so Halbach, dürfe dieser Einsatz unter keinen Umständen schiefgehen. Es wäre mit Sicherheit das Ende der Karrieren aller Beteiligten. Von den Mienen aller Anwesenden war jedoch abzulesen, dass niemand gewillt war, diesen Fall jetzt noch aus den Händen zu geben. Dafür hatte es in den vergangenen Tagen zu viel Kritik und Häme gegeben.

Nachdem das geklärt war, stattete Röber sich und Enzo mit diversen Detektoren aus, mit denen sie Kameras, Bewegungsmelder und elektronische Zünder aufspüren und die gesamte Lage vor Ort ans Team übermitteln konnten. Ausgerüstet wie für eine Mission ins All, brachen beide schließlich auf. Bis zu ihrer Rückmeldung planten Kiran, Bolko und Dreher die Vorgehensweise anhand der Satellitenbilder, die sie von der Datsche und der näheren Umgebung hatten. Das Einsatzkommando würde aus acht Mann bestehen, die jede Seite des Grundstücks absichern, sich aber ansonsten im Hintergrund halten und nur dann eingreifen würden, wenn Reithard fliehen sollte.

Alenka und Enzo sollten den Hintereingang und die angebaute rückwärtige Garage absichern, Kiran und Bolko würden sich vorne postieren. Die Frage war nun, ob Reithard Vorkehrungen für einen Angriff getroffen hatte. Angesichts seiner Ausbildung konnte man von schlichten Stolperdrähten bis zum Einsatz von detonierenden Sprengsätzen mit allem rechnen. Trotzdem würden sie nicht mit einer Hundertschaft anrücken und auch nicht damit beginnen, die Nachbarschaft zu evakuieren. All das, so hatte Kiran argumentiert, würde Reithard nicht nur aufschrecken, sondern unter Umständen genau die Reaktion hervorrufen, vor der man das Team und die Zivilbevölkerung schützen wollte.

Jetzt saß Dreher mit Birte Halbach in einem Einsatzfahrzeug unweit der Datsche und analysierte die von Enzo und Röber übertragenen Bilder und Messwerte. Alle waren positioniert und verständigten sich nur per SMS, da jede andere Form des Funks von einem Profi wie Reithard ohne weitere Probleme aufgefangen und abgehört werden konnte und sie kein Risiko eingehen wollten.

Enzo hatte inzwischen seinen Posten neben Alenka bezogen, Kiran und Bolko saßen nach wie vor im Gebüsch und warteten. Schließlich kam die Entwarnung aus dem

Einsatzwagen. Keine erkennbaren Sprengsätze, einfache Überwachungskameras, dazu erstaunlicherweise nur simple Bewegungsmelder vor und hinter dem Haus.

»Hoffen wir, dass die nichts übersehen haben«, kommentierte Bolko trocken.

»Also, wie besprochen: Wir gehen zur Tür, aber nur wir zwei«, sagte Kiran. Er hatte diese Variante so geplant, darauf hoffend, dass Reithard sich sicher fühlen würde und seine Datsche nicht in eine Festung verwandelt hatte. Über SMS wies er alle an, die Interkoms einzuschalten, sobald er und Bolko an der Haustür standen. Für den Fall, dass sie eingelassen würden, hatten vor allem Alenka und Enzo direkten Kontakt und darüber hinaus ihr Gerät und ihre Anweisungen für das weitere Vorgehen.

Er nickte Bolko zu, und sie gingen los, direkt über den Rasen und die Stufen hoch zur Eingangstür. Kiran klingelte, dann warteten sie.

Es dauerte ein, zwei Minuten, bis Schritte zu hören waren. Ein Schlüssel wurde herumgedreht, die Tür zur Hälfte geöffnet, und vor ihnen stand Georg Reithard.

»Guten Abend«, sagte Kiran. »Mendelsohn und Blohm vom BKA. Wir möchten uns gerne mit Ihnen unterhalten. Dürfen wir eintreten?«

Georg Reithard musterte beide aufmerksam von oben bis unten. Seine Augen bewegten sich unglaublich schnell. Kiran war sich sicher, dass sie die gesamte Umgebung hinter ihnen ebenfalls komplett abgesucht hatten. Schließlich nickte er, trat zurück und ließ sie ein. Er blieb in der kleinen Diele stehen, und sie gingen ihm ins Wohnzimmer voran. Sie drehten sich um und waren kaum überrascht, als Reithard eine Pistole in der Hand hielt. Weniger war sicher nicht zu erwarten gewesen. Sie hoben die Hände.

»Wie haben Sie mich gefunden?« Keine Frage, eher ein gebellter Befehl.

»Wir haben uns ein wenig mit Ihrem Sohn unterhalten«, antwortete Bolko.

Reithards Augen verengten sich. Er schien die Tragweite der Information abzuwägen.

Kiran schüttelte unmerklich den Kopf in Richtung Bolko, dann sprach er: »Ich weiß nicht, wie ich Sie ansprechen soll. Reithard oder Heinrich?«

Reithard entgegnete nichts, aber in seinen Augen blitzte es kurz auf. Dann nickte er anerkennend. »Ich habe mir sagen lassen, dass Sie ein kluger Kopf sind, Herr Mendelsohn. Deshalb glaube ich auch nicht, dass Sie allein hier sind, obwohl ich einem Kämpfer wie Ihnen sogar das zutrauen würde. Aber da Sie wissen, wer ich bin, werden Sie so dumm wohl nicht sein.«

»Nein«, antwortete Kiran, »so dumm sind wir nicht. Wir haben ein Team draußen. Genug Leute, um Sie aufzuhalten.«

Sein Gegenüber lächelte müde. »Bitte, machen Sie sich nicht lächerlich. Ich habe schon weitaus üblere Situationen erlebt. Nicht, wie ich zugeben muss, in meinem eigenen Haus. Aber dafür habe ich meine persönlichen Vorkehrungen getroffen. Es war unklug, zu zweit hier hereinzukommen. Ihnen ist klar, dass Sie meine Position dadurch entscheidend verbessert haben?«

»Können wir bitte diesen Agentenscheiß lassen«, sagte Bolko ungehalten. »Wie wollen Sie hier rauskommen, ohne selbst verletzt zu werden? Mit uns als Geiseln? Können Sie vergessen. Und selbst wenn Sie uns benutzen und vielleicht ein paar unserer Jungs umnieten, wie wollen Sie der Treibjagd entgehen, die danach auf Sie wartet?«

»Eben weil ich ein Agent bin, Blohm. Sie reden zu schnell und denken zu langsam. Ich habe vier Geheimdienste jahrzehntelang zum Narren gehalten, wie kommen Sie darauf, dass ich mich von Ihrem Kindergarten einfangen lasse?« Während er sprach, hatte er eine Fernbedienung aus der Hosentasche geholt, die er jetzt aktivierte. Irgendwo im Haus ertönte ein surrendes Geräusch. An der Wand schaltete sich ein Monitor ein, den Kiran bis dahin nicht wahrgenommen hatte. Reithard betrachtete das Wärmebild, in dem sich einige Silhouetten abzeichneten. »Und was macht Sie glauben, dass neben diesem Witz von einem Team Ihre zwei Leute an der Hintertür irgendeine Bedrohung für mich wären?«

Hinter seinem Kopf klickte eine Glock, die entsichert wurde.

»Weil sie nicht mehr an der Hintertür sind«, antwortete Alenka. Ein zweites Klicken teilte Reithard mit, dass jetzt zwei Waffen auf ihn gerichtet waren.

Seine Augen bewegten sich nach wie vor enorm schnell. Es blieb keine Zeit mehr, bevor er eine Entscheidung treffen würde, das wusste Kiran aus seiner eigenen Ausbildung nur zu gut. »Herr Reithard«, rief er, »ich bitte Sie! Lassen Sie uns das ohne Blutvergießen beenden. Sie sind viel zu wertvoll für den BND, als dass man Sie schlecht behandeln würde. Geben Sie auf. Sie hatten Ihre Rache. Es ist vorbei.«

»Sie haben keine Ahnung, ich habe …«

Doch Kiran ließ ihn nicht zu Wort kommen. »Wir wissen von Ihren Aufträgen in der BRD seit den achtziger Jahren. Und wir wissen, für wen Sie jetzt arbeiten, oder gearbeitet haben. Glauben Sie mir, Sie sind viel zu wichtig, als dass man Sie einfach wegsperren und den Schlüssel wegwerfen würde.«

»Blödsinn, diese Spreejüngelchen in ihren schnieken Glaspalästen haben doch keinen Schimmer von dem, was sich da draußen abspielt. Wie soll ich denen nutzen?«

Kiran schüttelte den Kopf. »Es gibt noch genügend alte Fahrensmänner und deren Schüler – so wie ich einer bin. Kommen Sie mit uns, bitte! Da draußen wartet nur der Tod auf Sie.«

Reithard betrachtete Kiran lange und forschend. Dann ließ er endlich seine Waffe sinken und den Hahn zurückgleiten. Er legte die Waffe neben sich auf die Anrichte.

»Danke«, sagte Kiran. Er atmete erleichtert durch.

Enzo trat zu Reithard und legte ihm Handschellen an. Widerstand war nicht zu erwarten, denn Alenkas Waffe befand sich noch immer direkt an Reithards Hinterkopf.

»Gut mitgedacht, Alenka Motte«, sagte der alte Mann beeindruckt. »Russische Verwandschaft?«

»Sorbisch«, entgegnete sie und nahm seinen Arm, um ihn mit Enzo nach draußen zu führen, der über das Interkom die Festnahme an die Zentrale und das Einsatzkommando meldete. Im nächsten Moment hörten sie bereits die Wagen vorfahren.

Kiran und Bolko gingen ebenfalls nach draußen, wo Enzo und Alenka mit ihrem Gefangenen gerade in einen gepanzerten Einsatzwagen stiegen, in dem zwei weitere bewaffnete Männer saßen. Diesmal würde niemand den Gefangenentransport aufhalten. Weder hatte man sie verfolgt, noch würde irgendein Angreifer dem Team im Wagen oder den zwei eskortierenden Fahrzeugen gefährlich werden können. Wie Kiran vermutet hatte, arbeitete Reithard allein. Für seine Anschläge mochte das ein unschätzbarer Vorteil gewesen sein, heute Abend besiegelte es seine Niederlage.

Bolko beobachtete die Abfahrt, während Kiran einige Male tief durchatmete und Birte Halbach auf sie zukommen sah.

»Machen Sie das nie wieder mit mir. Ich hasse diese unorthodoxen Methoden. Wie konnten Sie so sicher sein, dass der Mann aufgeben würde?«

»Ganz ehrlich? Ich war mir nicht sicher.«

»Reden Sie keinen Quatsch. Der Mann hat ein Blutbad angerichtet und ein weiteres wahrscheinlich angestiftet, vielleicht sogar geplant. Warum jetzt so ein Ende?«

»Ich nehme an, weil er müde ist. Nach seiner Rache wird er in ein Loch gefallen sein. Immerhin hat er den Mann hingerichtet, der sein Leben und seine Familie zerstört hat.«

»Und warum ist er dann geblieben?«

»Das müssen wir ihn fragen. Haben Sie alles vorbereitet?«

Sie nickte, dann legte sie beiden die Hand auf die Wange und lächelte zum ersten Mal seit Tagen.

»Gut gemacht, ihr zwei. Danke.«

Damit drehte sie sich um und ging zu ihrem Wagen.

Bolko legte den Kopf schief, dann rief er: »Chefin?«

Sie drehte sich um und sah ihn fragend an.

»Wer war eigentlich Ihre attraktive Freundin vorhin in der Besprechung? Die Dame hat kein Wort gesagt …«

»Musste sie auch nicht«, sagte Halbach, drehte sich um und ging weiter. Über die Schulter rief sie ihnen zu: »Eine alte Freundin vom BND, Bolko. Sie war hier, falls ich Hilfe gebraucht hätte. Aber sagen Sie's nicht weiter.«

Sie stieg ein und startete den Wagen.

Kiran und Bolko standen eine Weile da und ließen das Adrenalin versickern. Alles war wieder ruhig und friedlich, nur in der Ferne bellte irgendwo ein Hund. Es schien, als wäre überhaupt nichts geschehen. Kiran fühlte, wie auch er innerlich ruhig wurde.

Bolko zündete sich eine Zigarette an und schaute sich um. »Und wer nimmt uns mit zurück?«, fragte er pragmatisch wie immer.

Kiran schaute sich verdutzt um. Dann antwortete er lachend und vollkommen gelöst: »Gehen wir rein und schauen uns noch ein bisschen um, wir brauchen sowieso Material für das Verhör später. Dann können wir uns ja ein Taxi rufen.«

25

Kiran setzte sich und betrachtete sein Gegenüber.

Georg Reithard sah keinesfalls aus, wie man sich einen gefürchteten Topagenten vorstellte. Wie nur wenige Tage zuvor auf dem Parkplatz wirkte er auch jetzt wie ein zwar rüstiger, aber vollkommen normaler Frührentner. Es war jedoch genau diese Unscheinbarkeit, durch die der Mann derart lange unerkannt und unbehelligt hatte agieren können.

Er schien Kirans Gedanken zu erraten, denn er schmunzelte und nahm einen Schluck Kaffee. »Sie fragen sich sicher, wie jemand so bieder aussehen und zugleich ein derart böser Mensch sein kann?«

Kiran nickte. »Sie haben es erfasst. Irgendwie stelle ich mir einen KGB-Agenten und Auftragskiller anders vor. Allerdings bin ich bisher auch noch keinem begegnet.«

»Tja, nun sitzt einer vor Ihnen. Das heißt, noch. Lange werden die beim BND wohl nicht warten, also fangen Sie lieber an mit Ihren Fragen.«

Kiran hatte viele und hätte sie am liebsten alle gleichzeitig gestellt. Wie Reithard richtig vermutete, war die Zeit knapp. Birte Halbach befand sich in diesem Moment im Innenministerium. Sicher würde sie nicht nur mit einer Order, sondern höchstwahrscheinlich gleich mit einigen Herren vom Nachrichtendienst im Schlepptau zurückkommen.

Reithard kam ihm zuvor: »Vielleicht gestatten Sie zunächst mir eine Frage, Mendelsohn. Wie sind Sie mir auf die Schliche gekommen? Es gab keine Spur in Deutschland, niemand hier wusste Bescheid.«

»Das stimmt, offenbar noch nicht einmal Ihr Sohn. Aber es gab eine Spur aus Russland. Sie haben vergessen, den Rest Ihrer Akte mitzunehmen und zwei Fotografien aus dem Labor zu holen. Lautenschläger und Gladow. Wir haben Kopien davon bekommen. Danach sind wir im Netz und in den Archiven auf die Suche gegangen.«

»So einfach«, sinnierte Reithard. »Und wer hat Ihnen die gegeben und meinen wirklichen Namen verraten? War das auch Osmanow?«

Kiran schüttelte den Kopf. »Die Fotos und die Akte ja, der Name kam von einem anderen Kontakt. Sie waren einem BKA-Experten aufgefallen, als der BND damals in den Achtzigern hinter Ihnen her war. Ihren wahrscheinlich echten Namen hat er von amerikanischen Kollegen bekommen und ihn sich für später aufgehoben, da der BND nicht wirklich an Kooperation interessiert war.«

»Hm, das übliche Spiel. Eigentlich könnte sich die ganze Bande zum Skat an einen Tisch setzen. Dieses ewige Herumlavieren ist wirklich ermüdend.«

»Ist es das? Sind Sie müde geworden?«

Reithard nickte nachdenklich und schwieg eine Weile. Dann begann er zu erzählen. »Ich denke, Sie haben in den Akten gefunden, was mir durch einen unglaublichen Zufall in die Hände gefallen ist. Wir hatten den Auftrag bekommen, Lautenschläger auszuspionieren und unter Druck zu setzen. Wir haben nach schmutziger Wäsche gesucht und sie in seiner Vergangenheit gefunden. Sie können sich meine Überraschung vorstellen, als ich mir die Lautenschläger-Akte des ostdeutschen Geheimdiensts und die Akten der Genossen aus Russland mit den Kopien seiner Polizeiakte durchgelesen habe.«

»Also war Lautenschlägers Identitätswandel ein offizielles Projekt der Staatssicherheit?«

Reithard nickte lächelnd. Beim BND und im Kanzleramt würde die Hölle los sein, angesichts dieser Entdeckung. Kiran konnte die Uhr förmlich ticken hören. Ihnen blieb nicht mehr viel Zeit, bevor man Reithard abholen würde, um ihn vor Kirans Team wie auch der Öffentlichkeit in Sicherheit zu bringen.

»Ich weiß nicht, wie offiziell die Sache war. Über Misserfolge wurde nicht Buch geführt. Von der Gesichts-OP erfuhr man, weil der Arzt, der ihn operierte, privat Notizen und Fotos als Absicherung zurückbehalten hatte. Könnte daran gelegen haben, dass er in diesem Fall frei arbeitete. Laut den Akten war Lautenschlägers kosmetischer Identitätswandel kein offizieller Auftrag, zumindest nicht zu dem Zeitpunkt, als die OP durchgeführt wurde. Wahrscheinlich hat er deshalb Familien von Kriegsversehrten ausgeraubt, um sich sein neues Gesicht leisten zu können. Ich nehme an, dass die Kollegen von der Sicherheit ihm aufgrund seines Strafregisters ein neues Leben und den üblichen Informanten-Deal angeboten haben. Nur scheint er dann zu gut geschult worden zu sein, denn als es an die neue Identität ging, hat er sich den Arzt beiseitegenommen, ihn privat operieren lassen und ist danach verschwunden. Um acht Jahre verjüngt und mit neuem Lebenslauf. Sehr klug eingefädelt, aber das Ministerium war damals noch recht neu im Geschäft. Jedenfalls gab es danach keine offizielle oder inoffizielle Mitarbeit, absolut nichts. Die haben ihn schlicht aus den Augen verloren.«

»Und wie kam es dann zu den Nachforschungen zu Lautenschläger?«

»Keine Ahnung. Das übliche Prozedere, nehme ich mal an. Sobald ein westdeutscher Politiker, Finanz- oder Wirtschaftsfachmann für uns interessant wurde, hat der Dienst in seiner Vergangenheit gewühlt, um Material in der Hand zu haben, falls wir es brauchen sollten. Auf Lautenschläger sind sie aufmerksam geworden, als er vor der Wende diesen unglaublichen Betrug mit der Westgruppe des russischen Militärs durchgezogen hat. An alldem war niemand aus Mielkes Truppe beteiligt, das hat den alten Herrn maßlos erzürnt. Sie haben angefangen zu suchen, und irgendwie sind bei der Durchforstung aller möglichen Quellen dann wohl auch die Aufzeichnungen des Arztes aufgetaucht. Jedenfalls hat man zwei und zwei zusammengezählt, das heißt acht Lebensjahre dazugerechnet, und wusste, wer Lautenschläger wirklich war.« Reithard zuckte die Schultern. »Es gab aber nicht viel Zeit um Jubeln, denn bevor wir irgendwas tun konnten, ist Mielke der ganze Laden um die Ohren geflogen, als die Mauer fiel. Die meisten Akten inklusive der über Lautenschläger kamen dann in den Reißwolf. Die Nachforschung ist zwar auch per Kopie an den KGB gegangen, aber dort hatten wir wegen der Perestroika ganz andere Sorgen. Erst jetzt, als wir nach all den Jahren nach Lautenschläger recherchiert haben, ist uns der ganze Packen Informationen in die Hände gefallen. Ich konnte es kaum glauben, dass meine Zielperson ausgerechnet der Mensch war, dem ich meine erfüllte Jugend zu verdanken habe.« Das zynische Lächeln reichte nicht bis zu Reithards Augen, diese waren und blieben eiskalt.

Kiran schwieg einen Moment, dann fragte er: »Aber warum haben Sie ihn nicht wie befohlen erpresst und langsam ruiniert? Wäre das nicht die genussvollere Form der Rache gewesen?«

»Vielleicht, ich weiß es nicht. Ich habe das nicht geplant. Ich bin einfach aus einem unerklärlichen Antrieb nach Deutschland gefahren und habe diesen Mann beobachtet. Ich wollte nach all den Jahren den Menschen vor mir sehen, der mich zum Berufsmörder gemacht hat.«

»Ist das nicht ein bisschen zu einfach?«

»Warum? Die größten Ereignisse haben oft ganz simple Ursachen. Lautenschläger hat mich in jener Nacht komplett verändert. Er hätte uns einfach ausrauben können. Hat er aber nicht. Er hat einen wehrlosen Jungen zusammengeschlagen und sich danach an dessen Mutter vergangen. Wenigstens hatte er mir diesen Anblick erspart. Aber nicht meinem Vater. Den hat er zuschauen lassen. Die haben ihn kaum geschlagen. Wie auch, er hatte eine Kriegsverletzung, und was von ihm übrig war, ist im russischen Kriegsgefangenenlager zerbrochen worden. Sie haben seine Hilflosigkeit erkannt und sich daran ergötzt. Und sie haben ihn damit getötet. Besser als eine Kugel. Und langsamer. Er hat sich gegen seine Peiniger zu stellen versucht mit allem, was er noch hatte, und es trotzdem nicht geschafft. Sich am nächsten Tag aufzuhängen war das Einzige, was ihm als Antwort einfiel. Er konnte seine Schwäche nicht ertragen, der Sturmbannführer Franz Reithard.«

Er hielt einen Moment inne, bevor er fortfuhr. »Mir ist nicht klar, warum Menschen Verständnis für Selbstmörder aufbringen können. Für mich ist Selbstmord nichts anderes als Feigheit.«

»Sie sind dann vom Staat aufgezogen worden.«

»Das klingt beinahe nobel, wenn Sie das so ausdrücken. Das Waisenhaus in Köpenick war die erste Kaserne in meiner Karriere. Man hat uns nicht nur die sozialistische Ideologie eingebläut, sondern man ließ mich auch nie darüber im Unklaren, dass der Staat für die Fütterung eines Selbstmörderbalgs eine Gegenleistung erwartet. Die SS-Vergangenheit meines lieben Herrn Vaters war da auch nicht besonders hilfreich.«

»Sie wurden nicht gut behandelt?«

»›Nicht gut‹ wäre eine Untertreibung. Ich war Abfall, und das so lange, bis ich Fertigkeiten erlangte, die mich zu einer Wertanlage machten. Und keiner war so gut wie ich. In der Nacht des Überfalls habe ich verstanden, dass es auf dieser Welt nur eine Konstante gibt: den Tod. Alles davor ist Schmerz und Leid, denen wir entfliehen wollen. Können wir aber nicht, wir werden immer wieder von ihnen eingeholt. Es sei denn, man begibt sich auf die andere Seite. Dann ist man selbst derjenige, der Schmerz und Leid kontrolliert.«

»Aber auch für Sie gibt es noch andere Werte im Leben. Sie hatten eine Familie, Sie haben einen Sohn«, wandte Kiran ein.

»Ach, Paul.« Er machte eine ärgerliche Miene. »Seine Mutter war eine Kollegin, unsere Ehe eine Tarnung, nichts weiter. Was musste die blöde Kuh auch mit der Verhütung rumspielen, nur um vom Staat mehr Geld zu bekommen und sich für die Zeit nach der Entlassung abzusichern.«

Kiran überging diese Provokation. »Warum sind Sie nach Russland gegangen? Die Wende kam ja erst später.«

»Das war lange geplant. Die Wende hatte sich über Jahre angekündigt. Glauben Sie mir, wir haben lange vorher gewusst, dass das alles den Bach runtergeht. Daher hatten wir uns darauf vorbereitet, dass irgendwann die Lichter ausgehen könnten. Ich und ein paar weitere Experten wurden den Russen gewissermaßen als Gefallen angeboten, damit die ein paar Deutsche im Betrieb haben, wenn die Sache hochgeht und der ganze Laden über Nacht entsorgt oder umgebaut werden muss. Man wusste nicht, was in Deutschland passieren würde. Konnte ja niemand ahnen, dass die ganze Sache so friedlich abläuft und die Großmächte so schnell ein vereintes Deutschland abnicken würden. Mir war es recht. Ich habe Russland immer lieber gemocht. Und dann konnte ich sogar offiziell als Russe dorthin und das machen, was ich am besten konnte. Stellen Sie sich vor, ich wäre Fußballspieler und würde zum besten Verein gehen. Ganz einfach.«

»Aber dann sind Sie wieder nach Deutschland zurückgekommen, obwohl Sie nur von Russland aus recherchieren sollten. Stattdessen kommen Sie her und werfen die Pläne Ihrer Chefs über den Haufen. Warum haben Sie Ihre Position so leichtfertig aufs Spiel gesetzt?«

»Gute Frage. Ich hatte eigentlich vor, anzurufen und denen zu erklären, dass ich nur mal einen kleinen Abstecher machen und die Zielperson persönlich überprüfen würde. Aber irgendwas hat mich dann abgehalten. Mir wurde klar, dass ich ihn erledigen würde, egal was die in Russland darüber dachten. Meine erste Befehlsverweigerung. Auf eine seltsame Art sehr befreiend. Vielleicht hätte ich mich früher selbständig machen sollen.«

»Man ist dort nicht besonders erfreut über Ihren Alleingang, nehme ich mal an.«

»Nein, ist man nicht. Auch ein Grund, warum ich einen Sonderservice von Ihren Lieblingskollegen in Anspruch nehmen werde. In einem normalen Knast hätte ich nur ein sehr begrenztes Haltbarkeitsdatum.«

»Wieso haben Sie denen nicht einfach erklärt, warum Sie Lautenschläger ausgeschaltet haben? Und was hat Sie dazu veranlasst, die OHG und Osmanow anzugreifen?«

»Leuten wie denen erklärt man nicht mal eben, warum man einen klaren Befehl missachtet hat. Es war für Stigma von entscheidender Bedeutung, dass Lautenschläger am Leben und erpressbar bleibt. Was glauben Sie, was Stigma und auch die russische Regierung mit dieser Information alles hätten anfangen können? Keine Lieferung wäre zu Lautenschlägers Preisen vereinbart worden, kein Wirtschaftsvertrag wäre auch nur ansatzweise nach deutschen Vorstellungen verlaufen. Meine Eigenmächtigkeit kostet sie mit Sicherheit einige Millionen, das kommt nicht besonders gut an. Die anderen Aktionen dienten nur dazu, Ihre Nachforschungen wegen der DNA-Spur von Stigma abzuwenden und Ihnen den BND auf den Hals zu hetzen. Zumindest das war ich meinen Kollegen in St. Petersburg schuldig. Ich wollte, dass Sie die Ermittlungen abgeben müssen. Der BND ist viel leichter zu manipulieren. Und ich konnte ja nicht wissen, dass irgendjemand Ihnen meinen Namen verraten hat.«

Reithard lächelte müde vor sich hin.

»Eines interessiert mich noch«, sagte Kiran nach einer Weile. »Wieso sind Sie noch hiergeblieben? Ich meine, nachdem Sie in der OHG aufgeräumt haben. Danach hätten Sie doch leicht verschwinden können?«

»Amateure versuchen zu verschwinden. Ich gehe dann, wenn alle Spuren beseitigt sind und die Desinformation erfolgreich ist, keinen Moment vorher. Osmanow hätte ich heute erledigt, zusammen mit seiner Familie. Sie hatten Glück, Mendelsohn. Ohne Ihre Informanten hätten Sie nichts in der Hand gehabt, gar nichts.«

Darauf konnte Kiran nichts erwidern. Reithard hatte Recht.

In diesem Moment öffnete sich die Tür, und Bolko steckte den Kopf herein. Er winkte Kiran zu sich nach draußen.

»Halbach ist wieder da und hat zwei Anzugträger dabei. Der eine ist dieser Schnösel von neulich. Wir werden unseren Gast wohl übergeben müssen. Hast du alle Antworten bekommen?«

Kiran nickte und ging wieder in den Verhörraum, wo sich Reithard verbotenerweise eine Zigarette angezündet hatte. »Und, ist der Fahrdienst eingetroffen?«

Kiran setzte sich. »Die Kollegen werden gleich hier sein. Von mir aus ist das in Ordnung, ich denke wir sind hier durch. Nur eine Frage hätte ich noch, oder eher eine Bitte. Wollen Sie Ihrem Sohn nicht wenigstens erklären, was hinter alldem steckt und ihm vielleicht Lebewohl sagen?«

»Für einen Mann mit Ihrer Ausbildung sind Sie viel zu

emotional, Mendelsohn. Bringt nichts, diese Gefühlsduselei. Ich bin das beste Beispiel. Wenn mich mein Zorn nicht übermannt hätte, wüssten Sie bis heute nicht, wer Lautenschläger abgeknallt hat. Gefühle bringen alles durcheinander.«

Kiran schwieg. Reithards Philosophie erinnerte in erschreckendem Maße an die Frage, die er sich selbst seit Jahren stellte. Es war höchst seltsam, dass Kiran ausgerechnet durch einen skrupellosen Berufsmörder wirklich zu verstehen begann, dass die Zeit der inneren Abschottung nun endgültig vorbei war.

Er nickte Reithard ein letztes Mal zu, dann ging er in den Beobachtungsraum nebenan, wo Bolko, Alenka und Enzo bereits auf ihn warteten.

Durch eine weitere Scheibe sahen sie den zweiten Raum, in dem Paul Heinrich auf sein Verhör wartete.

Alenka fasste in Worte, was alle zu denken schienen: »Also, auch wenn er sich zum Gehilfen eines Mörders gemacht hat. Irgendwie tut mir der arme Kerl leid.«

Selbst Bolko nickte, wenn auch grimmig. Dann trat Birte Halbach mit zwei Männern in den Raum. Einen von ihnen kannte Kiran bereits.

Möller vom BND lächelte Kiran und Bolko süffisant an. »Genug herumgespielt, meine Herren. Wir übernehmen Reithard, wie Ihnen Ihre Chefin sogleich erläutern wird. Dazu erwarten wir einen lückenlosen Bericht, der bis zum Abend auf meinem Schreibtisch liegt.«

»Wozu die Eile?«, fragte Bolko. »Wir verraten Ihnen früh genug, wie man den Job richtig macht.«

»Wie bitte? Wenn Sie mit Ihrer Cowboymasche nicht gewesen wären …«

»… dann würden Sie jetzt noch mit offenem Mund auf ihre DNA-Probe starren. Also machen Sie halblang, Möller. Wir haben die Identität des meistgesuchten Spions aufgedeckt und ihn ohne jede Gewalt reingeholt. Das versuchen Sie mit Ihrer Komödiantentruppe seit Jahrzehnten. Ihnen ist hoffentlich klar, dass Ihr ganzer Laden so etwas wie die deutsche Schweinebucht darstellt?«

»Ich habe mich wohl verhört …«

»Nein, haben Sie nicht. Wir haben schnell und professionell gearbeitet. Jetzt kommen Sie angetrabt und reißen hier die Klappe auf, dabei dürfen Sie gerade mal den Dreck wegfegen. Soll ich Ihnen was verraten? Damit habe ich nicht nur überhaupt kein Problem, mir ist es sogar lieber, wenn Typen wie ihr den Kerkermeister spielen müsst. Mir stößt der Mann nämlich genauso übel auf wie Sie. Und jetzt nehmt euren hochgeschätzten Kollegen mit und vergesst nicht, beim Gehen hinter euch die Tür zuzumachen.«

Möller hatte sich die Tirade mit wachsender Wut angehört. »Frau Halbach, ich muss aufs Schärfste protestieren, wie Ihr Ermittlungsleiter hier auftritt. Ich verlange eine Entschuldigung, sofort!«

Birte Halbach blickte ihn fragend an. »Entschuldigung wofür? Ich bin gerade mit dem Übergabedokument beschäftigt und habe nicht zugehört. Sie wollten Reithard übernehmen. Da sitzt er. Schönen Tag noch. Berichte von unserer Ermittlungsarbeit fordern Sie bitte auf dem üblichen Dienstweg an, und das nicht vor Ende der kommenden Woche. Meine Herren, war mir eine Freude.«

Damit ging sie zur Tür hinaus, gefolgt vom grinsenden Enzo, der den beiden bedeutete, ihm in den Raum zu folgen.

Reithard hatte sich erhoben und betrachtete Möller mit ausdrucksloser Miene.

Dann ließ er sich von beiden abführen.

Paul saß am Tisch und starrte auf seine Hände. Das erste Verhör mit ihm hatte Kiran am Morgen geführt. Sowohl aus Mitleid, aber auch aus verhörtaktischem Kalkül hatte Kiran wenige Fragen gestellt, sondern zunächst die Geschichte des Mannes erzählt, den Paul als seinen Vater kannte und der in Wirklichkeit Georg Reithard gewesen war.

Man sah Paul an, dass ihn diese Informationen schwer trafen. Er sah arg mitgenommen aus. Kiran hatte für sie beide einen Kanne Grüntee aufgebrüht, um die Situation zu entspannen.

Schließlich fand Paul die Sprache wieder.

»Ich nehme an, er ist jetzt beim BND?«

Kiran nickte. »Er wird wohl einige Tage dort bleiben, bis er ihnen seine gesamte Vita erzählt hat. Ich weiß nicht, was sie dann mit ihm vorhaben. Aber einen öffentlichen Prozess wird es wohl kaum geben, dazu ist diese Sache viel zu brisant.«

»Geben Sie sich keine Mühe. Mir ist egal, was die mit ihm machen. Er hat mich benutzt, so wie er meine Mutter benutzt hat und wahrscheinlich jeden, der ihm über den Weg gelaufen ist.«

»Gut möglich. Wie ist er an Sie herangetreten?«

»Er traf mich zum ersten Mal ungefähr ein halbes Jahr vor dem Mord. Stand einfach auf der Matte. Ich muss wohl dankbar sein, dass er nicht einfach eingebrochen ist und im Wohnzimmer auf mich gewartet hat.«

»Und was hat er Ihnen erzählt? Ich muss gestehen, ich weiß nur wenig über Ihre Vorgeschichte, Paul. Und nur sehr wenig über Sie und Ihren Vater.«

»Da gibt es auch nichts zu wissen. Mein Vater ist ein Jahr vor der Wende verschwunden. Von einem Tag auf den anderen. Nicht, dass er davor oft daheim gewesen wäre. Er war ja bei der Staatssicherheit. Erst jetzt bei unserem Wiedersehen hat er mir erzählt, was er damals wirklich getan hat. Ich habe die ganze Nacht über dem Klo gehangen und mir die Seele aus dem Leib gekotzt. Er meinte, er hätte meine Mutter und mich verlassen müssen, weil Mielke das so wollte. Sie hätten ihn an die Russen verkauft. Und ich Idiot habe ihm das geglaubt.«

»Und dann hat er Sie auf Lautenschläger angesetzt?«

Paul schluckte.

»Ja. Ich war ja sowieso schon bei der SO3 im Bereich Wirtschaftskriminalität beschäftigt. Er hat irgendeinen Menschen angerufen, der sich dafür verwandt hat, dass ich in die Lautenschläger-Ermittlungsgruppe versetzt wurde. Dann hat er mir einige seiner Informationen gegeben und gesagt, wenn ich vorsichtig bin, wäre das der Beginn meiner Karriere.«

»Hat er Ihnen gesagt, was er vorhatte?«

»Nein. Das heißt ja, aber er hat natürlich gelogen. Er meinte, seine Firma, wie er sie nannte, wollte Lautenschläger erpressen und gefügig machen, was dem BKA ja nur nützlich sein würde. Dann wollte er Lautenschläger treffen und ihm dabei auch erzählen, dass das BKA hinter ihm her ist. Dann hätten sie ihn in der Ecke. Entweder er würde zahlen und kooperieren oder dem BKA zum Fraß vorgeworfen werden. Klug geplant, das Ganze. Den Sohn auf die Fährte hetzen wie einen Jagdhund, dann das Wild erledigen.«

»Er hatte mir gesagt, dass er anfangs nicht unbedingt vorhatte, Lautenschläger umzubringen«, sagte Kiran. »Dazu habe er sich erst wenige Tage vor der Tat entschlossen.«

»Was spielt das für eine Rolle? Lautenschläger war genauso ein Dreckschwein wie mein Vater. Die tun sich beide nichts. Mein Vater hat mein Leben ebenfalls zerstört. Auch nicht viel anders, als die Tür eintreten und eine Familie zu Tode prügeln.«

»Ich denke, Sie sollten versuchen, die Dinge für einen Moment aus seiner Perspektive zu sehen. Sein Leben ist innerhalb von wenigen Sekunden aufs Brutalste zerstört worden. Was übrig blieb, hat der kommunistische Staat zu einer Maschine umgebaut. Was Ihr Vater mit Ihnen gemacht hat, ist unentschuldbar, Paul. Aber es ist die logische Folge dessen, was ihm selbst passiert ist. Er hat wie viele derart beschädigte Menschen wahrscheinlich gar nicht bemerkt, was er Ihnen antat.«

»Ach ja? Wissen Sie, ich höre das immer wieder. Von Mitschülern, Kollegen, Freunden. Alle jammern sie über ihre Eltern. Väter scheinen irgendwie Experten darin zu sein, ihren seelischen Müll auf die Söhne abzuladen. Und dann schauen sie zu, wie die armen Schweine versuchen ihren eigenen Weg weiterzugehen, obwohl ihnen die Beine wegknicken. Und weil das so viel Spaß macht, werden dann in schöner Regelmäßigkeit neue Steine draufgepackt. Und zum Schluss wird einem das dann als der Sinn des Lebens verkauft.«

»Das ist sicher so, Paul. Aber vielen Vätern bleibt oft keine Wahl.«

Paul sprang auf.

»Schwachsinn!«, brüllte er. »Man hat immer eine Wahl, immer! Ich hatte sie auch! Ich habe geglaubt, mein Vater meint es ernst. Und ich wollte Karriere machen. Schlechte Entscheidung, meine Schuld! Aber er hatte auch die Wahl. Er hat sich dafür entschieden, seinen Sohn zu benutzen, zu belügen, zu betrügen und dann wegzuwerfen wie ein beschissenes Stück Müll!«

Er wischte in seiner Wut seine Teetasse vom Tisch. Das Klirren des Porzellans schien ihn zur Besinnung zu bringen, und er setzte sich verstört wieder hin.

Kiran war ruhig sitzen geblieben und wartete ab.

Paul schloss die Augen, schien sich sammeln zu wollen. Dann brach es aus ihm heraus. Er erzählte von seiner Kindheit und der Einsamkeit der Mutter, die ihn allein großzog, nachdem der Vater nach Russland gegangen war. Während seines Studiums war sie bei einem Bahnunglück ums Leben gekommen. Wie sein Vater vor ihm stand Paul von einem Tag auf den anderen ohne Familie da. Vielleicht waren es diese Unsicherheit und Einsamkeit, die ihn so aufnahmebereit für die Rückkehr und den Vorschlag seines Vaters gemacht hatten. Sicherlich musste da auch ein Verlangen nach Nähe gewesen sein. Auch wenn Paul nicht so offen über seine Emotionen sprach, drang dies aus jedem seiner Sätze. Kiran erkannte das klassische Muster, in dem die Beteiligten ihre familienhistorischen Erblasten und Traumata aneinander abreagierten, Unmögliches voneinander einforderten, ihren Konditionierungen nachgaben und sich dadurch gegenseitig in den Abgrund rissen.

Auch hier war es zu einer entsetzlichen Tragödie gekommen. Der ausgebildete Ermittler Paul war auf einen professionellen Lügner hereingefallen, der als besonders perfide Spielform des Schicksals auch noch sein eigener Vater war. Als er merkte, dass er zum Mitwisser und Helfer bei einem Mord geworden war, blieb ihm keine Wahl mehr. Um sich zu retten und vielleicht auch, um diese seltsame Beziehung trotz ihrer zerstörerischen Wirkung doch noch irgendwie aufrechtzuerhalten, spielte er das Spiel seines Vaters mit. Er ließ Details an die Presse durchsickern und sorgte so für den Druck, der nötig war, um das Ermittlerteam schlecht aussehen zu lassen. Als sich Osmanow dann anbot, die Identität des Täters zu enthüllen und den Vater damit zu enttarnen, mussten beide dafür sorgen, dass Osmanow niemandem mehr etwas verriet.

Wenngleich diese Aktion gescheitert war, so hatten sie bei Martin Lautenschläger mehr Erfolg. Während Paul die Presse mit Details fütterte und so das perfekte Opfer für eine nach Bestrafung gierende Öffentlichkeit in Stellung brachte, verfolgte Reithard seine eigenen Ziele. Offenbar hatte er in seiner Recherche auch einige Informationen über die Partner des jungen Lautenschläger gesammelt. Jedenfalls war es ein Leichtes, als Russe auftretend einen Kontakt herzustellen und den Partnern alle wichtigen Hinweise für einen gelungenen Anschlag zu geben.

Paul schien sich während der Erzählung vor sich selbst

zu ekeln. Andererseits war er offenbar froh darüber, sich alles von der Seele reden zu können. Die befreiende Entspannung des gefassten Täters, der am Ende der Jagd erlöst zu sein scheint. Dankbar, dass der Stress der Verfolgung endlich vorbei ist.

Kiran hatte keine Fragen mehr. Sein Bild war komplett. Daher beendete er das Verhör mit dem erschöpften Paul und ging in den Beobachtungsraum.

Birte Halbach, Alenka und Bolko sahen ihn an, als er eintrat.

»Väter und Söhne«, sagte Halbach und schüttelte den Kopf. »Man glaubt nicht, was die sich antun können.«

»Mag sein«, antwortete Bolko. »Aber der Junge hat etwas sehr Wichtiges erkannt, nämlich dass er die Wahl hatte. Die haben wir alle.«

26

Der Schampus ergoss sich schäumend in die Gläser, als alle Platz genommen hatten, dann ging das Tablett mit den Kristallkelchen herum.

Nestor und Deirdra hatten auf Kirans Bitte hin eine ihrer legendären Brunchtafeln kreiert. Heute wurde aufgefahren, was Küche und kreativer Geist zu bieten hatten. Neben den üblichen Verdächtigen, Fisch- und Käsecremes, verschiedenste Antipasti und Hors d'œuvres, fanden sich einige von Nestors typischen Werken wie kalter gerollter Fisch mit Grünteecreme, gefüllte provenzalische Eier und, als pikante Hommage an den Fall und passende Eröffnung des Büffets, Blinis mit Kaviar.

Diese Idee war Nestor und Kiran gekommen, nachdem ihnen die Kaviardose per Kurier als Aufmerksamkeit von Jewgeni Osmanow zugestellt worden war – nicht etwa in Kirans Büro oder nach Hause, sondern direkt ins Lloyd's. Trotz der entnervenden Qualität von Osmanows Netzwerk konnte Kiran nicht umhin, dessen Stil zu bewundern. Zudem kostete dieser Kaviar so viel wie ein gutes Monatsgehalt. Daher drückte er beide Augen zu und plante die Feier. Davon abgesehen, hätten ihn Nestor und Alistair aus dem Laden gejagt, wenn er diesen Kaviar wieder hätte zurückgehen lassen.

Zu den warmen Blinis servierte Alistair, der es sich

nicht hatte nehmen lassen, als Conferencier zu fungieren, den kalten und herrlich prickelnden Champagner.

Bolko stand auf und übernahm seine Pflicht als Teamleiter, indem er das Glas hob und eine typische Ansprache hielt: »Auf einen professionell abgeschlossenen Fall, auf das brillanteste Team, das ich je gesehen habe und die besten Chefinnen, die man sich wünschen kann. Kaviar vom Feind, Champagner von den Alliierten. Runter mit dem Zeug und ab jetzt nur noch Privatgespräche!«

Damit leerte er unter Applaus sein Glas. Die anderen taten es ihm nach, prosteten, und schon ertönte ein fröhlicher, lateinamerikanisch angehauchter Jazz, aufgelegt von der umsichtigen Deirdra.

Ganz so einfach war es natürlich nicht, es würden irgendwann sicherlich noch Fachgespräche geführt werden. Dafür war in den letzten zwei Wochen zu viel geschehen.

Ihr abschließender Bericht hatte erwartungsgemäß für wenig Freude im Innenministerium gesorgt. Sie hatten lange mit Halbach und Eleonore diskutiert und sorgfältig das Für und Wider einer ehrlichen und klar geführten Falldarstellung abgewogen.

Einerseits war da die Möglichkeit, ein komplettes Bild des Lautenschläger'schen Imperiums zu zeichnen, und zwar nicht dasjenige der regierungsnahen Industrie, sondern Lautenschlägers eigene Version einer Schattenwirtschaft. Dies aber hätte bedeutet, einige seiner Partner innerhalb des Berichtes ebenfalls zu beschuldigen und dies mit Beweisen zu unterfüttern. Obwohl sie davon einige wenige besaßen, hätten sie damit ein halbes Dutzend weitere Ermittlungen initiieren müssen. Dies war weder ihre Zuständigkeit, noch hatten sie Weisung oder Unterstützung von oben dafür.

Schließlich hatten sie sich entschlossen, ein einleitendes Dossier als Zusammenfassung des Falles zu erstellen. Darin beschrieben sie Reithards Herkunft, sein Motiv und damit Lautenschlägers eigentliche Identität. In einem kurzen Absatz umrissen sie dann seinen Identitätswandel und späteren Werdegang. Dies war eine perfekte Überleitung zu den Umtrieben seiner Partner und seines Sohnes. Dazu zeichneten sie alles in einem einfachen Diagramm auf, dass die von ihnen aufgedeckten Schiebereien, Verbindungen zum Waffen- und Menschenhandel von Facharbeitern, Kindern und Prostituierten, die Logistikwege und alle ihnen bekannten Verantwortlichen darstellte.

Diese immer noch recht dramatische Einleitung war von Kiran und Bolko gemeinsam verfasst worden. Dabei verzichteten sie auf Formulierungen wie »durch Beweismaterial aus den Händen eines der gefährlichsten Drogenhändler Europas« und begnügten sich stattdessen mit Floskeln wie »sachdienliche Hinweise aus dem kriminellen Umfeld des Toten« und Ähnlichem. Das Dossier endete mit der Bemerkung, dass die erlangten Erkenntnisse bereits in der zentralen Datenbank mit Vermerken für die Prüfer des BKA-Präsidiums abgelegt worden seien.

Am Ende hatten sie zusammen mit Birte Halbach das einleitende Dokument unterzeichnet und dann den gesamten Packen Ermittlungsprotokolle, Datenmaterial aller befragten Personen sowie Osmanows Dokumente und Fotomaterial als Referenz beigefügt.

Die Chefetage war angesichts dieses Fait accompli verständlicherweise nicht besonders begeistert. Andererseits aber hatten das Team und Halbach darauf verzichtet, belastendes Material innerhalb des BKA in Umlauf zu bringen. Sie hatten lediglich dafür gesorgt, dass jeder im Hause wusste, was sie zutage gefördert hatten. Zudem hatten sie Georg Reithard intern mit keiner Silbe erwähnt. Ebenso wenig, dass Reithard verhaftet und dem BND übergeben worden war. Diese Nuss durften das Präsidium und die Herren vom Nachrichtendienst selbst knacken. Bislang zumindest hatte es nur eine recht unspektakuläre Pressekonferenz gegeben, wonach Martin Lautenschlägers Mörder identifiziert sei und bald ebenfalls für den Mord an Friedrich Lautenschläger belangt werden würde. Dass die dahingehenden Ermittlungen schlicht darin bestanden, Georg Reithard dazu zu überreden, seine Beteiligung an den übrigen Morden etwas abzuändern, war ein weiteres Detail, dass wohl niemand je erfahren würde.

Sicher war dieser Kompromiss oberfaul, wie Bolko bemerkte. Trotzdem hätte eine Veröffentlichung oder selbst eine interne Offenlegung sämtlicher Erkenntnisse wohl für viele von ihnen das Ende der Karriere bedeutet. Es war eine Sache, Unrecht aufzuklären; eine andere jedoch, wie die leitenden Gremien dies strafrechtlich verfolgten. Mit dem Rauswurf des Teams wäre da wirklich niemandem gedient gewesen.

Die entscheidenden Vorgänge liefen leise und im Hintergrund ab. Eleonore war von ihrer vorgesetzten Instanz ganz unverblümt dazu aufgefordert worden, die Ermittlungsergebnisse bei der Staatsanwaltschaft abzuliefern und die Ermittlungen »den dafür geeigneten Stellen zu überlassen«.

Obwohl also ein letztes Mal Druck auf sie ausgeübt worden war, hatte man ihr auch eine ausdrückliche Belobigung von höchster Stelle ausgesprochen.

Sie hatte sich mit Kiran nach Abschluss des Falles abends getroffen, um sich in Ruhe über die Ereignisse der letzten Wochen zu unterhalten. Wie sie erzählte, hatten zwei ihrer Vorgesetzten während der Ermittlungen ihre schützende Hand über sie gehalten und dies auch jetzt wieder getan, da der Abschlussbericht vorlag. Kiran war froh gewesen, endlich wieder mit Eleonore bei einem Glas Wein sitzen und entspannt reden zu können. Noch glücklicher aber war er, dass sie ihre Feuertaufe in der höheren Staatsanwaltschaft ganz offensichtlich mit Bravour bestanden hatte. Er konnte ihr die tiefe Dankbarkeit ansehen, verbat sich aber längere Bekundungen dazu. Seiner Meinung nach war er es, der sich zu bedanken hatte.

Das dreiste, ja eigenmächtige Auftreten der Chefermittler Mendelsohn und Blohm war hingegen milde gerügt worden – mit der Nichteinladung zur offiziellen Übergabe des Abschlussberichts. Eine »Strafmaßnahme«, mit der beide sehr gut leben konnten.

Birte Halbach war schließlich vom Treffen im Innenministerium zurückgekehrt, hatte aber weder Kiran noch Bolko über die Ergebnisse unterrichtet. Auch Alenka und Enzo wurden vorerst nicht an ihre vorherigen Arbeitsplätze zurückbeordert.

Das war vor drei Tagen gewesen. Jetzt, an diesem sonnigen Sonntagvormittag, saßen sie im Lloyd's, genossen den Bollinger und Nestors einzigartige Kreationen. Sie fühlten den letzten Rest der Anspannung von sich abfallen.

Nach einer Stunde ausgiebiger Schlemmerei winkte Halbach, die mit Bolko am Ende des Tisches saß, Kiran zu sich und blickte beide an.

»Ich denke, ihr wisst, was kommt?«

»Jepp«, antwortete Bolko. »Zurück nach Hamburg für mich, zurück nach Asien für Mendelsohn. Ermittlungen eingefroren, Schaden abgewandt, alle happy.« Er klang entspannt, aber seine Frustration war deutlich herauszuhören.

»So einfach ist das, glauben Sie?«, fragte Halbach. »Es gibt auch andere Kräfte im BKA, Bolko. Was glauben Sie, wer in Hamburg zugeschaut und Sie zu uns geholt hat, trotz Ihrer Amokläufe dort? Was glauben Sie, wer einen Meditationsmönch wie Mendelsohn als Co-Leiter einer Ermittlungsgruppe in einem solchen Fall ins Feld schicken kann? Sie trauen uns und unseren Verbündeten wenig zu.« Ihre Worte waren direkt wie immer, aber aus ihrer Miene lachte ihnen der Champagner entgegen.

Bolko fiel darauf keine Antwort ein.

»Ich habe hier Ihre offizielle Überstellung zu meiner Abteilung. Dazu werden Mendelsohn, Moretti und Motte Ihr festes Team bilden. Sie werden der internationalen Koordinierung und damit mir unterstellt, sind aber zugleich für alle internationalen Fälle der Abteilung organisierte und allgemeine Kriminalität zuständig. Das heißt, wenn Sie mit dem Heulen fertig sind und Sie und Ihr Team entschieden haben, ob Sie sich das zutrauen. Falls ja, beginnt die Arbeit morgen früh, pünktlich um acht.«

Eleonore strahlte Kiran quer über den Tisch an. Alistair, der neben ihr saß und mit gewohnt weltmännischer Eloquenz von der Lachsfischerei in seiner Heimat erzählt hatte, fixierte beide scharf und wissend zugleich, dann hob er lächelnd sein Glas und stand auf.

»Ich nehme an, wir erleben hier die Geburtsstunde eines ganz besonderen Teams und einer wundervollen Freundschaft, wie Rick Blaine so treffend sagte. Auf die Freundschaft, meine Damen und Herren!«

Alle hoben erneut die Gläser und stießen an. Alistair beugte sich zur Seite und forderte Eleonore zum Tanz auf, einem langsamen Mambo.

Bolko hatte genug vom Champagner und ließ sich von der lächelnden Hausherrin ein frisches Pint servieren, nahm einen tiefen Schluck und legte die Stiefel auf den leergegessenen Tisch. Enzo und Alenka schlossen sich den Tanzenden an. Kiran lehnte sich zurück und atmete die Mischung aus wundervollem Essen, Pfeifenrauch und Parfüm tief ein, sah die fröhlichen Gesichter und fühlte sich zum ersten Mal seit langem glücklich, entspannt und ruhig.

Jetzt, dachte er, kann vielleicht alles gut werden.

Danksagung

Dies ist mein erster Roman, und auch wenn ich selbst das Projekt über zehn Jahre von der Idee bis hin zur Veröffentlichung angetrieben habe, so wäre ohne die folgenden Menschen nicht ein Wort gedruckt worden. Daher gebührt ihnen meine zutiefst empfundene Dankbarkeit:

Sabine Albrecht, meine wunderbare Frau, Krimi-Powerkonsumentin, hochanalytische Schnellleserin und damit meine schärfste Lektorin. Keiner erkennt den Mörder so früh wie sie.

Irma und Richard Albrecht, die mich zu dem Menschen erzogen haben, der ich heute bin und damit dieses Buch immens mitgeprägt haben.

Dieter und Elke Deuster, die da waren, als Not am Mann war, und in deren Haus Kiran das Licht der Welt erblickt hat.

Nadja Kossack, die mein Manuskript im ICE zwischen Hamburg und München las und noch von dort mit mir Kontakt aufnahm. Mit ihr hat das Abenteuer Schriftstellerei begonnen.

Lars Schultze-Kossack und Lisbeth Körbelin, die beiden besten und kompetentesten Partner, die man sich als Literaturagenten wünschen kann.

Anja Franzen, die mein Buchprojekt bei Blanvalet

übernahm und seither fantastische Arbeit und viele wichtige Ideen liefert.

Dietmar Mansfeld, Mitauswanderer und lange Jahre ein guter Freund und Ratgeber, der mir mit seinem umfassenden Wissen und Erfahrungsschatz die Augen über Osteuropa geöffnet hat.

Andrey Filippov, der mir viele unschätzbare Hintergrundinformationen über Russland gab. Die prügelnden Clowns vom Supermarkt werde ich auch noch in irgendeinem Buch unterbringen, versprochen.

Dr. Konrad Roentgen, dessen Taschenbuch *Drei Seiten für ein Halleluja* mindestens die halbe Miete für die Veröffentlichung war. Sein Werk sollte Pflichtlektüre für jeden angehenden Autor werden.